O HOMEM DA MINHA VIDA

SÉRIE POLICIAL

Réquiem caribenho
Brigitte Aubert

Bellini e a esfinge
Bellini e o demônio
Tony Bellotto

Bilhete para o cemitério
O ladrão que achava que era Bogart
O ladrão que estudava Espinosa
O ladrão que pintava como Mondrian
Uma longa fila de homens mortos
Punhalada no escuro
Lawrence Block

O destino bate à sua porta
James Cain

Nó de ratos
Vendetta
Michael Dibdin

Edições perigosas
Impressões e provas
John Dunning

Máscaras
Leonardo Padura Fuentes

Correntezas
Jogo de sombras
Tão pura, tão boa
Frances Fyfield

Achados e perdidos
Uma janela em Copacabana
O silêncio da chuva
Vento sudoeste
Luiz Alfredo Garcia-Roza

A noite do professor
Neutralidade suspeita
Transferência mortal
Jean-Pierre Gattégno

Continental Op
Dashiell Hammett

O talentoso Ripley
Patricia Highsmith

Música fúnebre
Morag Joss

Uma certa justiça
Morte no seminário
Morte de um perito
Pecado original
P. D. James

O dia em que o rabino foi embora
Domingo o rabino ficou em casa
Sábado o rabino passou fome
Sexta-feira o rabino acordou tarde
Harry Kemelman

Um drink antes da guerra
Sobre meninos e lobos
Apelo às trevas
Dennis Lehane

Morte no Teatro La Fenice
Donna Leon

Dinheiro sujo
Também se morre assim
Ross Macdonald

É sempre noite
Léo Malet

Assassinos sem rosto
A leoa branca
Os cães de Riga
Henning Mankell

O homem da minha vida
O labirinto grego
Os mares do Sul
O quinteto de Buenos Aires
Manuel Vázquez Montalbán

O diabo vestia azul
Walter Mosley

Aranhas de ouro
Clientes demais
A confraria do medo
Cozinheiros demais
Milionários demais
Mulheres demais
Ser canalha
Serpente
Rex Stout

A noiva estava de preto
Casei-me com um morto
Cornell Woolrich

MANUEL VÁZQUEZ MONTALBÁN

O HOMEM DA MINHA VIDA

Tradução:
ROSA FREIRE D'AGUIAR

COMPANHIA DAS LETRAS

A presente tradução foi realizada mediante ajuda da Direção Geral do Livro, Arquivos e Bibliotecas do Ministério da Educação, Cultura e do Desporto da Espanha

Título original:
El hombre de mi vida

Projeto gráfico de capa:
João Baptista da Costa Aguiar

Foto de capa:
Henk Nieman

Preparação
Carlos Alberto Inada

Revisão
Carmen S. da Costa
Renato Potenza Rodrigues

Dados Internacionais de Catalogação na Publicação (CIP)
(Câmara Brasileira do Livro, SP, Brasil)

Vázquez Montalbán, Manuel
O homem da minha vida / Manuel Vázquez Montalbán ; tradução Rosa Freire D'Aguiar. . — São Paulo : Companhia das Letras, 2003.

1. Título original : El hombre de mi vida
ISBN 85-359-0421-2

1. Romance espanhol I. Título.

02-5160 CDD-863

Índice para catálogo sistemático:
1. Romance : Literatura espanhola 863

2003

EDITORA SCHWARCZ LTDA.
Rua Bandeira Paulista 702 cj. 32
04532-002 — São Paulo — SP
Telefone: (11) 3707-3500
Fax: (11) 3707-03501
www.companhiadasletras.com.br

As situações deste romance são exclusivamente literárias e o envolvimento de personagens da política e da cultura, realmente existentes, deve ser considerado um empréstimo do imaginário criado pelos meios de comunicação.

Pai nosso que estás no céu,
santificado seja o teu nome
venha a nós o teu reino
seja feita a tua vontade assim no céu como na terra
o pão nosso sobre-substancial dá-nos hoje
e perdoa nossas dívidas assim como nós perdoamos os nossos devedores
e não nos deixes cair em tentação
mas livra-nos do mal
porque teus são o reino,
o poder
e a glória.

Pai-nosso dos cátaros

Quando Charo começou a chorar, Carvalho percebeu que haviam se passado sete anos e que provavelmente ela já não era a mesma. A Charo de antes teria chorado vencida pelas lágrimas, a Charo de agora as interpretava, sentia-as mas interpretava segundo uma dramaturgia previamente imaginada. O cenário era o de sempre, o escritório de Carvalho, Biscuter também era o mesmo. Carvalho não tinha se permitido a menor mudança pessoal nos últimos trinta anos. Charo. Charo, sim, tinha mudado. Quando foi embora, em 1992, já não era uma garota, pelo menos era a impressão que ele tinha, mas agora podia passar por uma senhora acomodada que retorna depois de uma longa ausência durante a qual mudou de status e de silhueta. Um pouco mais gorda. Não muito. O rosto oval talvez estivesse arredondado, tinha mais bochechas que maçãs do rosto, menos olheiras, como se durante sete anos houvesse repousado do cansaço de toda uma vida filha da puta, o que, no seu caso, nunca fora tão bem dito.

"Como está bonita."

Declamou Biscuter, que, como sempre, chorava pelos olhos e pela ponta do nariz. Agora os dois contemplavam Carvalho, oferecendo-lhe ou exigindo dele uma emoção que ele não sentia. Precisava ficar a sós com

Charo para saber se de fato desejava aquele reencontro. Recuperar um espaço para os dois e ver se os atos reflexos do passado ressurgiriam e se Charo voltaria a ser necessária. Mas se sentia encabulado na frente de Biscuter, que posava de testemunha e ao mesmo tempo de diretor de teatro a lhe indicar seu papel. Charo comentou, buscando a cumplicidade de Biscuter:

"Como se uma prima do interior tivesse chegado."

"O chefe pede desculpas, mas isso é bem dele."

Por um instante Carvalho pensou em dizer alguma coisa que ajudasse a criar um clima festivo, bem-vinda à casa, por exemplo, mas foi descartando fórmulas líricas e épicas e quase caiu na gargalhada quando teve a idéia de lhe dizer: destas paredes sete anos de solidão te contemplam. Ainda bem que se conteve, e afinal coordenou suficientemente sons e silêncios para poder dizer:

"Quando você volta para Andorra?"

Foi perplexidade o que os olhares de Charo e Biscuter trocaram.

"Está me mandando embora!"

Biscuter deu um soco no ar como se tentasse recolher as palavras, para que as de Carvalho não chegassem aos ouvidos de Charo e vice-versa. Mas já era tarde. Foi um mal-entendido, pensou Carvalho, e devo esclarecê-lo, mas incomodava-o ver-se na obrigação de esclarecer e preferiu dizer obrigado por alguma coisa.

"Obrigado pelo radiocassete que você me mandou alguns anos atrás."

"Em Andorra são baratíssimos."

Tinha de se livrar de Biscuter para poder conversar com Charo.

"Preciso que você vá pegar com o despachante Fuster uns papéis que não posso ir buscar."

A alegria voltou às feições de Biscuter, convencido de que, a sós, Carvalho e Charo se reencontrariam, e em dois minutos se despediu e foi embora, deixando um beijo na face esquerda de Charo, beijo sugador, mais de focinho que de boca humana, e a mulher ficou em pé, alisou a saia em cima das coxas e os dois homens se prepararam para sair de cena. Charo pegou a bolsa e depois encarou Carvalho, foi indo em sua direção, agarrou-o por um braço, atraiu-o para si e o beijou nos lábios, superficial mas úmida, densa, ruidosamente. O beijo funcionou. Homem e mulher se olharam. Ao sair Biscuter bateu a porta, e isso separou o casal, como se os dois corpos receassem ficar tão juntos na solidão.

"Você ainda me ama?"

Carvalho não respondeu. Ficou pensando se algum dia dissera a Charo: eu te amo. Não. Nunca tinha dito. Ela não respeitou o silêncio.

"Eu continuo te amando. Você é o homem da minha vida."

Carvalho foi até sua cadeira giratória e ali se escondeu enquanto a mulher examinava um por um todos os detalhes da sala. Os olhos dela se alegraram ao incluir o fax no inventário.

"Está tudo igual, menos o fax. Você está se modernizando."

"Biscuter está se modernizando. Não tenho por que me modernizar. Não acredito na modernização. Tudo é sempre moderno. Hoje é um dia mais moderno do que ontem. Amanhã, sei lá. Acho que você está muito moderna, é claro."

"Mais que antes?"

"Não é um problema de antes ou depois, insisto. Mas acho que você está muito moderna. É possível ser moderna como todo mundo, ou muito moderninha ou moderníssima, e não me peça um exemplo porque não me lembro de nenhum. Estou improvisando."

Charo se sentou e narrou sete anos de sua vida. Parti me arrastando, Pepe, porque quando você se enrabichou por aquela francesa percebi que não tinha o menor interesse por mim. Em Andorra eu não conhecia ninguém, a não ser Quimet, um tabelião de Barcelona com casa em Andorra, e que há anos era meu cliente habitual no dia de santo Estêvão, quando era agarrado pela modorra daquele segundo banquete de Natal que aqui se costuma organizar no dia 26 de dezembro. Dava a desculpa de ter sido chamado pelo presidente Jordi Pujol, largava a família e vinha me encontrar. Um cavalheiro. Melhor ainda, um ser humano. Não ria por causa do Pujol. Quimet é catalanista fervoroso, e desde a adolescência escalava montanhas com o presidente da Generalitat. Eram catalanistas, católicos e alpinistas. Em Andorra ele me deu uma força e conseguiu me colocar como recepcionista de um hotel, e para mim foi a glória, Pepe, porque durante a noite toda, até de manhã, eu trabalhava de pé e não precisava abrir as pernas para comprar o Poison do Dior ou para comer uma omelete à francesa, com muita salsinha. Depois Quimet me fez sócia do hotel, mas eu já era meio *mestressa*, e assim foram passando os dias, os anos. Mandei para você um radiocassete. E algumas cartas, que você não respondeu, como se estivesse feliz com a sua liberdade, como se tivesse se livrado de mim. Mas Biscuter me animava quando falávamos por telefone: Não desanime, que ele gosta de você, Charo.

Pelo visto, Biscuter e Charo já se tratavam de "você", outra modernização. Agora, o que sobrava do relato já estava praticamente no tempo presente. Carvalho levantou as sobrancelhas e ficou à espera das palavras, mas ela continuou calada, contemplando-o com um carinho constrangedor, progressivo.

"E então?"

"E então o quê?"

"Você me manda um bilhete, vai embora e não aparece durante sete anos, é natural que eu pergunte: e então?"

"Você leu o bilhete?"

Carvalho abre uma gaveta. Sabe o lugar exato onde está o bilhete, e faz de conta que vai pegá-lo, mas se contém.

"Li."

"E o guardou?"

"Acho que não."

"Não tenho mais clientes. Quimet é um amigo. Um amigo importante, mas não é propriamente o meu homem. Só tenho um homem na minha vida e esse homem é você. Mas a sua aparência não está boa, não."

Fez a crítica com a voz mais meiga que encontrou e Carvalho teve a impressão de que ela dizia que o tempo passa, que já estamos velhos, que embora você não saiba eu já completei o meu tempo de serviço, uma conversa que o incomodava, que entortava sua coluna vertebral e o impelia a saltar da cadeira, mas não queria voltar à frieza dos primeiros minutos e escutou pacientemente a reflexão filosófica de Charo sobre o tempo que passa.

"E um dia eu disse: Quimet, aqui sou muito bem vista, é aqui que eu ganho a minha vida. Mas não posso viver sem Barcelona e sem o meu Pepe, porque ele conhece toda a minha história."

"Em Andorra, como você cumpria o ritual de santo Estêvão? Não dá para deixar a família na mesa e ir para Andorra."

"Eles não comemoram mais o dia de santo Estêvão, porque os sogros dele morreram, eram muito velhinhos, os filhos têm suas próprias famílias e Quimet e a mulher não podem se ver nem no elevador."

"Ele se separou?"

Charo balançou a cabeça, usando todo o espaço à sua volta para negar essa possibilidade. Não. O presidente Pujol pediu-lhe, como um favor pessoal, que não armasse esse escândalo político.

"Resumindo, Pepe. Voltei para Barcelona e Quimet montou uma loja para mim."

"Uma tabacaria?"

Agora era Charo que não queria se zangar, e começou a desacreditar os negócios ligados ao tabaco. Cada vez se fumará menos. Quimet trabalhou num projeto antitabagista catalão maior que o dos americanos. Tem um slogan fantástico: *Som sis milions però cap fumador*.* A mulher não percebeu que Carvalho havia escolhido esse momento para acender um *puro* Hoyo de Monterrey, que ele tirou quase aceso da gaveta, e ela se recompôs enquanto tirava do bolso um cartão de visita.

(*) Somos seis milhões mas nenhum fumante.

"Ele montou uma butique de alimentos dietéticos e cosméticos naturais. Meu endereço e telefone. Não rasgue o cartão. Pensei em você. Você está envelhecendo. Não tem futuro, nem dinheiro que dê para viver o pouco tempo que lhe resta. Quimet pode ajudá-lo. Já conversamos sobre isso."

Num ímpeto, Charo, debruçada sobre a mesa, meteu-lhe a língua na boca, como que reconhecendo ou se orientando pelos cantos reencontrados da cavidade bucal, e seus olhos exibiam promessas enquanto ela recuava, de costas, até a porta.

"Pepe, ainda podemos ser felizes e resolver nossos problemas, ter onde cair mortos."

"Você se interessa por ter onde cair morta?"

"Interesso-me em *como* isso vai acontecer, e aí é que entra esse negócio de pensar no futuro."

"Pensar na morte não é propriamente pensar no futuro."

"Como você vai viver quando for velho, Pepinho? Eu me fiz a mesma pergunta diante do espelho do meu quarto de hotel, em Andorra: como você será quando envelhecer, Charo? Uma coisa é morrer de frio por não ter um tostão, outra é, além disso, sentir frio por dentro, por não ter nenhum afeto, nem mesmo um pouco de auto-estima. Quem gosta de você, Pepe? Como anda sua auto-estima?"

Auto-estima. A linguagem de Charo tinha melhorado. Auto-estima. Ela sempre havia falado bonito, mas sempre popular, nunca tinha se atrevido a pronunciar na sua frente palavras como auto-estima. Devia ser uma palavra que aprendera com esse Quimet.

"Quimet tem muita auto-estima?"

"Ele merece. Deve quase tudo a si mesmo. Quimet é um homem importante na Catalunha, desses que 'fazem o país', embora quase nunca esteja em primeiro plano. Graças a ele eu consegui ir para a frente e agora estou voltando porque ele me ajudou a montar esse negocinho, e já me sinto mais segura. Você pode dizer o mesmo?"

Charo mostrava pertencer a duas seitas, a da Teologia da Alimentação e a da Teologia da Segurança.

"Quais são suas relações com a OTAN?"

"O que é que a OTAN tem a ver com alimentos naturais?"

"Você só pode se sentir segura se tiver boas relações com a OTAN."

"Não entendo você. Acho que você quer ficar comigo, mas sei que uns poucos minutos não são suficientes para compensar sete anos. Só quero que ponha uma coisa na cabeça: Quimet me ajudou e quer ajudá-lo."

Ele não teve tempo de pensar num sarcasmo verbal, nem mesmo num gesto. Charo, rapidíssima, deixou um cartão de visita em cima da mesa, deu-lhe as costas e, da porta, foram essas costas de mulher que falaram:

"Você terá notícias minhas."

Quando Carvalho percebeu que estava de novo sozinho, com um cartão de Charo na mão e uma ereção entre as pernas, começou a entrar um fax, de repente.

Compreendo que o senhor não é responsável pelo que se diz a seu respeito, mas não ignora que o transformaram em herói de uma sociedade, ou anti-herói para ser mais exata. A sua surpresa me surpreendeu, mas o senhor deve estar acostumado a ser parado na rua e a que lhe peçam um autógrafo. Não me atrevi a pedir e mandei meu filho mais velho pedir por mim. Eu estava bem perto e pude dizer a ele: Olhe, é aquele cavalheiro, e compreendi que o senhor não gostava de dar autógrafos, pelo gesto e pela dedicatória, a qual não dizia quase nada, mas vinha acompanhada por uma assinatura imensa. "Para satisfazer o cliente...", escreveu. Definição. CLIENTE: pessoa que utiliza os serviços daquele que exerce uma profissão. O comprador habitual de um comerciante. Até onde eu saiba, o senhor não precisa de definições, o que o torna mais lamentável, e é de imaginar que sabe o que diz. Pois estou ofendida, sim, o termo me parece incorreto, um cliente devolve a mercadoria quando ela não o satisfaz, e eu, no entanto, guardo o seu autógrafo com carinho, pois em certa ocasião descobri que Pepe Carvalho era um ser humano, que pode se enganar e que, por isso, talvez tenha mais mérito em tudo o que faz bem, muito bem, "divinamente". E compreendi isso mesmo sem achar que a experiência, distante, que compartilhamos tenha sido, para o senhor, demasiadamente humana — ou devo atribuir só a mim a falta de humanidade ou de maturidade?

Nem sempre sou a única que vivo na expectativa do que o senhor faz. Todos ao meu redor — meu marido e meus dois filhos são o meu "redor" fundamental — conhecem a simpatia que tenho pelo senhor, por isso volta e meia eles me mantêm informada do que se diz a seu respeito, personagem de quem muitos falam e que poucos conhecem. Para que veja que sou generosa, vou lhe dizer que não estou ofendida só por mim, mas pelo senhor também. Não creio, de modo algum, que o senhor seja um "comerciante" (o comerciante compra para vender, como a rede El Corte Inglés, por exemplo), nem que detetive particular seja uma "profissão", ou, pelo menos, uma profissão lucrativa. Bem, vejo que comecei a baixar a guarda, o que se deve, sem dúvida, à "simpatia desordenada" que sinto pelo senhor. De qualquer maneira, agora, toda vez que contemplo o autógrafo e vejo o tamanho de sua assinatura, me entristeço. Comover, não; comoção, sim: tudo o que o senhor me sugere é sempre muito exagerado.

Acho que devo esclarecer que procurei o seu endereço (eletrônico, telefônico, postal...) por toda parte, por isso é bem possível que um desses serviços lhe comunique essa busca. E tudo isso para descobrir que está onde estava quando o conheci. Não sei por que achei estranho que não tivesse um e-mail (em minha busca, nem a internet escapou); na verdade, dadas as circunstâncias, era mais fácil imaginar que o seu meio de comunicação seria o tambor, pelo que tem de mágico, arcano. Em suma, é óbvio que o adoro. Só lhe resta assumir essa responsabilidade, é seu dever.

MORGANA (a Bruxa)

Mal terminou de ler, não resistiu à tentação de seus olhos, que queriam checar o fax recebido: uma sigla, "SP Associados", e um número que Carvalho não tinha interesse em guardar. Não queria responder. Não queria envolvimento com a personalidade de quem parecia ser uma correspondente de si mesma, nem se preocupar com a suposta "... experiência, distante, que compartilhamos": A Morgana lendária da legenda arturiana não tinha sido propriamente uma bruxa, era uma fada sem essas cafonices, ou talvez fada e bruxa fossem o branco e o preto da mesma transgressão. Imaginou a bruxa velha e gorda, cúbica, uma mulher casada, frustrada e metida a literata, em busca de heróis de papel já que não conseguia encontrá-los de carne e osso. Afinal de contas, a imprensa tinha falado uma ou outra vez de suas investigações, mas o mundo entre Carvalho e Julio Iglesias era habitado por milhões de heróis de papel que mereciam receber um fax de uma vaca balofa e neurótica. Surpreendeu-se ao não querer rasgar a mensagem. E também ao enfiá-la na gaveta que podia ser trancada a chave, como se quisesse protegê-la de olhares indiscretos, que só podiam ser os de Biscuter. Não queria se lembrar de todas as suas experiências com mulheres, e só as mais dotadas para a fabulação e a sintaxe poderiam ser as responsáveis pela carta.

Foi para a rua com o mau humor esquecido num canto do cérebro, não tão esquecido como pensava, pois de vez em quando parava e se perguntava: por que você está tão furibundo?, e não demorava para responder: A fulana do fax. Com o cartão de visita de Charo entre os dedos, Carvalho procurou a butique de "dietética e cosmética biótica", que ficava na Vila Olímpica, e para lá encaminhou seus passos, num desejo de reler a cidade, de se reconciliar com a vontade de Barcelona de se transformar numa cidade pasteurizada e com cheiro de camarões fritos vindo da metástase que eram os restaurantes da Vila Olímpica. Não haverá em todos os mares do mundo camarões suficientes para todos os que se cozinham em Barcelona, numa tentativa de trocar o cheiro de pólvora, axilas e virilhas da cidade do pecado por uma mistura do aroma de pinho dos purificadores de ambiente com o cheiro de camarões fritos. Todas as metáforas da cidade tinham perdido a validade: já não era a cidade viúva, viúva do poder, pois conseguira esse poder graças às instituições que nasceram junto com o estatuto de autonomia; tampouco era a rosa de fogo dos anarquistas, pois a burguesia tinha vencido definitivamente ao mudar de nome: agora se chamava "setor emergente", e como pôr uma bomba ou armar uma barricada no "setor emergente"? Barcelona tinha se tornado uma cidade bonita mas sem alma, como certas estátuas, ou, quem sabe, teria uma alma nova que Carvalho procurava em seus passeios até admitir que talvez a idade já não o deixasse descobrir o espírito dos novos tempos, o espírito do que alguns pedantes chamavam de "pós-modernidade" e que Carvalho considerava uma época idiota entre duas épocas trágicas. Mas estava se apaixonando de novo por sua cidade e, sobretudo, devia reprimir a tendência à satisfação quando descia pelas Rambles, desembocava no porto e à beira do Moll de la Fusta iniciava um percurso junto ao mar em busca da Barceloneta e da Vila Olímpica. Apesar dos centros comerciais e de lazer recém-construídos, o mar lhe pertencia, finalmente se integrava como um dos quatro elementos da cidade: Gaudí, os camarões fritos, a torre de comunicações de um tal de Foster, que tinha avião particular e era casado com uma sexóloga espanhola, e o mar. Quimet havia instalado a loja de Charo numa das alas de pouco comércio do centro de negócios do Port Nou, à sombra da Torre de les Arts. Estavam terminando as obras e ele parou a uma distância prudente a fim de observar como Charo se movia entre marceneiros e eletricistas, as plantas da obra numa das mãos, e a outra sobre os ossos do quadril esquerdo, coberto por um jeans bem justo. Por um instante a idade de Charo passou pelo fundo de sua mente como um letreiro animado, mas ele se negou a lê-lo. Ela conservava a silhueta de mocinha embora o rosto tivesse se arredondado e fosse evidente a tintura de seus cabelos brancos, convertidos no castanho-avermelhado que estava na moda em muitas cabeças femininas. Nas praias das redondezas, que à sua esquerda iam até o quebra-mar, praias de sua infância, e à direita até o Maresme, a Copacabana que Barcelona havia herdado dos Jogos Olímpicos, corpos consumiam o Mediterrâneo e o sol grátis, e entre esses corpos ele se lembrava da silhueta graciosa da Charo que tinha conhecido, e admitia que hoje Charo preencheria mais os biquínis, muito mais e muito bem, e que seria preciso chegar bem perto dela para ver em seu rosto o tango ou o bolero de uma vida. Não queria ser flagrado em sua condição de *voyeur*, mas quando deu meia-volta topou com um homem magrinho, de proporções reduzidas, grisalho, vestido com apuro, encarnação da elegância, que cheirava bem demais e o fitava com olhos excessivamente perspicazes.

"Carvalho, imagino?"

Original, o homem, pensou, mas não se deixou levar pela curiosidade, e inclusive deu um passo atrás para distanciar-se da mão que o outro lhe estendia.

"Joaquim Rigalt i Mataplana, embora Charo tenha falado de mim como Quimet."

Imaginava-o mais alto, mais gordo, mais anódino, mais óbvio, mas teve de cumprimentá-lo enquanto o estudava.

"Vai se encontrar com Charo?"

"Não exatamente."

"Mas para nós três nos conhecermos é uma magnífica oportunidade."

Ia fazer uma observação, mas Charo os tinha avistado e corria na direção deles, com o sorriso franco, embora seus olhos já estivessem estudando o jeitão de Carvalho e lhe pedindo que por favor a ajudasse. Beijou Carvalho no rosto, deu a mão a Quimet, enquanto olhava para os lados a fim de ver se alguém estava observando seu gesto. Carvalho fixou-se na prudência dos gestos da mulher, e deixou-se levar até o Port Nou, onde tomou um aperitivo num bar que cheirava a camarão como todos os outros, enquanto o trio inteirava-se das novidades. Quimet a deixava falar a fim de criar um clima favorável, e Carvalho fingia escutar enquanto ponderava sobre o que lhe pediriam e o que ele podia pedir àquela hora da manhã: um martíni seco com camarão. Quimet retomou a palavra em sua condição de Joaquim Rigalt i Mataplana, sócio de dona Rosario, Charo para os íntimos, na loja Bio-Charo, um negócio a mais entre os muitos que ele tinha, para o qual contara com a ajuda de uma especialista.

"É preciso diversificar os riscos."

Piscou para Carvalho e não foi correspondido. Depois se inclinou para o lado dele e perguntou, com voz de tenor lírico:

"O que acha da Catalunha?"

"De quem você está falando?"

"Da Catalunha."

"Não entendo a sua pergunta. Quem é Catalunha? Uma entidade geográfica, administrativa, emblemática, simbólica..."

"Nacional. A Catalunha é uma nação."

"Não tenho a menor dúvida. Um sujeito coletivo, digamos, coletivo e virtual. O senhor também é uma nação. Todos são uma nação. O que para mim é muito claro é que eu não sou uma nação. Já é difícil ser um indivíduo, e eu não confio nos povos. Os indivíduos podem ter compaixão, os povos não. Ser uma nação complicaria demais minha vida. Mas adoro as nações dos outros."

Charo o aplaudiu com os olhos.

"Começamos bem, Carvalho. Mas *anem per feina*,* não vamos perder tempo. Como vai seu trabalho de detetive particular?"

"São tempos ruins. A globalização nos afetou muito. As multinacionais controlam o ramo das polícias privadas e nós, os detetives artesãos, começamos a ser considerados uma curiosidade antropológica. Nunca houve tanta Teologia da Segurança nem tanto gatuno e assassino no mercado, mas a concorrência das multinacionais da repressão é desleal. A da OTAN, nem se fala. Agora bombardeiam com mísseis inteligentes, mas no futuro vão prender e encarcerar com ímãs sensíveis a carne humana derrotada, e à distância."

"Quer dizer, não vai bem."

Carvalho deu de ombros e Quimet se achou o dono da bola.

"O que acha dos serviços de informação?"

"Refere-se à CIA, ao KGB, ao CESID e a tudo isso?"

"O senhor está falando de entidades concretas marcadas por circunstâncias históricas concretas: a guerra fria ou a transição democrática espanhola. Eu me refiro aos serviços de informações do futuro, a uma nova concepção de serviços de informações adequados a

(*) Vamos ao que interessa.

novas estratégias, a novas expansões, à nova conflituosidade regional da globalização. Para o espião moderno a serviço das grandes potências, o problema é saber quem espionar. Mas o espião pós-moderno, a serviço dos novos e fragmentários centros de poder, tem de espionar tudo. O senhor foi da CIA — ou pelo menos é o que se diz —, o senhor foi da CIA?"

"Faz tanto tempo que é tão provável como improvável."

"De qualquer maneira, tem uma experiência que pode ser muito valiosa para nós."

"Para quem?"

"Para a Catalunha."

Os olhos de Carvalho divagaram até uma loja de produtos de espionagem que havia ao pé da Torre de les Arts e Charo seguiu seu olhar a fim de alcançá-lo e poder reiterar seu pedido de moderação, de atenção, que fizesse isso por ela, que não se precipitasse. Carvalho abandonou-se no encosto da cadeira e ouviu o raciocínio de Quimet sobre a necessidade de a Catalunha ter seu próprio serviço de informações.

"Sabemos que estão operando em nosso território não só os serviços de informações do Estado espanhol ou da França, e até mesmo os enviados italianos de Umberto Bossi com seu projeto separatista da Padania, mas também os que se formaram em outras comunidades autônomas, em especial no País Basco, onde o Partido Nacional Basco dispõe de serviços de informações há mais de cinqüenta anos, desde que Irala e Galíndez colaboravam com os americanos."

"O que os bascos espionam na Catalunha?"

"Querem saber o que nós espionamos."

"Seguindo essa lógica, sem dúvida todo mundo terá de espionar todo mundo para saber o que estão espionando."

"Não me venha com essa redução ao absurdo. É provável que essa situação acabe acontecendo. Mas, concretamente, temos detectado a atuação de espiões a serviço de poderosos lobbies econômicos que poderiam desvirtuar a própria idéia de Catalunha: já ouviu falar de 'Região Plus'?"

"Pouca coisa."

"Esse não é o momento para explicar, mas adianto que estamos diante de uma conspiração diabólica da Internacional Popular, da Internacional Socialista, dando respaldo ao nacionalismo espanhol e se aliando a poderosos setores financeiros para criar uma nova entidade regional multinacional capaz de concorrer e inclusive arruinar com a identidade da Catalunha, por meio da criação de um poderoso triângulo econômico Toulouse—Barcelona—Milão que passará por cima dos limites afetivos e nacionais da Catalunha. A isso se chama Região Plus. Nesse projeto, os governos da França e da Itália colaborariam com o da Espanha, a fim de destruir o potencial separatista da Padania e da Catalunha Norte, sem falar do que já seria uma reivindicação da Occitânia. A Padania de Bossi não existe, a Occitânia não tem chances de ver a luz do dia, mas a Catalunha existe e está, existe e está em perigo. O que o franquismo não conseguiu, o economicismo apátrida pode conseguir. Se prosperar, essa nova base e esse novo território de interesses econômicos podem tornar inútil a própria idéia de Catalunha. Destruir nossa identidade. Como podemos nos sentir parte de um triângulo? Vamos inaugurar o patriotismo geométrico? Precisamos de homens como o senhor, Carvalho."

Agora era o detetive que sondava Charo para ver se ela ratificava as boas intenções de Quimet. Esse cara está gozando de mim? É um papo-furado? E os olhos de Charo lhe respondiam: Não. Está falando sério, por favor, agüente. Quimet estendia-lhe um cartão de visita.

"Vá até esse endereço e pense: as aparências enganam. Quando chegar, mostre o cartão e diga simplesmente: *De bon matí quan els estels es ponen...*"*

"Não poderia ser apenas: *Patufet, on ets*?"**

Os olhos de Charo o repreendiam. Quimet ria. O cartão anunciava outra loja, esta de biodietética e produtos de saúde, chamada Lluquet i Rovelló. Carvalho alegou um compromisso urgente e deixou os dois sócios a sós, tirando conclusões. Era hora do almoço e tentou encontrar La Estrella de Plata, onde serviam *tapas* vanguardistas idealizadas por um tal de Dídac López, *tapas* milenaristas. Saiu da Vila Olímpica, entregue a seus ciclistas, a seus banhistas, tão partidários do mar como de sua gratuidade e de seus restaurantes de camarões, exceto o Talaia, onde era possível comer uma síntese da nova cozinha metafísica de Ferran Adrià e da neocozinha etnomediterrânea. Seguiu em direção à Pla del Palau. Teve de lutar como em sua melhor época de carateca para conseguir um lugar no balcão do La Estrella de Plata e pedir uma porção de corações de alcachofra com ovo de codorna e caviar ou sonhos de flor de abobrinha recheados de um *foie-gras* feito segundo as nor-

(*) De manhãzinha quando as estrelas se põem...
(**) Onde estão, Pequeno Polegar?

mas européias. Ainda que tivessem aberto seu apetite, ao mesmo tempo os quatro deliciosos canapês o impediram de continuar a agredir suas minguadas economias com um almoço, mesmo dos mais modestos. Já não se tratava de poupar para a velhice, mas de não poupar o suficiente para nada. Uma recente consulta às suas finanças havia lhe mostrado o balanço dos dez milhões de pesetas que, a prazo fixo, lhe rendiam quinze mil por mês. Era tudo o que possuía, a não ser que vendesse a casa de Vallvidrera e fosse viver debaixo da ponte com as quinze mil pesetas de renda mensal. Assim, enfiou o orçamento na cabeça e seguiu até o restaurante Sr. Parellada, onde Ramón, em outras épocas um herói do rock catalão e agora responsável, também, pela Pensão Europa de Granollers, fazia-lhe preços camaradas ou pelo menos o convidava para tomar um drinque. Queria comer comida catalã, identificar-se totalmente com a causa, e pediu *escudella barrejada** e *peus de porc amb cargols*,** consciente de que a *escudella barrejada* é a ressaca das melhores *escudellas*, são os restos de seus esplendores, e de que os pés de porco com caracóis têm poucas calorias e nem um pingo de colesterol.

"Algum caso no momento?", Ramón perguntou antes da sobremesa, fatias de laranja ao suco de laranja com lascas de casca de laranja cristalizada.

"Tenho de encontrar o assassino da testemunha de Luzbel. Você nem imagina a confusão em que me meti. Não acredito na religião verdadeira e me meto numa

(*) Cozido que mistura as sobras da *escudella*, que é prato típico catalão, com legumes, macarrão e favas, carnes ou peixes (N. T.).

(**) Pés de porco com caracóis (N. T.).

religião falsa. Por outro lado, posso ter mais um caso grandioso: salvar uma nação."

"Que nação?"

"O nome não foi informado. Uma nação que erra pelo deserto durante séculos acaba perdendo até o nome."

Ao entrar no escritório viu que a sorte estava lançada. Biscuter tinha deixado em cima de sua mesa o fruto de uma chamada do fax.

Chega de conversa mole, não temos tempo a perder (meu medo é que você saia de férias e que o caso fique "em suspenso"; esse negócio de adiar para depois das férias o que podia ter sido e não foi não é comigo). Não gostei do seu autógrafo.

É inaceitável que alguém que era capaz de pintar As meninas *— as de Velázquez — tenha feito uma charge de Mingote, por melhores que sejam o autor e sua charge.* Mas, pelo que sei ou me disseram, a sua vida se embrenhou nas dimensões do simulacro e consta-me que o senhor passou por maus momentos em Madri, durante a investigação do assassinato do empresário mecenas, e nem é bom falar de sua longa temporada em Buenos Aires, um subterfúgio. Considero o episódio de Madri mais criticável. O senhor viveu aquela experiência e contou-a a quem lhe convinha, jogando com o fato singular de transgredir o Princípio de Pauli (dois corpos não podem ocupar o mesmo espaço ao mesmo tempo). Um crime a*

(*) Antonio Mingote (1919), humorista e desenhista, criador de personagens muito populares. Publica diariamente uma charge de humor no jornal *ABC*. (N. T.)

seu ver cometido pelo "Autor" de um romance que concorria a um prêmio literário; o tema: os bastidores econômicos, políticos e literários de um concurso. Um espelho perfeito, a partir do qual podemos caminhar para dentro ou para fora sem nem nos darmos conta: genial. Um arremedo de como Velázquez concebeu As meninas; *fazendo com que o autor e também o espectador sejam parte da composição; um enfoque insólito cujo resultado é fantástico. É "o quadro". Nem Vermeer, com o* Delft, *merece tantos elogios. Quanto ao enfoque: nota dez.*

Estou pensando que... a menos que me permita expressamente, não posso continuar, minha boa educação me impede; é muito pedir que responda com um sim ou um não, pura e simplesmente?

Eu adoraria que, em vez desse som impertinente, o seu fax tocasse um bolero, seria ótimo para o meu "negócio", assim será mais fácil que o senhor ceda:

... adoro as coisas que me dizes,
adoro nossos momentos felizes...

ALICE (atrás do espelho)

Quem essa imbecil pensava que era? Ali estavam o nome "SP Associados" e um número de telefone. Ficava à sua disposição, para uma réplica contundente. Que direito tinha de fazer críticas à sua vida? Carvalho era responsável pelo que se especulava a seu respeito? A que podia responder sim ou não? Senhora, mande uma foto e verei se vale a pena irmos para a cama. Mas, ainda indeciso sobre o que fazer com o fax, a máquina trituradora de silêncio recomeçou a funcionar, e de novo apareceram, no início de um novo texto, "SP Associados" e o telefone de referência.

* * *

Voltando à sua atuação em Madri, da qual quem se ocupa sou eu, pois, pelo visto, o senhor não está dando a menor bola. Como sempre, fez uma composição partindo de um esboço dos personagens que já tinha na cabeça, como fez comigo no passado: eu devia coincidir com o desenho elaborado por todos os seus preconceitos. Imagino como apareceram à sua frente os supostos implicados. O senhor sempre utiliza a técnica goyesca, ou seja, pinceladas grossas, decididas, seguras, que, com a precisão de um bisturi, fazem aflorar a individualidade de cada um. Cromático. O senhor é um voyeur *que pinta a realidade à sua medida. Com que cores sou descrita no arquivo de sua memória? Em que momento me descartou do bolero* in crescendo *de sua história sentimental, como o de Ravel,* in crescendo *mas interrompido quando é do seu interesse pegar o disco e destruí-lo? Musical. Nas melhores peças musicais a chave está no contraponto com o qual a composição se harmoniza; Carvalho, o personagem fictício, é, justamente, o encarregado de conferir um semblante de realidade, tornar "digerível" e leve essa convivência densa, quase intrincada. Saborosa.*

O caso do assassinato de Lázaro Conesal tem, em seu desenvolvimento, vocação polifônica, o senhor tenta executar ao mesmo tempo diferentes melodias, esboça primeiro o lado econômico da trama, depois o político-social e, finalmente, o literário; como um compositor faria: solapando um tema com o outro, para que o primeiro, tocado em solo, se funda com o seguinte, depois seja descartado para que brilhe, sozinho, o anterior, que se imbricará com o terceiro... e — ouroboros: a serpente que morde o próprio rabo — tudo recomeça. Sinfônico.

Mas em dado momento a sinfonia começa a perder brilho; os sons persistem e os tempos são respeitados, é verdade, mas...

o resultado é um amálgama de temas que soam díspares, estridentes..., isto sim, e — para completar — com uma freqüência cada vez maior. Cacofônico. Não cheguei a me preocupar (pensei: sem a menor dúvida é de propósito), pois tudo o que o senhor viveu foi com a vontade de que a vida fosse um galinheiro com um poleiro, o que é uma metáfora, a vida é como o poleiro de um galinheiro, curta mas cheia de merda. Soube que o senhor tinha reencontrado em Madri uma mulher com quem andara flertando, e não imagino um interesse maior porque o senhor, com as mulheres, nunca passa do nível do flerte. E a relação com essa mulher foi a primeira nota desafinada. O senhor encara como um epifenômeno quando o garotão de dezoito anos, filho de Carmela, fala numa linguagem depreciativa dos códigos da mãe e dos seus, senhor Carvalho, um garoto capaz de perceber que a mãe é fã do líder comunista Julio Anguita como se ele fosse Michael Jackson, e que Anguita tem algo de Jackson, é um vermelhinho branqueado ou um branco avermelhado. E o garoto zomba da mãe porque, segundo ele, ela faz parte de todas as sociedades secretas do vermelhismo: SOS-Racismo, Direitos Humanos, Não Toquem em Chiapas... Conversei com o garoto. Segui os seus passos, Carvalho, e até tive uma conversa desinteressada com Carmela para ver qual era o seu verdadeiro papel na vida dela. Posso adiantar que em duas ocasiões, no começo dos anos 80 e no final dos 90, Carmela esperava que o senhor descesse do avião e ficasse com ela. Não o conhece. Carmela não o conhece, senhor Carvalho. Compreendo que se preocupe ao saber que investiguei as suas investigações, como às vezes se pinta um quadro sobre outro, a isso se chama pentimento, ou como se escreve nas partes em branco de um livro já impresso. Desconfio que esta revelação lhe será fatal.

A música que seu fax deveria tocar agora é:

Adeus, barquinho a vela,
galeão de meu querer.
Tua bandeira e minha bandeira
já não voltarão a se ver.

... *Reply please*.

JOÃO-TEIMOSO
(continuo atrás do espelho)

Post-scriptum: *o reencontro com Carmela quase ocorreu, quase. O que aconteceria se o senhor tentasse me reencontrar? É tão difícil me reconhecer? Resgatar-me do meio das páginas da memória? O senhor não colecionou as pétalas de todas as flores que arrancou? Desculpe a cafonice. É uma cafonice sob controle.*

De que pétala a vaca do fax estava falando? Só podia ser uma vaca à espreita, com os chifres lascados e as tetas carregadas de leite com sabor de pesadelo, leite em tecnicolor barato, tecnicolor para crianças, postal *souvenir*. O encontro com o contato das Testemunhas de Luzbel era às cinco da tarde, no novo Zurich da praça de Cataluña, uma clonagem do antigo, assim como o Liceo era um clone de si mesmo. Tempos de engenharia do simulacro e da nostalgia, balbuciou Carvalho, preparado para uma sessão de espiritismo diante de um suco de chufa ou de um frappé de café. Subindo as Rambles, seus olhos e o verão despiam os corpos das moças, até mesmo o de certas mulheres, e Carvalho fez o teste da idade. Quem o atraía mais: as mocinhas ou as coroas? As coroas. Respirou aliviado.

O suco de chufa parecia "escarcha aberta e pobre", e tentou se lembrar de onde saía essa metáfora, até que um vômito poético lhe trouxe à mente os versos que Miguel Hernández escrevera na prisão, enquanto o filho era amamentado com leite materno, fruto por sua vez das cebolas do pós-guerra: "A cebola é escarcha fechada e pobre". O sociólogo Anfrúns não se atrasou muito. Estava muitos anos mais velho do que na época em que se conheceram, durante o caso da *go-go girl*, mas tinha as mesmas madeixas lisas de maio de 68, já antiquadas nos anos 80, e, pelo visto, não muito limpas, mas agora, no final dos anos 90, grisalhas e presas num rabo-de-cavalo. Sua altura era compensada pelos ombros curvados para a frente, de tanto que tivera de se inclinar ao falar com uma humanidade mais baixa.

"Da sexologia à teologia é um salto e tanto."

"É uma época teológica, Carvalho, qualquer afirmação sobre o futuro é teológica porque ele não foi definido por ninguém, e o neodeterminismo capitalista liquidou com a esperança, ou seja, com o futuro como religião, tal como Bloch defendia. Por isso o grande mercado no próximo século será o religioso. Haverá religiões de marketing. Esse negócio das seitas é mera pré-história."

Anfrúns pediu um uísque com muita água ou muita água com uísque, e Carvalho, um puro *malt*, e sem gelo se tivesse mais de dez anos. Anfrúns divagava sobre como seria sensato Carvalho aprender a se orientar em meio à selva das novas religiões, e Carvalho não tirava os olhos dos corpos femininos, enquanto tentava adivinhar a procedência dos estrangeiros. Pois a cidade tinha se transformado num mito europeu, por sua condição de cidade mediterrânea habitada por seres que, segundo as pesquisas, tinham como aspiração antropolítica máxima ser suíços ou japoneses, caso não pudessem continuar sendo catalães. Era natural que cidadãos com tais expectativas merecessem a curiosidade universal. Mas Anfrúns pronunciara a palavra *Luzbel*, e com isso o obrigava a virar para o seu lado.

"O que você dizia da Luzbel?"

"Que é uma seita de dissuasão."

"Não entendi."

"Ela foi criada por grupos de pressão em luta um contra o outro. Pelo visto, há negócios um tanto futuristas na parada, e o que está em jogo são quantias próximas do conceito de infinito. Jogo pesado, de alta engenharia geoeconômica. Tudo começou quando o filho de um industrial poderosíssimo criou uma seita para poder foder com umas garotas, e o pai cortou o dinheiro dele porque não gostava que o filho fosse um antipapa e além disso fodedor. O pai era do Opus Dei, da fração que é contra o cilício. Ninguém menos que Pérez i Ruidoms. Da noite para o dia começaram a chover remessas de dinheiro para o garoto, tudo indica que de fanáticos e simpatizantes, mas o dinheiro vinha do grupo Mata i Delapeu, você sabe quem eles são, estão metidos em tudo, e não seria nada mau se lhes apresentássemos um decálogo do capitalismo construtivo. Trabalham no desmonte de fábricas e negócios, e ficaram multimilionários. Compram empresas quase falidas, depois que o pessoal já foi demitido, conferem-lhes um mínimo de racionalidade ou vendem o que restou, casas, edifícios. Um negócio limpo. Veja: todo o processo é coerente. Mas o fato é que Albert Pérez i Ruidoms, o satanás, leva para a seita e para a cama Alexandre Mata i Delapeu, justamente o rapaz morto. O assassinato de um membro da Testemunhas de Luzbel, tudo indica que durante um ritual, coloca no centro das atenções a seita e a personalidade do guru, comprometendo seu pai e tudo o que ele representa. Vão falar em caixa dois, e lembre-se do que estou dizendo: as eleições na Catalunha estão se aproximando, serão no outono, há uma séria possibilidade de que os nacionalistas percam para as esquerdas e de que o escândalo respingue até nos altos escalões do governo autônomo."

"Por exemplo?"

"Ventolrà, Sitjar, Rigalt i Mataplana."

Seus ouvidos retiveram o nome completo de Quimet Rigalt i Mataplana; com os olhos fechados, o que aumentava a impassibilidade de seu rosto, calculou a próxima pergunta:

"Essa operação tem algo a ver com a Região Plus?"

Anfrúns estava assustado e surpreso demais para fingir.

"Não me leve a mal, nessa história de teologia sou um novato. Desses que você citou, eu gostaria de saber quem é quem."

"Ventolrà é um dos príncipes herdeiros do governo nacionalista, um dos delfins de Pujol, embora o pior que pode acontecer com um catalão ambicioso é ser considerado delfim de Pujol. Politicamente, nenhum deles sobreviveu para contar a história. Sitjar sabe tudo sobre as finanças do presidente e de sua família. E Rigalt i Mataplana sabe tudo de todos. É um homem extremamente hábil, muito fiel ao presidente, desde que eram adolescentes. Um grande batalhador. Ficou rico em Andorra e riquíssimo nas ilhas Caimãs, mas ninguém se lembra disso. Nunca ninguém conseguiu ligá-lo a nenhum caso de corrupção. É casado com uma Fatjó, não sei se esse sobrenome lhe diz alguma coisa. Os Fatjó dos Cimentos Pols, vendidos recentemente a uma multinacional. Não digo quanto receberam porque a quantia não cabe em minha boca, e nem no seu cérebro. Pela sua cara vejo que você não sabe quem é quem neste país. Parece até um marciano."

"Estou de passagem."

"Desde quando e até quando?"

"Desde sempre e para sempre. Vamos direto ao ponto, Anfrúns. Acho estranho conversar sobre religião e poder. Eu o imaginava um senhor das trevas do sexo e agora o vejo como intermediário de uma seita satânica."

"Sou o intelectual orgânico do grupo. Meu negócio é ser intelectual orgânico. Fui do Partido Socialista Unificado da Catalunha. Depois, da Sexologia Orgânica, você deve se lembrar, e agora tento me manter como um grande urdidor, mas já não sou mais o que era. Vamos ao ponto, se é o que você quer. O rapaz assassinado era um neófito na seita, mas muito bem escolhido porque, dizem, mantinha relações sexuais com o profeta."

"O profeta não era um fodedor de moças?"

"Estava farto da heterossexualidade. Era natural que quisesse experimentar outras coisas. Aconteceu comigo. Com você não?"

"Se não gosto de mulheres mal depiladas, imagine de homens."

"Dizem que ia para a cama com o profeta, e além disso era um Mata i Delapeu."

"Porra, Anfrúns! Aqui todo mundo tem pinta de muito importante e tem dois sobrenomes unidos por uma conjunção copulativa. Seja bicha ou não, seja o profeta ou o pai dele ou o assassinado."

"Este país, como a Espanha e a Europa depois da Segunda Guerra, criou uma nova classe e incorporou as oligarquias anteriores. Lembre-se que eu era sociólogo, e sei do que estou falando. Não quero perder a minha tarde. Estou chegando ao fim. O jovem Pérez i Ruidoms foi indiciado e posto em liberdade mediante o pagamento de uma fiança. O crime pode muito bem ter sido cometido, a soldo de ouro, por um grupo de pistoleiros de aluguel dos Bálcãs, que, nessas alturas, já estariam de novo em seu país cortando os colhões uns dos outros. Agora são comuns as quadrilhas de pistoleiros kosovares porque, afinal, eles precisam viver, e os melhores capangas têm origem na fome e nas guerras. Logo aparecerão pistoleiros chechenos. Os pobres do mundo são pobres mas não são bobos e já sabem que os ricos do mundo precisam de assassinos."

"Quem pediu que eu investigue o caso foi o arcebispado de Barcelona."

"Se o arcebispado de Barcelona recorreu a você é porque as seitas têm coberto de pichações os muros do arcebispado e porque a mãe de Mata i Delapeu, Delmira, Rius i Casademont de solteira, solicitou. Ela é uma beata que se mete em todas as ONGs católicas para esquecer que o marido a engana até com bonecas infláveis, infladas ou murchas."

"É bom saber disso antes de falar com o senhor bispo. Na verdade, recebi um telefonema da Cáritas."

"Você não falará com ele. O negócio é mais embaixo. Além disso, não é só o bispo ou o arcebispo, é o cardeal. O que você faria se o cardeal o recebesse? Rolo de rir só de imaginar a sua reação."

"Se estivesse de batina eu lhe pediria uma contradança. Li isso em algum lugar. Uma vez um tarado pediu uma contradança a um bispo, seduzido por suas saias tão bonitas. Mas vamos fazer um resumo do organograma oligárquico-satânico da Catalunha e me corrija se eu estiver errado: um jovem chamado Pérez i Ruidoms cria uma seita satânica para poder foder e, algum tempo depois, aparece o cadáver de outro jovem chamado Mata i Delapeu, que pelo visto brincava de papai e mamãe com o jovem Pérez i Ruidoms. A mãe de Mata i Delapeu, que continua usando os sobrenomes do marido embora ele durma com bonecas infláveis, me pede para investigar o caso e você, intelectual orgânico das Testemunhas de Luzbel, me comunica que embora as evidências apontem como suspeito Albert Pérez i Ruidoms, tudo isso é uma montagem de oligarcas para quebrar outro oligarca, o todo-poderoso Pérez i Ruidoms, grão-mestre ou grão-rabino do Opus Dei e pai do profeta satânico. Preciso de um guia nessa selva de sectarismo e pistoleiros."

Anfrúns fez um resumo das seitas em atuação, brincadeiras subdesenvolvidas se comparadas com as seitas norte-americanas, por exemplo. Os neonazistas vão se metendo nas seitas porque não sabem onde se meter. Por ora, o capitalismo não precisa deles e todo mundo tem de ser de alguma coisa, do Barça, do Español, do

Real Madrid ou da Iglesia de Satanás ou da Ordo Templi Orientalis ou da Orde Illuminati. Direitas. Direitas tradicionais ou anarcodireitas.

"A mais notável é a Iglesia de Satán, fundada por um diplomata do Partido Popular e com vínculos com a seita do reverendo Moon, por meio de seus dirigentes. A seita OTO-Auténtica tem como líderes um taxista e um segurança particular. Existem missas negras e venda de facas para sacrifícios rituais, mas, que se saiba, só matam galinhas, gatos e cordeirinhos, talvez um cachorrinho. A nossa é uma seita modesta, mas muito criativa, o que, modéstia à parte, eu também sou, pois sou um profissional da imaginação teórica e gosto de direcionar a proposta um pouco para a esquerda, não porque espere fazer a revolução com a religião, mas para encher o saco da burguesia. Embora às vezes a melhor maneira de encher o saco da burguesia seja puxando o seu saco para que ela acredite que tenha saco. Você se lembra das minhas teorias sobre a sexualidade orgânica? Estivemos prestes a destruir o sistema pregando a liberdade sexual. Todo mundo participava, mas então vieram a AIDS e o papa polonês. Meu tempo está acabando. Fique com esta lista e me incomode o menos possível."

Entregou-lhe um papel e foi embora: Corrent 93, DV 69, Fundació del Gen Sagrat, Grupo Astaroth, Germanes d'Halo de Beelsebul, Germans de Changó, Macho Cabrío, Templo de Seth... Carvalho mal começou a ler o resto da lista; deu um pulo e foi atrás de Anfrúns, que andava com ares de sociólogo com pouco tempo para terminar uma pesquisa de campo. O sociólogo atravessou a praça de Cataluña, foi para a Via

Laietana e desceu a passos rápidos pela calçada da direita até chegar ao prédio da central de polícia. Então cruzou a rua, como se não gostasse de passar diante da porta da antiga *cheka* franquista, atitude que Carvalho às vezes compartilhava, e por isso mostrou-se grato ao outro. Anfrúns chegou ao Mercado de Santa Catalina, do qual sobrava apenas a fachada, à espera da reconstrução do interior, e enfiou-se pelas ruas da Barcelona gótica até chegar a um velho casarão medieval no qual se introduziu apelando para o método de dar um empurrão no portão. Estava fechada aquela porta bem diante do seu nariz, e Carvalho procurou na moldura, na fachada, alguma indicação sobre a função do edifício, mas nada encontrou, e então resolveu entrar no Bar El Xampanyet, bem diante do beco, de onde era possível ver quem entrava e quem saía. Em cima do balcão, perfeitamente alinhados, estavam os *montaditos a la vasca*, fatias de pão cobertas de lascas de presunto ou carne que haviam se espalhado por Barcelona como uma epidemia de *tapas* pós-modernas, "*collage* e ecletismo", tinha lido numa nota de *La Vanguardia* assinada por uma tal de Carme Casas. No segundo *montadito* a perseguição e a expectativa foram recompensadas. Quimet atravessava a mesma porta que quinze minutos antes engolira o sociólogo sexual reciclado em intelectual orgânico de Satanás, Jordi Anfrúns.

Partindo da percepção, quase cabalística, sugerida por sua vivência do assassinato de Lázaro Conesal, eu me debatia entre emoções diversas e contrárias... As equações de segundo grau (lembra-se?), essas que são resolvidas por expressões matemáti-

cas que admitem dois resultados, são triviais para mim e, pelo visto, para o senhor também.

Sempre achei a matemática algo etéreo, seráfico, sujeito aos preceitos mais estritos, sem mácula, sem fissuras, virginal, tão sólido e consistente que... dava nojo; até que apareceram no horizonte, para resgatá-la do ranço, da rigidez, do cheiro de virtude (traças?), as mencionadas equações (como o sétimo batalhão de cavalaria, em panavision e com a trilha sonora adequada à cena), transformando-a em disciplina mágica, imprevista, surpreendente, indeterminada, ambígua; em suma, desconcertante.

Pelo que me consta, o senhor sempre sabe quem é o verdadeiro assassino e tolera que a sociedade aceite o assassino necessário, contando até mesmo com o total acordo do indigitado. Uma personalidade tão intrincada como a sua é capaz de astúcias sibilinas suscetíveis de idealizar, forjar objetivos que lhe permitam continuar a ser, como sempre, um voyeur, *da história e da vida.*

Habilidade, aliás, amplamente demonstrada em todos os trabalhos de que participa. Inclusive naquele em que eu apareço. Ainda não sabe quem sou? Por que não quer saber? Será tão grande a sua indiferença ou a sua soberbia que não tem nenhum interesse em me reconhecer? Pode me localizar pelo remetente do fax. O senhor não é um detetive? Por que não faz isso? Tem medo de mim? Quero esconder minha personalidade para obrigá-lo a descobri-la. Mas voltemos ao desmonte que fiz de sua aventura madrilenha, naquele hotel transformado no mistério do quarto fechado. Segundo o que me contaram, antes que a história viesse a público, houve ali dentro uma farsa barroca e entrecortada, como se fossem estertores, prolongada e cansativa. O senhor, como sempre, ou como ultimamente, viveu tudo de forma passiva, observador curioso, espectador, imagi-

no que com a mesma atitude que demonstra diante de meus faxes, a mesma que demonstrou diante de mim mesma. Sou capaz de "perdoá-lo" e de defender a sua causa em quase todas as circunstâncias, mesmo agora faria isso, diante de mim mesma, mas as condições necessárias não estão reunidas, que fale o senhor, faça alguma coisa. Espero que entenda meu desgosto, embora ele não dependa do grau de sua compreensão, pois ele é imutável.

Não, não há música.

TORQUEMADA

(era um homem? tem certeza?)

Os faxes continuavam e, uma vez esgotado o caso Conesal, ela se dedicou a analisar outras andanças, como se espionasse sua trajetória profissional e se tornasse detetive de outro detetive. Talvez fosse melhor telefonar e propor um encontro, mas o fim do verão é como um balanço das verdades do inverno, com sua falsa promessa de mudança, e quando o verão terminar a vaca do fax já terá esquecido sua obsessão. O cadáver do filho da senhora Mata i Delapeu recebeu sepultura cristã apesar de seu satanismo, e a mãe exige da sabedoria privada de Carvalho o que não espera receber da polícia pública.

"Justiça e paz de espírito. Até que eu possa olhar no fundo dos olhos do assassino de meu filho não conseguirei dormir em paz."

Tinha de ir encontrar aquela viúva do próprio filho. Outra mãe culta e rica gerando um desajustado rico, culto e idiota. Um caso de satanismo ajuda a passar o verão, e além disso precisava encontrar Charo o quanto antes para esclarecer o que poderia ter sido e não foi ou o que já não é possível que seja, embora pela primeira vez reconhecesse estar aborrecido com a idéia de que Charo dependesse de outro homem, pois já não exercia seu ofício, mas tinha se consagrado como amante ou concubina de um senhor respeitável que montara uma loja para ela. A vaca do fax. Satanás, Charo. Quimet e a espionagem catalã. Coisas demais para uma *rentrée*. Puxou uma das gavetas de sua mesa de trabalho e, junto com o radiocassete que Charo tinha lhe mandado de Andorra, estava o seu calção de banho. Enquanto, na cozinha, Biscuter preparava um ensopado que cheirava a açafrão, no banheiro Carvalho pôs o calção à guisa de cuecas, vestiu-se de novo e desceu até o estacionamento para pegar o carro, ao qual atribuía a condição de cabine de praia. Seguiu pelas Rambles até o porto e depois continuou até a Vila Olímpica, onde entrou no estacionamento do subsolo da Torre Mapfre. Dentro do carro, ficou só de calção de banho e camisa, guardou a roupa na mala e foi a pé até o Port Olímpic, de onde avistava a seqüência de praias distantes e gratuitas em que corpos predadores se apossavam do mar, presente que haviam recuperado após vários séculos de muralhas e contaminações. À esquerda, a Vila Olímpica começava a ficar tapada pelas árvores, e ia se fazendo perdoar por sua tímida ambição arquitetônica, e à direita estavam o mar rutilante e cidadãos em sua nudez, uns melhores, outros piores, mas todos dispostos a desfrutar do paraíso. Era novamente o mundo de sua infância, quando as praias "livres", ou seja, gratuitas, da Barceloneta conferiam-lhe a condição de banhista, e a surpresa de ver seu próprio corpo liberado pelas águas. Agora as praias vinham uma depois da outra e, se continuasse andando, ele chegaria à fronteira francesa sem perder os favores do mar, mas o que lhe interessava era compreender a nova cidade, o sentido daquele apêndice urbano acrescentado ao desejo de sobrevivência do cemitério fechado e romântico do Poblenou, os casarões cúbicos reciclados pela cirurgia estética da cultura do simulacro, as chaminés desesperadas, encurraladas em sua condição de testemunhas obsoletas do que fora a um só tempo Manchester e Icaria, tão encurraladas como as moradias outrora baratas, protegidas, mal construídas, que de repente se transformavam num dilacerante Harlem promovido a Malibu, em casas para pobres milagrosamente construídas no terreno mais caro da cidade. Que elo unia seu imaginário de Barcelona a essa atlântida de súbito emergente dos mares? Uma fuga em direção ao futuro ou o novo significado de uma cidade definitivamente aberta e profiláctica, pasteurizada, numa época em que picaretas quebravam as ilhargas do Barrio Chino e punham abaixo as barricadas fantasmagóricas da memória de uma cidade da raiva e da idéia de subversão, da cidade franquista, da cidade ajoelhada, Senhor, diante do Sacrário, que guarda tudo o que resta de amor e de verdade. Talvez o elo fosse o cheiro de camarão, a vingança do cheiro de óleo estragado, reutilizado, óleo impróprio a opor-se à cidade mais correta do Mediterrâneo, um óleo sólido carregado de memória, evocando o pós-guerra e suas derrotas.

Resolveu mergulhar na praia que vinha antes da dos nudistas, pois era lugar-comum que ali as águas eram mais limpas, salvavam-se do entorno de merda que vinha dos coletores quando soprava o vento levante. Ali estavam os casais de sempre, as mulheres sozinhas de sempre, os veados de sempre, todos eles cheirando a uma acracia especial, como se fossem descendentes diretos de teosofistas vegetarianos e de anarquistas adoradores do sol, e convencidos de que a cebola ou o alho, e sobretudo a água do mar, curam tudo. E foi gozo o que sentiu quando entrou em harmonia com o frescor das águas e conseguiu nadar como tinha nadado na primeira vez em que se sentiu dominando o mar, após um cursinho infantil de natação no Club Natación Montjuïc, como se as águas restituíssem a consciência do aprendizado e da cidade, a saudade daquelas escapadas para outro elemento, como uma fuga da solidez dos dias de trabalho e dos bairros operários, escapadas a bordo de bondes com jardineiras, bondes despidos, bondes com decote e saia curta, adequados somente para percursos de verão e para garotas convocadas pela nudez precária do pós-guerra, as axilas suadas, e entre os seios o brilho da umidade profunda que chegava até o sexo. Voltou a tomar pé no fundo do mar e com a água batendo nos ombros contemplou as árvores jovens das imediações, a Vila Olímpica em sua puberdade, os ciclistas, os adolescentes surfistas, os casais com jeito de ácratas, os veados de tanga e em regime de trabalho intensivo, e sentiu-se revigorado, feliz, reconciliado com a cidade, embora quisesse chorar, pois sabia que não podia voltar para casa, que nunca voltaria para casa e que, além do mais, não sabia ao certo qual era a casa para onde não podia voltar, como se ela não passasse de um muro branco onde as recordações reconstruíam apenas os esboços dos mortos de que só ele se lembrava.

"As dívidas estão pagas e já enterrei meus mortos. Perfeito fim de milênio e de vida."

Murmurou, e enquanto murmurava pensou que devia telefonar para a vaca do fax, a única novidade que tinha acontecido desde sua viagem a Buenos Aires ou provavelmente desde que Claire passara por sua vida ou, antes, muito antes, desde o momento em que resolveu não se deixar flagrar por nada que lhe desse consciência da própria fragilidade. Incomodava-o tomar sol como um leão-marinho encalhado na areia e só resistiu dez minutos antes de mergulhar de novo e ficar mais dez minutos ao sol e ir até o chuveiro público, ou seja, gratuito. Gratuito, pensou, repensou, Pepe, disse consigo mesmo, você está com cabeça de aposentado. Voltou para o estacionamento, secando-se ao sol e escolhendo corpos deitados de mulheres e piruetas de meninos e rapazes que jogavam futebol ou vôlei, e lhe evocavam fugas infantis motivadas pelo impulso do corpo de procurar espaços livres na natureza livre. Veio-lhe à memória — ou da memória? — um morro de Montjuïc menos arrumado que o atual, ainda cheio de crateras abertas pelas bombas ou de terrenos conquistados graças à demolição dos pavilhões da Expo de 1929. E, se não em Montjuïc, em infinitos arrabaldes outrora tão próximos e agora sepultados pelas construções. Por que ultimamente se lembrava tanto de sua infância? No estacionamento pôs a calça e a camisa por cima do calção de banho já seco e recompôs seu aspecto de detetive que se veste nas liquidações de El Corte

Inglés, a fim de merecer um olhar de aprovação da mãe viúva do próprio filho.

Delmira Mata i Delapeu esperava-o numa imponente cobertura de uma rua atipicamente arborizada com acácias, e com muitas entradas de serviço, um apartamento à medida de qualquer mulher separada que não precisa do marido para comprar uma cobertura de mais de cem milhões de pesetas. A mesa do *living room* estava coberta de novidades editoriais: *A essência da realidade*, de David Deutsch, *Sara e Simão,* de Erick Hackl, *Ordem política nas sociedades em mudança*, de Samuel P. Huntington, *A era da informação*, de Manuel Castells, a revista *Realitat*, do Partit dels Comunistes de Catalunya, publicações e folhetos de *Sal Terrae* e *No mesmo barco*, de um tal de Sloterdijk, livrinho de proporções humanas que Carvalho, julgando-o por seu reduzido tamanho, abriu para ler: "A pós-modernidade é a época depois da 'morte de Deus' e dos impérios clássicos e de todas as suas sucursais locais. Contudo, o gênero humano, órfão, tentou formular um novo princípio para que todos pudessem compartilhar um novo horizonte de unidade: os direitos humanos". Carvalho não teve tempo de continuar a leitura para concluir se Sloterdijk acreditava ou não nos direitos humanos, pois a mãe trágica, cada dia mais velha, tinha aparecido, trajando a sobriedade acinzentada requerida por seu luto interior e as rugas acentuadas de seu rosto. Carvalho passou a mão nos olhos para dissipar o filtro de ironia, que considerou exagerado, enquanto na outra segurava *No mesmo barco*. A mãe falou:

"É um pequeno grande livro."

"Como?"

"O livro em sua mão é um pequeno grande livro sobre a desordem, sobre o novo caos."

Carvalho soltou o livro como se queimasse sua mão e ajudou Delmira Mata i Delapeu a se sentar numa poltrona de veludo creme. Realmente, tinha envelhecido nos três dias que os separavam do primeiro encontro, e sua voz parecia desafinada, como que desmotivada.

"Alguma novidade?"

"O que sei me deixa desconcertado e agrava a situação. Ao que parece, o assassinato de seu filho pode ser parte de uma armação para desacreditar o pai de Pérez i Ruidoms. Pelo que dizem, atualmente é fácil contratar pistoleiros."

Delmira fechou os olhos devagar, como se de tanto chorar estivessem tão esfolados que doessem ao roçar as pálpebras.

"Não foi nem mesmo um assassinato humano."

"O que quer dizer 'humano', neste caso?"

"Por amor, por ciúme, por paixão. Foi um assassinato de proveta, de laboratório financeiro."

"Ainda não sei de nada. Talvez a senhora tenha criado uma expectativa ilusória sobre a minha visita. Achei que era conveniente mantê-la informada."

"Não é preciso se justificar. Gostei que tenha vindo. Gosto da voz humana. O senhor tem uma voz bonita. Grave."

Ela mantinha os olhos fechados e quando os abriu Carvalho os achou tristes, velhos, bonitos. O detetive perdeu a pressa de ir embora e sentou-se melhor no sofá, as costas apoiadas no encosto, enquanto contava à mulher tudo o que, naquele dia, colhera sobre a morte do filho, escolhendo palavras que não evocassem com crueza as relações mantidas pelos dois jovens satânicos. Ao chegar a esse ponto Delmira sorriu, esticou a mão cheia de veias e manchas, mal tocou o braço de Carvalho e logo a retirou.

"Obrigada pela correção de sua linguagem, mas eu sabia que meu filho era homossexual. Várias vezes conversamos sobre o assunto e, obviamente, ele achava que isso era o resultado de uma livre escolha de sua sexualidade, mas também uma reação contra o pai."

"Complexo de Édipo?"

"Não. Era meu filho caçula. Eu era uma mãe velha, dessas que não inspiram complexos de Édipo. Simplesmente ele era um garoto sensível incapaz de agüentar o pai. Viu *O silêncio dos inocentes*? Um filme sobre um criminoso canibal que o tempo todo usa uma mordaça para não matar e comer carne humana?"

"Vi."

"Pois meu filho e eu achamos que parecia uma metáfora para meu marido."

Voltou a Vallvidrera com a compra que acabara de fazer na Boqueria. O mercado também estava em obras e Carvalho temia ser envolvido pelos mesmos vapores que haviam eliminado todas as bactérias e todos os vírus da cidade. Tinha pedido que desossassem umas coxinhas de galinha, comprara a lingüiça *butifarra* para rechear e cozinhar usando a tecnologia de ponta da *pepitoria*,* junto com nozes picadas e acompanhada por um leito de alcachofras. "As nozes são ótimas para o bom colesterol e diminuem o mau colesterol", dissera diante das câmeras de TV um especialista com aparência gravemente doente, talvez porque não tivesse tempo de comer nozes nem alcachofras. Sobre as alcachofras Carvalho sabia tudo. Se ficarem numa vinha-d'alhos, todas as suas propriedades e sabores são aproveitados, e, segundo apregoavam seus defensores, é um alimento completo e pouco tóxico para as pessoas de idade. O que pode ser mais tóxico para a idade? A falta de dinheiro. As alcachofras são diuréticas, anti-reumáticas, antiartríticas, depuradoras do sangue e, para completar, podem ser comidas e até mesmo cozidas. Traziam à

(*) Ensopado de galinha com um molho grosso feito à base de gema de ovo cozido. (N. T.)

sua lembrança aqueles pratos de arroz individuais de sua avó, com uma alcachofra, só uma, uma lula, só uma, um tomate, um pimentão, como se o "um" fosse a própria expressão de sua solidão e da impotência para se comunicar, ou simplesmente da miséria da pensão que ela recebia como viúva de um guarda de rua aposentado pela Lei de Azaña.

Não queria complicar sua vida costurando as coxas antes de assá-las, e fez um recheio de carne de porco, de galinha e presunto, mais um pouco de miolo de pão, ovo e uma trufa. Recheou as coxas, temperou com sal e pimenta, com o dedo untou-as de óleo e embrulhou em papel-alumínio para prepará-las *en papillote*. Enquanto isso, fez o refogado, acrescentou vinho branco, o ovo cozido picadinho, alho, salsinha e nozes, e corrigiu o molho com um golinho do conhaque que conservava as trufas. Quando as coxas cozinharam, tirou a mortalha, estavam perfeitamente encolhidas, e deixou que cozinhassem por cinco minutos junto com a *pepitoria*, que poderia muito bem ter o seu nome. "*Pepitoria* Pepe Carvalho." Todo ser humano deveria poder ter um filho, escrever um livro, plantar uma árvore e patentear uma receita de galinha em *pepitoria*.

Estava cozinhando o arroz no caldo reduzido, para acompanhar o ensopado, quando alguém bateu à porta e ele foi até lá, não sem antes tomar meio copo de vinho tinto Aillón. Quem estava batendo era Charo e Carvalho a fez entrar com a naturalidade de um rápido reencontro, como se sua relação não tivesse tido um intervalo de quase sete anos. Ela conservara os reflexos, com os quais se metia na casa dele e reagia diante de evidências que a forçavam a se admirar, por mais que ao longo de tantos anos tivesse plena consciência delas: que Carvalho estivera cozinhando, que abrira a garrafa de vinho, e logo depois deu uma olhada na direção da bibloteca como se tentasse adivinhar que livro Carvalho iria queimar na lareira, que acenderia como um derradeiro esplendor do verão. Ao perceber o que ela olhava, Carvalho teve de imaginar por onde entraria em contato com o corpo de Charo e que livros poderia queimar para acender a lareira. Provavelmente ela esperava o abraço agora mesmo, ali, enquanto andava na frente de Carvalho, e era previsível que ele a abraçasse por trás e a agarrasse toda, inteira, mas, justamente por sua condição de abraço total, de retomada, Carvalho o julgou excessivo. Quando ela se virasse para ele, talvez pudesse lhe dar um beijo em cada face, mas talvez Charo considerasse que isso era um protocolo banal e esperasse ser abraçada de frente, beijada, profundamente beijada. Mais difícil que um primeiro encontro, o reencontro piorava o cálculo estratégico, pois não estava claro que nível de reconciliação Carvalho ou Charo desejavam e havia o temor de que uma dramaturgia mal calculada pudesse levá-los à decepção. No primeiro encontro o desejo ajuda a imaginação, mas no reencontro são inevitáveis as ruínas do sentimento e das sensações, que acompanham o acontecimento como se fossem uma paisagem correlata de destruições. Enquanto Charo falasse, o tom de sua voz marcaria o do reencontro, e a mulher virou-se de repente, tinha lágrimas nos olhos, e resolveu dar um basta aos modos calculistas de Carvalho e abraçá-lo, beijá-lo uma, dez, cem vezes, em todos os lugares do rosto aonde seus lábios chegassem, e ele recebia a investida de olhos fechados, sentindo os beijos como picadas suaves que tentavam romper a couraça do tempo e da distância. Mecanicamente ele tomou a iniciativa, imobilizou-a com um abraço e beijaram-se como se as línguas fossem vanguardas do cérebro. O filho predileto de Carvalho inquietou-se entre suas pernas, sinal de que a noite podia ter um final feliz, pois não era desejável ficar na superfície, no inventário do não-vivido, e não alcançar a verdade da penetração. Isso seria não atingir o grau zero da reconciliação. Já haviam quebrado o gelo, ou o que fosse, e era preciso que a banalidade os libertasse da teatralidade exagerada, que passassem do drama sentimental à leveza de uma sofisticada comédia, e para isso Carvalho encheu os copos de vinho e ia propor um brinde quando se conteve, consciente da responsabilidade excessiva do brinde, comprometedor demais ou distanciador demais. A nós? Ao reencontro?

"Para que, iludidos, sempre possamos nos beijar", Charo proclamara, e Carvalho também brindou, temendo que estivessem dando ao brinde um peso excessivo. Mas já sentia o desejo do anfitrião convocá-lo, e calculou se os efetivos de um jantar para um bastariam para um jantar a dois.

"É prato único."

"O que não é muito animador, mas por isso mesmo deve estar uma delícia."

"Farei uma sobremesa para você."

Carvalho limpou duas maçãs, cortou-as em pedaços e passou por uma frigideira levemente untada de manteiga. Quando a resistência da polpa já estava quase vencida, jogou meio copo de Grand Marnier e frutose e esperou as frutas cederem, sem amolecerem de vez.

Bateu um ovo, farinha, três claras em neve, frutose e despejou o líquido na fôrma caramelizada onde depois espalhou simetricamente os pedaços de maçã. Quando a mistura já estava no forno, Charo interessou-se pela frutose.

"Você está diabético? Biscuter não me disse nada."

"Biscuter não sabe tudo a meu respeito. Não, não sou diabético, mas vou ser. Bromuro tinha razão. O inimigo habita dentro de nós e todo dia esse grande filho da puta estuda por onde pode nos ferrar e um dia se dá conta de que envelhecemos, de que nossa defesa está mais fraca, e aí ataca por todas as frentes e o máximo que nos permite é que agonizemos bebendo água com canudinho ou nos alimentando pelo nariz."

"Que homem!"

E aproveitou a antiga deixa para abraçá-la novamente, procurar seus lábios, achá-los, empurrá-la para outro lugar, sem dúvida a cama. Carvalho avaliou a possibilidade de estar à altura e voltar a tempo para que a sobremesa não queimasse, sem incorrer na grosseria de, com a desculpa de ir apagar o forno, abandonar uma mulher que se entregava. Por outro lado, se o apagasse agora atrapalharia o cozimento; o que seria pior: que queimasse ou que não cozinhasse? Foi se despindo abraçado a Charo, enquanto ela andava de costas para o quarto, e depois ela apagou a luz e tirou a roupa com pudor, como sempre tinha tirado, que Carvalho não pensasse que ela se comportava com ele como com seus clientes. Agora se despia com o temor dos anos que haviam se acumulado, e Carvalho não queria vê-los, negava-se a aceitar a erosão, pois poderia conduzi-lo ao fracasso, e assim, quando Charo, nua, esfregou-se contra o seu corpo, convenceu-se de que era a Charo da primeira vez, e quando ela mudou de posição para a penetração, iludido pelas preliminares e sentindo-se poderoso, não abriu os olhos ou só os entreabriu para ver na penumbra as feições de Charo enquanto ela gozava. E assim conseguiu se sentir contente consigo mesmo quando se separaram e Charo roçou nele para prolongar o abraço e murmurar uma, cem vezes, como sempre, como sempre, como sempre.

"Sonhei tantas vezes com este reencontro."

"Você foi embora."

"Mas ninguém substituiu você. Nem Quimet. Ele me deu uma segurança diferente, mas não é o meu homem. Você é o homem da minha vida."

"Você já não precisa de mim."

"Por que diz isso?"

"Mudou de profissão. Antes precisava de alguém que a protegesse emocionalmente e, além do mais, eu fazia isso de graça para você. Agora você é uma mulher de negócios."

"Você achava que eu era uma puta?"

"Não."

"Eu também não achava que você era um protetor, nem que fizesse alguma coisa de graça para mim. Você era o meu homem. E continua a ser."

Já vestido, Carvalho chegou a tempo de tirar a torta de maçã antes que ela sofresse queimaduras de terceiro grau. Charo continuava seu discurso. Queria passar a limpo sete anos de ausência e de todo o futuro que os esperava. Carvalho não respondia. Mexia nos livros. Passava os olhos e rejeitava-os. Finalmente escolheu um, *La vie quotidienne dans le monde moderne*, de Henri

Lefebvre. Leu como sempre uma frase que servisse de pretexto para queimá-lo ou para o difícil indulto: "La théorie du métalangage se fonde sur les recherches des logiciens, des philosophes, des linguistes (et sur la critique de ces recherches. Rappelons la définition: le métalangage consiste en un message (assemblage de signes) axé sur le code d'un message, un autre ou le même)". Gente demais para enfim chegar à conclusão de que queimar um livro numa lareira era um ato metalingüístico, e por isso rasgou o livro e o colocou na base da futura fogueira.

"Por que você vai queimá-lo?"

"Porque todos nós fazemos uso da metalinguagem sem precisar que ninguém explique isso. Também porque Lefebvre descobriu tarde o papel do cotidiano diante da história, descobriu tarde que os dias de trabalho acabam sempre vencendo."

Charo elogiou o jantar e falou o tempo todo de Quimet, como era boa pessoa, o muito que fizera por ela e que poderia fazer por Carvalho.

"Lembra-se daquele cara, Anfrúns, aquele sociólogo fodedor que apareceu quando eu investigava o caso da *go-go girl*?"

"Como eu não lembraria! É assessor de Quimet para religiões."

Charo amanheceu a seu lado e ele a acompanhou até sua loja na Vila Olímpica, e depois continuou até o escritório nas Rambles. Durante todo o trajeto, enquanto descia a Ronda de Dalt a caminho da Ronda del Litoral, a mulher não parou de cantar e de perguntar, maravilhada com todas as mudanças na cidade. Parece outra, não acha, Pepe? Como nós. Também parecemos outros, não acha, Pepe? Charo tinha prolongado o beijo de despedida e depois tomara sua mão na despedida, o olhar de despedida, havia transformado a despedida no final de capítulo de uma novela com inquietantes premonições. Mas ele sabia onde estava seu norte desde o começo do dia e não queria destruir a ambigüidade com que recebia a tentativa de Charo de restabelecer uma relação de dependência, e por isso, ao chegar ao escritório, procurou os faxes da vaca e anotou o número de telefone que figurava junto com o do fax.

"Desculpe. Recebi vários faxes de vocês, da SP Associados, mas não está indicado quem os enviou. Não. Não tenho mais detalhes."

O interlocutor teria de percorrer todo o escritório perguntando quem tinha enviado um fax a um tal de Pepe Carvalho. Ele notou o ruído de alguém mexendo no aparelho, e também o sonoro e proposital silêncio perceptível do outro lado da linha, e de repente ouviu uma voz estudada de mulher, como se tivesse preparado durante muito tempo o que ia dizer.

"Carvalho? É o senhor? Tem certeza?"

"Não duvide disso. Não aumente minha sensação de incerteza."

Os Reis Magos existem, eu sei.

Seu telefonema foi "uma experiência religiosa", ainda estou atordoada, surpresa, gaguejando (como deve ter percebido). Na minha lembrança o senhor era tímido, muito tímido, mas aparentemente prepotente (exerceu comigo sua prepotência), além de muito ocupado. Por isso imaginei que, quando muito e com sorte, me enviaria por fax um lacônico Sim ou Não.

Foi uma absoluta surpresa, não só o meio escolhido, mas também suas explicações e, mais ainda, que não soubesse o que responder. Eu, por ora, só lhe faria uma proposta, e, caso fosse aceita, ela se traduziria numa contribuição ao seu paladar (algumas receitas de cozinha, um vinho... lembra-se?); tudo isso no desejo de compensar sua generosa atenção comigo. Já deveria estar cumprindo a minha promessa, mas agora não consigo me concentrar para lhe contar, detalhadamente, os segredos da minha "torta folheada de bonito" e da minha "salada de laranja com alho". Embora não se lembre de mim como cozinheira, muito pelo contrário, graças à sua pessoa eu sou uma cozinheira. Em vários sentidos o senhor foi o homem da minha vida! Gostaria de enviar-lhe algumas garrafas de vinho branco de El Empordà, que minha família produz, está na moda trabalhar no ramo de vinhos. Preciso que me diga se posso mandá-las para o seu escritório. Biscuter continua trabalhando com o senhor?

Sabe que a sua voz está mais sensual do que antes? Mais retórica também, e um tanto "auto-suficiente"... no Olimpo, todos os deuses falam assim? Ainda sob o efeito de seu telefonema de ontem, ou seja, deslumbrada, nas nuvens, nuvens, nuvens... (quem me dera se eu pudesse ecoar isso, assim como Alberti ecoa as suas ondas, ondas, ondas...). Estou em estado de graça, é isso.

Comprei um vestido muito bonito, estou (me sinto) lindíííssima com ele; ontem o dia foi absolutamente perfeito.

Ria o quanto quiser, mas em casa houve um jantar familiar e a minha distração era tamanha que resolveram pôr um lugar na mesa para o senhor, assim seria mais "natural" que eu continuasse minha/nossa boba e íntima conversa; ou seja: quando olhava para o seu prato ninguém devia me/nos interromper; agüentei brincadeiras de todos os tipos e tive de dizer a eles qual a sua opinião sobre a "sopa fria de melão" e o "bacallà a la llauna"..., o que faz a inveja!, disse a eles. Era esse o cardápio do jantar e como sempre, embora o senhor não saiba, o senhor está presente em meus jantares, em meus almoços, quando os preparo, quando compro o necessário para que eu mesma os faça ou mande a diarista fazer. O senhor está presente em minha vida e em meus sonhos e minha família sabe disso, pois Mauricio, meu marido, sabe que graças ao senhor nós nos casamos e tivemos dois filhos maravilhosos.

A noite foi divertida, mais ainda quando me retirei para descansar (eles já estão de férias e continuaram na mesa depois da sobremesa), com todas as histórias que contam a seu respeito, incluindo a que me concerne. Não foi rá, rá, rá, não, foi uma gargalhada geral: quá, quá, quá.

Notifico tudo isso ao senhor porque é bom que conheça os resultados de sua boa ação de ontem. A essa altura não preciso lhe dizer que não sou tímida nem prudente, e, como a modéstia não é característica de quem faz um pedido, na volta das férias, seguindo sua sugestão, vou lhe propor um encontro: Boadas, El Viejo Paraguas..., mas a escolha é sua, garanto que vou gostar (não, o senhor não tem alternativa).

SCARLET
(sentada na escadaria e escrevendo num
carnê de baile)

Esqueci de dizer que vou demorar para sair de férias. Vou dividir as minhas férias, pois adoro ter algumas semanas de descanso no Natal e outras na primavera. Como esposa e sócia do dono, poderia pegar os dias que quisesse, mas preciso dar o exemplo. Na volta lhe entregarei, em mãos, o final de minhas apreciações críticas sobre seu comportamento aparvalhado em Madri logo depois do assassinato de Conesal, espero que seja possível, que concorde em nos vermos. Somos cúmplices, partilhamos um segredo, ou pelo menos é isso o que eu penso. Não sabe como a vida me parece bela, adoraria fazê-lo sorrir (o senhor tem sempre uma expressão tão carrancuda e retraída...). Onde vai passar as férias? Aposto que também as divide, ou que talvez vá resgatar alguma paisagem de sua memória. Eu mesma sinto essa necessidade. Deixemos os boleros por um instante (embora eu os ache lindos) e ouça o que está tocando no meu rádio agora — canta Azúcar Moreno:

... mexe teu corpo paradão
ai! caramba!
só se vive uma vez
só se vive uma vez...

Pode voltar a pôr Vivaldi (se é isso o que quer), mas para ficar no céu, ouvindo o rumor das águas e o trinado dos passarinhos... haverá tempo, algo assim como a eternidade.

NOTA: espero não ter acabado com o papel do seu fax; mas o que mais me preocupa é me tornar maçante, pesada. Só me resta pedir que deixe seu cavalheirismo de lado e que não hesite em me dizer claramente, darei um jeito, imediatamente (pensando melhor... apenas insinue, ou morrerei de vergonha).

A Lluquet i Rovelló mais parecia um herbanário de antigamente do que uma loja dedicada à saúde da nova era, cheia de comprimidos de fibra contra a constipação e de ervas medicinais contra o colesterol, a hipertensão e o açúcar no sangue. As paredes eram cobertas de prateleiras em tons marrom, parecendo um coro de catedral, com potes de cerâmica antigos ou falsamente antigos; seja como for, tentavam encenar uma suposta idade de ouro em que os seres humanos eram quase imortais graças às ervas medicinais. A loja era parecida com a que existia na rua Botella nos anos 40 e que desaparecera nos 50, transformando-se num negócio tão insignificante que Carvalho nem mais lembrava; ou seria um armarinho cujos donos se mostraram solidários quando a polícia o prendeu pela primeira vez? Para Carvalho, o nome da loja era evidente, mas talvez não dissesse nada às novas gerações, nem mesmo às não tão novas mas afastadas dos meios culturais do catalanismo do pós-guerra. Lluquet e Rovelló eram os nomes dos personagens centrais de *Els pastorets*, de Folch i Torres, uma comédia com canções natalinas sobre a hipótese, que em certo sentido não podia ser descartada, de que o Menino Jesus teria nascido na Catalunha e de que os dois principais pastores que foram adorá-lo seriam os pusilânimes Lluquet e Rovelló, dois covardezinhos que não agüentam a maldade do diabo. Na época em que tivera início uma tímida recuperação da língua catalã, o franquismo havia tolerado a representação da peça em teatros de centros paroquiais e os atores costumavam se permitir algumas improvisações subversivas. Carvalho lembrava-se da indignação do diabo, mais uma vez vencido pelo arcanjo são Miguel, com tanta violência que estava prostrado no chão, o pé do arcanjo na sua nuca. O pobre Belzebu gritava, mal levantando a cabeça:

"Miquel! Miquel! Sembles el Real Madrid, que sempre vol guanyar."*

Dar o nome de Lluquet i Rovelló a uma loja que servia de fachada para a espionagem patriótica revelava a memória cultural de seu dono, fosse um particular ou uma instituição. Carvalho não quis queimar a senha nem o contato, e entrou na loja para dar uma olhada, assaltado por sérias dúvidas sobre as ervas medicinais que seria capaz de reconhecer graças a uma antiga leitura do *Dioscórides*, o livro sacramental das plantas que um tio-avô anarquista, vendedor de amendoins na praça de touros Monumental, não tirava da frente dos olhos. A principal vendedora tinha o aspecto de uma viúva nacionalista e mediterrânea, mas do norte, bem nutrida e elegante, empreendedora mas sem a prepotência das viúvas agnósticas que se sentiam liberadas do peso do marido, com a modéstia de alguém que sempre imagina que o marido está no céu dos catalães, dançando sardanas todo domingo e ouvindo a retransmissão dos jogos do Barça narrados por Joaquim Maria Muyal.

(*) Miguel! Miguel! Você parece o Real Madrid, que sempre quer ganhar.

Carvalho sempre tivera a secreta convicção, desde a infância, de que não existiam viúvas como as catalãs; comparadas com as viúvas imigrantes as catalãs eram mediterrâneas mas à moda nórdica, já liberadas da obrigação do luto e dos gemidos. Carvalho sentiu uma velha curiosidade de ver de perto o joio e conhecer as virtudes desse joio, planta maldita na cultura judeu-cristã, que servia ao imaginário do mal, em contraposição ao imaginário do bem, como a planta maligna que cresce mais que o trigo, embora se tenha de esperar que ela cresça para reconhecê-la e arrancá-la.

"Não podemos vender joio, é uma erva tóxica."

"Nem para matar ratos?"

"O joio é rico em temulina, e com um grama de cloreto de temulina o senhor pode matar um gato de dois quilos."

"Mas eu nem tenho gato!"

A mulher se impacientava e, enquanto isso, Carvalho ia conhecendo a loja, que podia abarcar inteira com o olhar, a não ser o que havia depois de um corredor que se perdia num fundo escuro. Entraram dois rapazes que, sem nem olhar para as vendedoras, pegaram o corredor até serem engolidos por suas sombras. Ele imaginou que debaixo dos balcões podia haver gravadores sempre ligados ou frasquinhos cheios de curare, com o qual os melhores espiões sempre conseguiram matar à distância.

"O nome da loja me faz lembrar uma peça de teatro que eu representava quando era criança, no centro paroquial."

A mulher começava a olhá-lo com interesse.

"Ainda bem que alguém notou. São pouquíssimos os que percebem a relação entre o nome e *Els pastorets*. Que papel o senhor fazia na peça?"

"De diabo. De diabinho, melhor dizendo. De *diable golut*, ou seja, guloso, porque eu era uma criança gordinha e aparecia vestido de diabinho dizendo mais ou menos: 'Jo sóc el diable golut/ i amb les meves temptacions/ no es poden comptar/ oh, no!/ els homes que jo he perdut'.* Cada diabinho representava um pecado capital e o luxurioso, por exemplo, tinha de fazer uma cara lasciva, mas sem exagerar, porque o diretor da peça, senhor Solé, era um cagão, a senhora me perdoe. Eram tempos obscuros. Para mim já bastava ser meio gordo."

"Eu fiz a Virgem Maria e meu marido, que descanse em paz, sempre fazia o arcanjo sant Miquel, pois já moço era muito fortão e o traje de romano lhe caía muito bem, enquanto eu, em compensação, era uma pluma e tinha cinturinha de vespa. Os arcanjos sempre apareciam vestidos de romanos e isso sempre me surpreendia. Por que os arcanjos deviam aparecer vestidos de romanos, que eram os tiranos dos judeus, do próprio Cristo? Era como se tivessem aparecido vestidos de membros da Guardia Civil, não acha?"

"Era uma época muito militarizada. Todo mundo tinha um uniforme ou outro, e até os arcanjos catalães deviam ter um aspecto franquista."

Mas os rapazes já estavam saindo e Carvalho se despediu da viúva como se uma pressa repentina o assaltasse.

(*) Eu sou o diabo guloso/ e com minhas tentações/ não se podem contar/ oh, não!/ os homens que pus a perder.

"Sinto muito não poder satisfazê-lo com o joio, que aliás em catalão se chama *ziztània* ou *jull* ou *càgola*. Lembre-se disso, da próxima vez."

Os rapazes só tinham meio quarteirão de vantagem, mas caminhavam até duas motos estacionadas na calçada. Carvalho entrou num oportuno táxi e disse ao motorista que esperasse que as duas motos arrancassem para segui-las, pelo menos uma delas.

"Igual no cinema?"

"Sou espião."

O taxista o examinava com o auxílio do retrovisor.

"Hoje a espionagem mudou muito. Eu me dedico a seguir as pessoas que chegam tarde ao trabalho, por exemplo, para que possam ser demitidas por justa causa."

"Puxa, que sacanagem!"

"Assim é a vida. Assim é a modernidade. Assim é o capitalismo selvagem."

De repente veio à sua memória a quadrinha que cantavam na apoteose de *Els pastorets o L'adveniment de l'infant Jesús*: "El mes de maig ja ha vingut, sense ser-hi encara",* que os rapazes revoltados do bairro, que haviam se inscrito na Ação Católica para poder jogar pingue-pongue, transformavam numa blasfêmia: "El desembre congelat/ m'ha glaçat la fava/ al matí quan m'he llevat/ no me la trobava".**

"Acho que um deles vai parar", o taxista informou.

"Então pare também."

(*) O mês de maio já chegou, sem que ainda estejamos (em maio).

(**) O dezembro gelado/ me gelou a bolota do pau/ de manhã quando me levantei/ não a encontrei.

Um dos rapazes desceu da moto na praça de Sant Jaume e Carvalho fez o mesmo. Andou atrás dele pela rua Ciutat, mas ele virou na praça de Sant Just e seguiu direto por um beco até se meter num palacete medieval cujo portão principal estava aberto de par em par. Do velho pátio para carruagens saíam duas escadas, uma ia para a direita e outra para a esquerda. Embora o tênis silencioso do perseguido não indicasse que escada ele estava subindo, Carvalho percebeu uma presença humana, algo assim como o vácuo que um corpo deixa no ar ao se deslocar, e subiu pela da direita. O rapaz tinha dois lances de vantagem e já estava entrando num apartamento, por isso Carvalho acelerou o passo e chegou diante de outra porta que parecia aberta. Tateou com a mão para ver se estava de fato aberta e pôs a cabeça lá dentro, onde estava tudo escuro. Uma força contundente o empurrou por trás e o introduziu na escuridão sem que ele pudesse controlar o seu corpo, até que caiu no chão, só tendo tempo de proteger a cabeça de uma possível pancada. No escuro, esperneou para ver se alguém recebia os chutes, mas só chutava a escuridão, que não durou muito. Uma intensa luz zenital o flagrou de joelhos tentando se levantar, cercado por quatro jovens disfarçados de motociclistas no verão: camisetas Calvin Klein, jeans e tênis. Um deles segurava um taco de beisebol nas mãos, mas alguém destravou uma pistola e Carvalho esperou que encostassem o cano na sua têmpora ou na nuca. Era previsível e foi isso o que aconteceu. Quando percebeu o contato do cano metálico em sua têmpora perguntou:

"Posso me levantar?"

Ninguém disse não e a ponta da pistola ajudou-o nos movimentos. Esperou que alguém dissesse alguma coisa, mas nada aconteceu, por isso viu-se na obrigação de se apresentar.

"Meu nome é Pepe Carvalho, sou detetive particular."

Continuavam mudos e assim ficaram até que uma porta se abriu na lateral esquerda e um homem apareceu, com cara de tédio e roupa de jogging. Ele se aproximou e o examinou com uma expressão que era o exato meio-termo entre a neutralidade e o nojo.

"Por que seguiu esses rapazes? O senhor é bicha?"

"Não sei por que acha que eu os segui."

"O senhor os seguiu desde a Lluquet i Rovelló, onde entrou interessado por uma erva, o joio. Um interesse um tanto incomum."

"Tive um tio-avô anarquista, que vendia amendoins na praça de touros Monumental e era fanático por plantas. Acho que era vegetariano e teosofista."

"Quem lhe deu a senha para a Lluquet i Rovelló?

"De bon matí quan els estels es ponen..."*

Tinha conseguido desconcertar o homem de roupa de jogging.

"O senhor não disse isso na loja. Limitou-se a bisbilhotar. Quem lhe deu a senha?"

"Alguém que pode me dar. Na verdade quis me certificar, e numa primeira visita queria ter uma idéia do lugar, de seus possíveis pontos fracos. Por exemplo, dois rapazes entrarem sem dizer nada e se enfiarem lá dentro, como se fossem da família."

"São da família."

(*) De manhãzinha quando as estrelas se põem...

Mas o cara da roupa de jogging estava irritado e não com Carvalho, pois começou a xingar em catalão e a acusar alguém de intrometido, de não respeitar o território dos outros, não saber delegar tarefas, e assim não... *així no anem enlloc.** Um dos supostos motociclistas tentava acalmá-lo:

"Són coses d'en Quimet. Ja el coneixes."**

"Quin collons de servei d'informació és aquest?"***

Consciente de que tinha falado demais, recobrou a sobriedade e, com um gesto, convidou o coro a desaparecer, e já a sós com Carvalho propôs acompanhá-lo até uma salinha sem janelas e sem nada além das duas cadeiras que a ocupavam, a não ser um mapa de Els Països Catalans que cobria metade de uma parede.

"Quando o cooptaram?"

"Estou por dentro da história."

"O senhor não fala catalão?"

"Em geral não. Mas pode continuar."

"Não. Também posso falar castelhano. Meu pai era de Jaén, e se o senhor o ouvisse! Era mais catalanista do que eu. Estamos no mesmo barco. Cada vez tem mais gente nesse barco, senhor... Como é mesmo o seu nome?"

"Carvalho."

"Claro! O senhor é Pepe Carvalho. Depois pedirei um autógrafo, senão minha mulher não vai acreditar que estive com Pepe Carvalho. Pois, como eu ia dizendo, tem cada vez mais gente nesse barco, mas, para onde ele vai nos levar?"

"Vivemos numa época de incertezas."

(*) Assim não chegamos a lugar nenhum.

(**) São coisas do Quimet. Você sabe como ele é.

(***) Que porra de serviço de informações é este?

"Pois é. Viveremos transformações surpreendentes. Prevejo até a queda do império americano, e seria um horror, porque ficaríamos sem uma peça de dissuasão fundamental e a mais completa anarquia ameaçaria o planeta. Quando esse momento chegar as novas estruturas nacionais têm de estar muito bem amarradas. A solução para a crise do grande capitalismo está nas pequenas empresas, não acha? Pode-se dizer o mesmo da crise das grandes potências, da queda das nações-Estado, hegemônicas por mais de quatro séculos. Então chegará a hora das pequenas nações reprimidas e esmagadas."

Conversavam alto na sala de recepção, e nesse momento Quimet entrou na salinha, para desgosto do homem de jogging, que logo se conteve e recebeu o recém-chegado como a um chefe. Quimet propôs a Carvalho que o acompanhasse. Foram para a rua e entraram no primeiro bar que encontraram, seguidos por um dos rapazes das motos. Quimet pediu um bitter sem álcool e Carvalho, um xerez fino, com álcool, acrescentou. Se na voz de Quimet havia restos do naufrágio do reproche, seu tom era sereno quando criticava Carvalho por não ter respeitado o ritual da senha. É meu método de trabalho, Carvalho objetou. Quero conhecer as locações antes da filmagem e além disso estou trabalhando no caso do assassinato do jovem Mata i Delapeu, e eu estava de passagem. Outro dia voltarei lá e direi a senha.

"Por que não falou comigo? Temos um serviço fantástico sobre seitas: seitas religiosas, de extrema direita, ligadas às drogas e à corrupção preventiva."

"Como a corrupção pode ser preventiva?"

"À margem da polícia do Estado e da polícia da região autônoma, fazemos, vamos dizer, nossas próprias investigações. Investigamos casos que podem pôr em nossas mãos informações sobre o comportamento de altos funcionários, mas não trazemos isso a público para não desprestigiar nossa modesta estrutura de soberania, de poder nacional. Quase sempre são casos de relações extraconjugais, a carne é fraca. Roupa suja tem de se lavar em casa. As eleições estão chegando e podemos perder, tudo depende de fazermos bobagem ou não, de abrirmos o flanco para o inimigo ou não. Não é por causa dos corruptos que vamos atirar pedras em nosso próprio telhado. Mas, quanto ao caso do jovem Mata i Delapeu, podemos mostrar-lhe o caminho."

"Conhece Jordi Anfrúns, o sociólogo?"

Quimet podia fingir absoluta surpresa e foi isso o que fez por alguns minutos, enquanto tentava descobrir como Carvalho havia conseguido vinculá-los.

"Bem, senhor Carvalho. Já estou vendo que gosta de agir por conta própria. Anfrúns é um especialista em questões religiosas e costumo me valer dos conhecimentos dele. É só isso. A propósito, vê algum inconveniente em viajar na garupa de uma moto?"

Carvalho negou com a cabeça e Quimet o deixou sozinho por alguns instantes, enquanto dialogava com o motociclista que tinha ficado a uma distância prudente, tomando um suco de tomate. Voltou acompanhado por ele.

"Aqui está o seu motorista. Irá levá-lo a bom porto."

O motociclista pertencia à seita dos camicases dribladores, capazes de ultrapassar qualquer tipo de carro, em qualquer situação, ainda que levem junto todos os retrovisores e os insultos dos motoristas. Carvalho parou de antecipar e contemplar as pequenas destruições e concentrou-se na paisagem fugitiva que vinha ao seu encontro, enquanto meditava sobre a condição carvalhiana da vida, que pode levar um pré-aposentado respeitável à posição teórica de carona em uma Suzuki dirigida por um espião catalão quase adolescente, e provavelmente um adolescente sensível e puritano sem outro vício além de suco de tomate, *pan con tomate* e salada de tomate. Curioso que as duas marcas da identidade catalã — o *pan con tomate* e a sardana — só tenham se transformado em fenômenos sociais quase em meados do século XIX. Tanto a sardana como o pão com tomate faziam parte da comunhão emocional de Carvalho com a Catalunha, impressionado desde criança com a majestade da dança e com a oportuna inteligência do pão untado. A moto entrou pelo bairro de Horta e parou numa rua onde sobreviviam algumas torres com jardim, às vezes já acompanhadas da placa da empresa de demolição. Mas foi um chalé de certo luxo que o motorista escolheu, e na porta uma placa se transformava em convite ao enigma: Enigma S. A. Como é possível que o enigma se constitua em sociedade anônima?

Enfrentaram meia dúzia de degraus de mármore castigado pela erosão e entraram num corredor comprido para o qual davam salas com os nomes: Exército da Salvação, Pentecostais, Testemunhas de Jeová, Darbistas, Cientologia e Rosa-Cruz, Christian Science, Espíritas, Quacres, Filhos de Deus, Satânicos, Novo Desenho, Catarismo, Islâmicos, Orientais e EPC. Com toda certeza o lugar parecia uma seção dedicada a religiões no El Corte Inglés, no Macy's ou nas Galeries Lafayette. O motoqueiro pediu que ele o esperasse e meteu-se na sala da EPC. Saiu pouco depois acompanhado por um padre de colarinho branco, baixinho, gordinho e de cara fechada, que resmungava algo ininteligível e que Carvalho imaginava dirigir-se a ele. O padre escolheu a sala satânica e abriu a porta para Carvalho. Dentro, só havia duas cadeiras, uma mesa com o inevitável computador e o resto era ocupado por arquivos. Sentada numa das cadeiras trabalhava uma garota que, embora fosse ruiva, tinha notável semelhança física com o padre, tanto que só podia ser sua filha ou sobrinha, circunstância que o cura devia conhecer muito bem, pois disse:

"A senhorita Neus, minha sobrinha."

Neus trabalhava com extrema eficiência, a julgar pela dedicação com que tentava enfiar ou tirar algo do computador.

"Imprima o caso Ruidoms."

Os dedos de Neus não desgrudaram do teclado até que as folhas começaram a sair da impressora, que tossia como um asmático. Terminada a impressão, o padre pegou o documento como se se tratasse de um relatório transcendental sobre um bombardeio ao Iraque ou ao Kosovo nas próximas horas, deu uma folheada com seus olhos sagazes e, com um lápis vermelho, foi traçando círculos. Depois fez um sinal ao detetive para que se aproximasse e numa voz baixíssima e contínua, como se rezasse, deu algumas explicações.

"Pode ler o relatório todo, foi o que Manelic me disse."

Manelic? Quem era Manelic? Mas o padre não parecia impressionado com o evidente desconcerto de Carvalho.

"Preste muita atenção nos trechos rodeados de vermelho. Se tiver alguma dúvida que Neus possa resolver, pergunte a ela. E se ela não souber, procure-me onde me encontrou."

Carvalho sentou-se enquanto o monsenhor ia embora e notou que Neus o olhava discretamente, como se o observasse e avaliasse. A moça usava óculos e tinha olhos bonitos, as pupilas acentuadas pelas lentes, e pele sardenta. Carvalho leu duas vezes o curto relatório e fez anotações que o ajudavam a fazer um resumo pessoal da situação: Testemunhas de Luzbel. Seita satânica fundada por Albert Pérez i Ruidoms, baseada na teoria de que a luz do mundo se extinguiu com a queda do chamado Anjo Mau, Luzbel, e que ela só retornará quando uma nova negação negar uma civilização negativa na qual o que é considerado como Bem só pode ser definido como o contrário do Mal, que é a única coisa que realmente existe. Luzbel assume uma consistência simbólica subversiva, por isso a seita prega a criação de uma rede de desobediência civil e apóia os movimentos de squatters e neo-anarquistas em geral. Depois de apontar Pérez i Ruidoms como o único líder importante da seita e a vítima Alexandre Mata i Delapeu como seu parceiro sentimental, o documento apresentava o assassinato como um acerto de contas entre grupos empresariais e deixava a solução do problema nas mãos de um certo Manelic. Quimet? O homem do jogging? O cura? Esse assunto foi liquidado em cerca de cinco folhas, e as dez restantes tratavam da posição das Testemunhas de Luzbel diante da reivindicação nacionalista catalã e das nações sem Estado. Aqui e ali o tema era estritamente o nacionalismo catalão, mas, à medida que o documento prosseguia, o redator levava em conta o movimento internacional das nações sem Estado e a posição das Testemunhas de Luzbel. E sempre citando Manelic como uma autoridade. Ou seja, a peça-chave era Manelic.

"Conhece Manelic?"

"Como?"

A ruiva sardenta ficou surpresa com a interpelação.

"O relatório que o padre me deu menciona um tal de Manelic e eu quero saber se você pode me pôr em contato com ele."

"Não sei quem é. Eu só mantenho o site na internet."

"Convém sair desse computador. A senhorita está muito pálida. Eu, enquanto tento descobrir quem é Manelic, vou tomar um banho de mar na Barceloneta ou na Vila Olímpica. O que acha?"

De duas uma, pensou Carvalho, ou ela lhe devolve um olhar distante, como os seus anos merecem, ou ela enrubesce e começa a rir. Enrubesceu e deu uma risadinha.

"É de graça e é tonificante. Talvez não hoje, pois desconfio que vou demorar para chegar a Manelic, mas amanhã... A que horas você sai?"

"Não tenho horário fixo."

"Então fixe você mesma: às duas?"

"Tudo bem."

A moça parecia muito surpresa com as palavras que saíam de seus lábios.

"Virei buscá-la."

"Não. Não. Não podemos marcar encontros com estranhos na sede. Irei aonde o senhor me disser para ir."

"Junto à Torre Mapfre, às duas horas. Venha com o maiô, debaixo da roupa, é claro, senão você terá de se trocar no estacionamento. Eu lhe cederia o meu carro com muito prazer. Você se chama?"

"Margalida."

"Seu tio disse que você se chamava Neus."

Ela levou a mão à boca e abafou o riso.

"Neus é meu nome de guerra."

Continuava a conter o riso.

"Se você não se chama Neus, pressinto que seu tio tampouco é seu tio, embora tenham alguma semelhança. Como vocês conseguiram? Têm no porão um departamento de engenharia genética? Mas fico contente que se chame Margalida. Um nome muito bonito. Nos meus tempos de pessoa culta eu conhecia uma canção em catalão que fala de uma Margalida muito infeliz. Depois deixei de ser culto e passei a ir à praia no verão e no inverno, a cozinhar até altas horas da madrugada. Gosta de boa comida?"

"E de cozinhar. Fiz cursos na Escola Hoffman e assisti a vários congressos de cozinha catalã."

A ruiva merecia respeito, mas provavelmente seu tio era mais indicado para lhe dar informações sobre Manelic. Bateu na porta da EPC e a voz do padre convidou-o a entrar. Já não era padre, ou pelo menos não estava vestido de padre. Vestia algo como um jaleco, jeans e sandálias, que parecia ter usado a vida toda. Aquele homem tinha certa capacidade de transformação e Carvalho lembrou-se de um personagem de história em quadrinhos chamado Mortadelo, capaz de se transformar num poste ou numa lombriga se fosse necessário para prosseguir sua investigação.

"Agora está tudo mais claro, mas pelo que o relatório diz eu tenho de encontrar Manelic."

"Para que precisa dele?"

"Já se sabe que o assassinato do jovem Mata i Delapeu é resultado de um complô entre grupos de pressão, mas a mãe da vítima quer que eu descubra quem matou seu filho, quer ver o assassino cara a cara e perguntar: por que você matou meu filho? A mulher possui um sentimento trágico da vida, um traço espanhol que eu imaginava superado, sobretudo na Catalunha. Tudo indica que o assassino foi um pistoleiro, mas não posso dizer a minha cliente: senhora, seu filho foi morto por um profissional. Devo dizer alguma coisa mais. Oferecer-lhe causas. Mandantes. Imagino que Manelic possa me ajudar."

"Manelic não pode ser encontrado. O senhor deve entender que não somos uma agência de viagens, e no passado houve muitas brincadeiras à nossa custa. Queremos oferecer um serviço sério para as pesquisas sobre correntes espirituais. Mas tentarei ajudá-lo. O senhor receberá um sinal que o colocará no caminho de Manelic."

A audiência tinha terminado e, já com meio corpo no corredor, Carvalho apontou a placa presa no vidro bisotado.

"EPC. Algo relacionado aos impostos?"

O transformista grunhiu e respondeu sem rodeios:

"Església Països Catalans. Traduzindo, caso o senhor não entenda: Igreja Países Catalães."

Não tinha recebido nenhum sinal do responsável pela EPC, e tampouco da estranha correspondente do fax. Ela realmente saíra de férias e não tinha por que procurá-lo para informar que ele não estava incluído no programa. Pelo menos quinze dias de silêncio e esquecimento. Talvez as férias servissem para que ela parasse de importuná-lo. Vestiu o calção de banho e evitou responder à pergunta de Biscuter, que queria saber se tinha se encontrado com Charo.

"Ela telefonou três ou quatro vezes."

Era uma reprimenda. Biscuter temia que Carvalho frustrasse seu trabalho de alcoviteiro.

"Não convém forçar a barra."

"Compreendo, chefe. Devo informá-lo que, quando terminar o curso que estou fazendo sobre 'globalização e subdesenvolvimento', vou me matricular em outro sobre os cátaros."

"Sobre o quê?"

"Uma religião muito *ferma*,* muito antiga e que defende os pobres contra os ricos e é contra as hierarquias. Além disso os cátaros tomavam mais banhos do que os cristãos, eram mais limpos e o senhor já sabe,

(*) Legal.

chefe, que essa coisa de limpeza me deixa maluco. Além disso odiavam matar animais e, quando viam que algum tinha caído numa armadilha, abriam o alçapão, deixavam o animal escapar e indenizavam o caçador. Que tal essa religião?"

"Religião é religião. *Tu quoque, Biscuter!*"

"Mas eles têm horror ao mal, mais que os outros, foi o que me disseram. Seria algo assim como um anarquismo religioso *avant la lettre*. Uma garota cátara, loura e de tranças, me deu um folheto no metrô, sabe como é: ... *ne touchez pas la femme blanche*."

Biscuter adorava usar expressões em francês, desde que fizera um curso de especialização em sopas e molhos em Paris, em 1992.

"Agora que o comunismo não existe mais, chefe, que já não podemos esperar que Kruchev e La Pasionaria venham de moto nos libertar, talvez a gente tenha de se virar de outro jeito. Lembra o Lausín? Aquele ladrão que conhecemos na cadeia? Aquele que era igual ao homem-aranha, que era capaz de subir em paredes? Pois é, chefe, ele sempre dizia que um dia o Kruchev e a Pasionaria chegariam de moto para tirar nós todos daqui."

Lembrava-se. Lausín tinha uma estranha fé em Kruchev e na Pasionaria para tirá-lo da cadeia ou da condição de gatuno. O que era um mistério e continuava a ser é por que teriam de chegar de moto até as portas da prisão-modelo. Sobretudo a Pasionaria, sempre com saias tão compridas.

"Pois Lausín agora está velho mas virou cátaro."

"Para mim é como se você quisesse se tornar um 'Cidadão em prol da mudança'."

"Também me inscrevi nisso, chefe, vamos ver se ganhamos as eleições contra Pujol e os catalanistas. Eu sou mais catalão do que ninguém, mas já estou cansado de tanto nacionalismo. Por que os nacionalistas são tão nacionalistas? Por que são tão maçantes e unidimensionais?"

Carvalho deu de ombros, querendo que essa resposta servisse para tudo o que Biscuter dissesse. Sentia cheiro de incenso e enxofre ao mesmo tempo. Todos tinham ficado loucos, como se o mundo recuperasse um maniqueísmo essencial entre Deus e o Diabo, como se tivesse fracassado qualquer outra explicação para o horror ou para a estupidez de sobreviver para morrer que não resvalasse no fundamentalismo religioso ou tribal. A atração que o mar de verão tinha sobre ele anunciava uma ilusão laica para a qual não precisava de nenhum entusiasmo ideológico. Procurava uma satisfação puramente tátil, satisfazer-se profundamente no sol e na água, cada vez mais convencido de que o que existe de mais profundo no homem e em algumas mulheres é a pele. Lá estava a falsa sobrinha do falso padre. Ruiva sardenta como vinte e quatro horas antes, mas liberada do disfarce de espiã à paisana e portanto dotada de ombros nus, de decote, de minissaia. Procuraram as rampas que davam no calçadão asfaltado que acompanhava a areia da praia. Ela estava excitada com a aventura de tomar banho num mar tão democrático, cercada de pessoas tão comuns, as pessoas mais bilíngües que tinha visto ultimamente. Quando Carvalho insistiu para que descessem até a praia de Mar Bella, ela aceitou e, mal estendeu a toalha na areia, tirou a minissaia e depois a blusa e ficou de calcinha de biquíni e tetas, porque as duas tetas brancas e sem sardas impunham uma presença redonda embora altiva que não passou despercebida nem mesmo aos homossexuais em regime de trabalho intensivo. Jovem demais, pensou Carvalho. Deve parecer minha neta. Não pôde deixar de espiar de esguelha para saber se de fato todos os que olhavam Margalida haviam chegado à conclusão de que era sua neta ou alguma enfermeira especializada em geriatria.

"Não posso tomar muito sol porque a minha pele é muito branca", disse enquanto se lambuzava com um protetor que deixou sua pele brilhante, principalmente aquelas tetas para as quais ela não parecia ter mãos suficientes. Bem protegida, deitou-se satisfeita e, de olhos fechados, deu um sorriso, como se contasse a si mesma alguma história engraçada. Carvalho tinha deitado ao seu lado, apoiado num cotovelo, e tentou olhar em outra direção até que a voz dela o forçou a virar-se. Os olhos míopes estavam abertos.

"O que você quer que eu diga?"

Deixara de chamá-lo de senhor.

"Do que você está falando?"

"Por que você me convidaria para vir à praia com você? Você quer saber alguma coisa. Olhe, cara, se quer que eu seja legal com você, tem de ser legal comigo. De trouxa eu não tenho nada."

"Todo mundo que passa pelo seu santuário e a convida para vir à praia quer arrancar alguma coisa de você?"

"Pouca gente entra lá naquele santuário. Se deixaram você entrar é por alguma razão."

"O que você faz ali? Luta pela pátria catalã?"

"Eu ganho a minha vida."

"Você não é uma patriota."

"Sou uma funcionária contratada por três meses. Se trabalhar direito, renovam o contrato. Se não me comportar bem, rua."

Isso não são modos de tratar um membro do serviço de informações, pensou Carvalho, depois acontece o que todo mundo sabe: agentes duplos e triplos, despeitados que vendem documentos à espionagem napolitana ou andaluza ou galega ou sérvia ou etíope. Caricatural demais. Era impossível que fosse verdade.

"Você tem uma intuição que eu chamaria de feminina. Estou muito interessado em Manelic. Quem é Manelic?"

"Não posso dizer, porque só desconfio. Ali ninguém se chama como diz se chamar, nem é o que diz ser. Teoricamente somos um serviço de informações sobre seitas e não temos relação explícita com a polícia da Catalunha, mas também não garanto que sejamos só isso."

Por que tudo tinha sido tão fácil? Tudo se explicava apenas pela ligação Charo-Quimet? Porque somos um país de seis milhões de pessoas em que todos se conhecem e é impossível esconder qualquer coisa, até mesmo os espiões? A garota não tinha uma opinião formada e escutou Carvalho com a mais absoluta neutralidade. Margalida ficou mais tempo na água do que tomando sol e Carvalho a acompanhou quando ela foi até a ducha pública, e depois ela aceitou comer um arroz de lagostins na Barceloneta, no Can Solé, um restaurante que respeitara a estética do bairro de pescadores e o poder aquisitivo de dez anos atrás. Às vezes, quando tinha *espardenyes*,* o dono lhe telefonava, porque elas conferiam um aroma

(*) Pepinos-do-mar.

final ao arroz saboroso refogado com sépia e cebola torrada. Margalida era um bom garfo e um bom copo. Divertia-se ao observar o esforço de Carvalho para beber pouco, em contrapartida, enchendo o copo dela enquanto conversava.

"Você tem um jeitinho antigo de paquerar."

"Como você notou?"

"Deseja me embriagar. Para que eu fale. Talvez para que a gente vá para a cama."

Sabida demais.

"Acho que você e eu não iremos para a cama."

"Por quê?"

"Porque você parece ser dessas garotas saudáveis demais, dessas que põem a camisinha na gente antes de desabotoar a braguilha. Eu exijo fazer isso sem camisinha."

Ficou desconcertada.

"Você faz isso sem camisinha? E a AIDS?"

"Se o amor é uma roleta-russa, por que o sexo não deveria ser? Quando me põem uma camisinha perco todo o entusiasmo e ele não levanta. É como se tivessem marcado a ferro o meu pau. Até entendo que os atletas sexuais da sua idade achem importante não pegar nenhuma infecção para poderem votar em mais e mais eleições e lutar pela pátria catalunha e ter filhos e agitar bandeiras até que a morte nos separe. Mas eu já não tenho pátrias transcendentais, não voto, nem me sobraram bandeiras. Prefiro comer e foder perigosamente. Quando posso."

Parecia carinho o que surgira nos olhos de Margalida.

"Você não é propriamente antiquado, você é um foraminífero."

Carvalho deu de ombros.

"Você deve saber muitas coisas."

"O meu negócio é o satanismo."

"Então, deve saber tudo sobre Pérez i Ruidoms e Mata i Delapeu."

"Ouviu falar do Monte Peregrino?"

"Não."

"O filho, embora seja satânico, é um santo. O pai já é outro departamento. Pérez i Ruidoms pai faz parte de um grupo chamado Monte Peregrino. São empresários, professores universitários, banqueiros, políticos, e imagina-se que tenham ligação com uma seita ou algo parecido, chamado Trilateral. Aparentemente Monte Peregrino é um seleto clube privado, não só de homens de negócios, mas também familiar. Dão até festas de alto luxo. A cinqüenta mil pesetas por cabeça. Em breve farão uma, no fim do verão. É uma fachada. Assim como é fachada o Clube Milton Friedman, formado por pessoas do mesmo meio mas radicalmente opostas aos Pérez i Ruidoms, ou seja, por Mata i Delapeu. Lutam pelo poder ali onde ele está: nos partidos políticos, nas instituições financeiras e até no Barcelona Fútbol Club. O assassino de Alexandre Mata i Delapeu está prestes a aparecer, mas ele não é o assassino. Ouviu falar de Dalmatius? Você não ouviu falar de ninguém. De onde você vem?"

"Da transição democrática."

"Do dilúvio, ora essa. Dalmatius é o grande negociante de capangas de aluguel. Não é uma pessoa só. É mais uma organização, que controla capangas recrutados em geral no Leste Europeu. Ele manda buscá-los. Eles dão uma surra. Matam. Estupram. Incendeiam uma loja e vão embora. Mas se a polícia precisar prender alguém para acobertar o crime, Dalmatius tem um contigente de pobres coitados dispostos a comer pedra para não serem expulsos do país. Enquanto são processados, julgados, ficam por aqui, embora na cadeia, e vão ganhando tempo. Falei demais. Você acha que sou uma agente dupla?"

Achava-a uma agente fácil. Fácil demais. Acompanhou-a até o estacionamento da Torre Mapfre, onde ela deixara sua moto, e na despedida Margalida aproximou o rosto e deu-lhe um beijo de língua, abundante, como as tetas, e Carvalho não gostava muito das línguas abundantes. Elas sempre lhe pareceram macias, comestíveis, mais apropriadas para um ensopado canibal, até para um *carpaccio* de língua, do que para o beijo. Esperou que ela entrasse e correu para a rampa da saída. A mão chamava um táxi, mas o corpo, voltado para a saída do estacionamento, esperava que Margalida aparecesse em sua moto. Não apareceu. Então Carvalho despachou o taxista mal-humorado, depois de pagar a bandeirada, seguiu depressa até a escada rolante que dava no restaurante Talaia e chegou a tempo de ver Margalida saindo do elevador e se encaminhando primeiro para a praia e depois na direção da Vila Olímpica. Carvalho a seguiu até as bilheterias das salas de cinema Icaria, onde o inevitável Anfrúns a esperava.

Ele juraria que Anfrúns o viu e aparentemente lhe deu um sorriso não retribuído. Depois o casal entrou numa das cinco mil salas de cinema.

Tentou se agarrar ao menino voador que avançava pelo espaço rumo aos foguetes, levando numa das mãos "*mistus* Garibaldis" e na outra uma pedra revestida de pólvora. Era ele mesmo meio século atrás. Noite de são João. Cheiro de pólvora barata do pós-guerra. Foguetes distantes, e perto os *correcames** que perseguiam as pernas finas das garotas, os *mistus* Garibaldis se limitavam a arrancar lascas de parede, nas sacadas algum vulcão de madeira ou de papelão e, no cruzamento das ruas sem tráfego, as fogueiras. No rádio, a música:

O cigano Andrés
ficou furioso
pegou sua mulher
e atirou no poço
perguntou-lhe o juiz
por que esse arreganho
e ele respondeu
para lhe dar um banho.
Ai, senhor Colombo!
Ai, senhor Colombo!

(*) Buscapés.

Veja só como está o mundo.
Ai, senhor Colombo!

Os ciganos do Bar Moderno não faziam objeções à canção. Sabiam que tinham perdido a batalha contra o branco, para eles o *payo* — aquele que não pertence à sua raça —, paralelamente à derrota do negro, do lobo e da formiga. Suor no sovaco, cerveja com água gasosa, cheiro de pólvora podiam ser restos do aroma da própria guerra civil. Agora, em 1999, Vallvidrera era tomada pela barulheira que vinha de uma festa junina em El Vallès, foguetes saíam do meio dos bosques que restavam em Sant Cugat. Só podia ser a festa de fim de verão organizada pelo senhor Pérez i Ruidoms. Mas a ela se sobrepunha a festa junina de sua infância, cheirando a *coca*, torta barata feita no forno da senhora María, ou talvez a uma *coca* feita por sua mãe, receita de uma vendedora do mercado de Sant Antoni ou da Confeitaria Petitbó. Saiu do terraço que servia de mirante da cidade e entrou no quarto. Charo dormia. Ao seu lado, sobre a mesa-de-cabeceira, restava meia taça de champanhe, e Carvalho foi até a sala de jantar para pegar a garrafa de Bollinger enfiada num balde com água e gelo. Bebeu direto no gargalo e devolveu a garrafa a seu encantamento gelado, depois saiu para o jardim, para a estrada, e entrou no carro e desceu até a praça de Vallvidrera. Ao passar diante da casa de Fuster viu uma luz acesa e tocou a buzina. Fuster apareceu na janela, e sua cara era mais de sono do que de festa.

"Estão dando uma festa."

"Finjo que estou indo para a festa. Aonde você vai?"

"Trabalhar."

"Trabalhar a essa hora?"

"O mal não descansa. Dia desses passarei para conversar com você sobre religião."

Deixou Fuster sem saber o que fazer e foi embora, procurando a estrada que descia até Les Planes e El Vallès. Como estrelas de Belém indicando o caminho, os foguetes estouravam de vez em quando, sempre no mesmo céu, e os cachorros latiam inquietos, os ouvidos em frangalhos por causa das explosões. Carvalho tinha no sangue quase uma garrafa de champanhe. Desceu até a estação de Vallvidrera e depois pegou a auto-estrada em direção a Sant Cugat, mas não entrou na cidade. Não respeitou a placa que dizia: "Propriedade particular", e ali se meteu, abrindo caminho com os faróis em meio à noite e à vegetação branca, volta e meia interrompida por placas ofuscantes que informavam: "Can Borau". O caminho asfaltado descia e imediatamente ele avistou uma esplanada transformada em estacionamento para uma centena de carros, e mais adiante uma casa de campo iluminada, com ameias das quais saíam foguetes com ambições de Via Láctea. Dois seguranças se postaram ao lado do seu quebra-vento.

"Tem convite?"

"Esqueci de trazer, mas sou convidado do senhor Pérez i Ruidoms."

"Seu nome, por favor."

"Pep Carvalho i Touron."

Não pareceram impressionados com a versão catalã de seu nome e falavam com alguém por um walkie-talkie. Depois pediram que deixasse a fila de automóveis e estacionasse, convidaram-no a sair do carro e abrir a mala e o capô. Nessas alturas já tinha chegado um guarda-costas mais alto e mais gordo, vestido de mordomo de filme de ricos em férias no Caribe. O senhor Pérez i Ruidoms o estava esperando. Mas não era verdade. O mordomo o levou até um salão de festa onde, sob um céu de guirlandas de papel colorido, cerca de vinte casais de meia-idade dançavam ao som de uma pequena orquestra e ali o deixou enquanto prometia voltar com Pérez i Ruidoms. Nos rostos, nem o êxtase nem o entusiasmo das festas de arraial, como se todos tivessem sido contratados para dançar corretamente melodias corretas, por mais que, vez ou outra, alguém atirasse um punhado de papeizinhos com purpurina e fizesse "tururu" com uma trombeta de papelão. Mas de algum lugar saíam os copos e as fatias de *cocas* variadas, por isso ele seguiu os passos de um garçom que estava voltando e chegou a um hall onde ficava a intendência: uma mesa comprida coberta de bandejas com pedaços de *coca* e garrafas de licor e aguardente, ao lado de dois baldes de gelo onde se revezavam as garrafas de *cava*, o champanhe local, um *cava* de nome desconhecido, desses *cavas* que são lançados a cada quinze dias, fruto do otimismo de algum produtor entusiasmado com a colheita e louco para fundar uma dinastia, com o aval da antiguidade, da terra e do vinho. Como Pérez i Ruidoms não dava as caras, Carvalho meteu-se por um corredor que levava às espreguiçadeiras, onde casais e grupinhos de quatro pessoas dialogavam sobre o ano 2000 e o lugar onde passariam a virada do século.

"Eu quero estar no lugar onde o sol nasce mais cedo, para ver a primeira luz do milênio."

"Maravilhoso!", gritou uma senhora, arrastando o "oso" final com o entusiasmo com que as pessoas que quase não se surpreendem costumam arrastar os adjetivos. Tudo estava normal demais para tanta mansão e tanto convidado. Viu à direita uma escada com corrimão de granito rosa e subiu até chegar a um hall cujo parapeito dava para a pista de dança, e onde havia quatro portas fechadas. Abriu uma delas e interrompeu uma reunião de seis personagens, desses que sempre estão em alta nas seções "quem sobe" e "quem desce" dos jornais conservadores. Mas ninguém se identificou como Ruidoms, embora os olhos de todos o expulsassem, talvez porque ele os tivesse flagrado com os pés descalços e metidos em suas respectivas bacias com água. Serviu-se do parapeito como observatório e viu o mordomo caribenho sair de trás de uma coluna, procurando alguém. Ele, provavelmente. Desceu a escada e esperou que o mordomo se afastasse para explorar o trajeto que ele fizera até ali. Havia um corredor atrás da coluna e, no final, uma escada iluminada que Carvalho desceu em silêncio, cada vez mais quieto à medida que aumentava o volume das vozes que vinham das profundezas. Parou na última curva para observar a cena. Homens de smoking sentados no escuro ao redor da poltrona onde estava o Pérez i Ruidoms da televisão, poderoso entre os poderosos, que tinha agora o olhar erguido para o zênite do modesto cômodo circular culminado por uma clarabóia, como se à espera de alguma voz excelsa. Mas o que havia ali era uma pequena câmera de um circuito interno de televisão que até então Carvalho não havia notado. O homem parecia uma máscara, como se a cabeça delgada, um pouco afilada, e a boca em forma de bico fossem falsas, e estava tão concentrado no que ia dizer que absorvia a atenção dos presentes, até que, abruptamente, se virou para a penumbra onde Carvalho estava e exclamou:

"Entre, Carvalho, estávamos à sua espera."

E, como se fosse uma palavra de ordem, todos os smokings se viraram para Carvalho e todos pareciam ter a mesma cara, porque eles, sim, usavam máscaras, a mesma máscara. Carvalho avançou até o centro do semicírculo e ficou em pé na frente da mesa de Pérez i Ruidoms, que sorria como se esperasse que Carvalho dissesse alguma coisa sobre a cenografia.

"O que achou da montagem?"

"Lembra algo que vi numa produção de teatro de vanguarda, ainda nos anos de minha infância ideológica. Ou talvez uma representação em Bali do *Ramayana*, trinta e poucos anos atrás. Uma assembléia de macacos, se bem me recordo, que passam a peça toda gritando taca, taca, taca, taca."

Os mascarazinhas se levantaram e entoaram o taca, taca, taca, taca do *Ramayana* até que Pérez i Ruidoms os convidou a se sentarem e se calarem.

"O senhor pediu que eu dissesse alguma coisa do Monte Peregrino e aqui estamos. Estes senhores e eu somos o Monte Peregrino."

O mordomo trouxe uma cadeira e colocou-a ao lado da poltrona giratória do anfitrião para que Carvalho pudesse se sentar. Foi o que ele fez, e o silêncio geral parecia indicar que caberia a ele a iniciativa humana naquela assembléia que ele qualificara de simiesca. Atrás das máscaras sentia-se o tédio pulsando, tédio de pessoas importantes, temeu Carvalho, por isso não quis aumentar a indignação delas.

"Como já informei ao senhor Pérez i Ruidoms, a senhora Mata i Delapeu me encarregou de investigar o assassinato de seu filho Alexandre, do qual o principal suspeito é o seu filho, senhor Pérez i Ruidoms, atualmente em liberdade em troca de uma altíssima fiança. Pelo que sei, uma quadrilha de pistoleiros cometeu o crime para desacreditar os senhores, pois tudo indica que estou diante de um sujeito coletivo que luta para dominar o mundo ou conseguir a presidência do Barcelona Fútbol Club, o que é quase a mesma coisa, num país onde não há limites precisos ou ambições patrióticas mensuráveis."

"Não viemos aqui para que o senhor deboche de nós."

Um smoking mascarado tinha se levantado e o anfitrião o acalmou com um gesto, ao mesmo tempo que convidava Carvalho a prosseguir. Mas o mascarazinha havia começado sua declamação:

"Jo sóc català i porto barretina/ i a qui em digui res/ li tallo la sardina."*

O rapsodo, obediente, voltou a sentar-se e Carvalho pôde prosseguir.

"Eu tinha solicitado um encontro a sós com o senhor. Ninguém me disse que eu seria convidado para uma festa junina de fim de verão."

"Não é exatamente uma festa junina, pois enquanto nossos familiares e subordinados estão lá em cima curtindo a festa, nós discutimos uma situação complicada. Esta não é uma batalha inocente, senhor Carvalho,

(*) Eu sou catalão e uso barretina/ e a quem me disser alguma coisa/ eu corto a sua sardinha.

e nossos serviços de informações deram o alerta de que outra provocação pode estar próxima."

"À qual dia desses os senhores responderão, imagino. Não sei se me divirto ou me aborreço com esta farsa que está ficando com jeito de canto coral,talvez mais me divirta do que me aborreça. Preciso de um culpado com rosto. Preciso voltar à minha cliente e dizer que este e aquele, por ordem deste e daquele, mataram o filho dela."

"Só isso? Quem foi o mandante, isso nunca se poderá provar. Mas é possível atender ao seu primeiro pedido, e em troca o senhor pára de investigar. Sabemos por onde você tem andado, Carvalho, e achamos que está pisando num solo que não conhece."

"Eu me dei conta de que todos pertencem a uma seita. Há dois tipos de seita, as destrutivas, como as satânicas, e as construtivas, como os senhores ou a Igreja católica ou o Opus Dei."

As máscaras entreolharam-se e só Pérez i Ruidoms não olhava para ninguém. As máscaras começaram a cochichar numa língua que Carvalho achou mais exótica do que o coreano, supondo que algum dia ele tivesse ouvido falar coreano. Pérez tinha os olhos cravados num fragmento da penumbra, absorto e preocupado. Depois fixou-os em Carvalho e saiu-se com uma oratória fria e inquietante:

"Resumindo. Não somos propriamente uma seita, mas um clube de amigos e simpatizantes do saudoso Frederic Hayeck, nome que não lhe diz nada, mas que foi um dos homens mais importantes deste século, um de seus ideólogos e estrategistas mais notáveis. Em 1947, ele reuniu um grupo de sábios e políticos em Monte Peregrino, na Suíça, e ali foram traçadas as linhas mestras da reconstrução do orgulho capitalista diante da avalanche marxista e keynesiana que estava esmagando a liberdade de iniciativa, a mais preciosa liberdade do homem. Hoje existem clubes em homenagem a Hayeck no mundo inteiro, e eles demarcam a geografia da resistência e da reconquista primeiro, e finalmente da vitória contra as trevas marxistas e keynesianas. Monte Peregrino é apenas isso."

Outro mascarazinha se levantou e declamou, como se fosse uma quadra natalina:

"Dois fantasmas rondam a Europa, o comunismo e o keynesianismo, e os dois tentam conjurar o espírito de iniciativa do gênero humano, o espírito que fez do homem o ser hegemônico da criação! Com o comunismo chegaríamos à hegemonia do porco e com o keynesianismo à hegemonia das bactérias!"

Carvalho aprovou com a cabeça o bom estilo do orador e curvou-se para Pérez i Ruidoms a fim de que só ele ouvisse o que ia dizer.

"O que Monte Peregrino tem a ver com a Região Plus?"

Pela primeira vez a máscara viva se esfacelou e também se inclinou para responder a Carvalho sem que os outros ouvissem a resposta.

"Você está certo. Precisamos conversar a sós."

Em seguida Pérez i Ruidoms bateu palmas, provocando a morte de qualquer murmúrio e concentrando a atenção dos presentes.

"Cavalheiros, tirem as máscaras."

Obedeceram, e naqueles rostos não havia nada que traduzisse o sentimento de fazerem parte de alguma coisa exclusiva. Um deles perguntou com sotaque cubano:

"Ei, a que horas é o café por aqui?"

Outro foi mais longe e perguntou, com toda a inconveniência de que foi capaz:

"Mãe! Diz o que é que o preto quer!"

"Não vamos cair nos velhos erros do passado. A culpada é a Rússia! O culpado é o ETA!", acusou um dos presentes, subitamente acometido de indignação, enquanto outro macaco fingia conversar reservadamente com Carvalho para informá-lo:

"Sabia que foi no período cretáceo que muitos mamíferos deixaram de pôr ovos e passaram a dar à luz os seus filhotes já vivos? Outra inovação fundamental dos mamíferos foi a variedade e a eficácia de seus dentes, com formatos especializados em esfolar, triturar, roer e triturar, assim como em agarrar e processar a comida por novos métodos. Estavam dadas as bases biológicas do liberalismo."

Um sorriso dançava nos lábios de Pérez i Ruidoms.

"Não os reconhece, senhor Carvalho? Nem mesmo os figurantes que viu lá em cima?"

Carvalho esperava que alguma coisa acontecesse, mas não a gargalhada que fez estremecer todo o corpo de Pérez i Ruidoms, uma gargalhada falsa, que não impediu que o patusco logo recuperasse a compostura para dizer:

"Quase todos são figurantes de La Cubana, uma companhia de teatro de animação."

Carvalho aplaudiu e continuou até perceber que era o único que fazia isso. Os figurantes tinham recolocado suas máscaras e soltavam guinchos sincronizados como só os melhores macacos conseguem quando roncam.

* * *

Pérez i Ruidoms evitou misturar-se com as máscaras dançantes na sala e Carvalho seguiu-o até um escritório onde uma TV exibia para ninguém o noticiário da CNN. Pérez i Ruidoms cortou o som, mas o fluxo das imagens continuou a projetar-se na parede como uma paisagem de sombras. Tirou uma garrafa de champanhe de uma geladeira disfarçada de arquivo, mostrou o rótulo para Carvalho e, mais ainda, anunciou-o:

"Roederer Cristal rosé."

Ele mesmo abriu a garrafa, encheu duas taças controlando habilmente a espuma e estendeu uma delas a Carvalho. Provou-a deliciado, estalando a língua.

"Eu andava precisando. Em que ponto estávamos? Na Região Plus ou no assassinato do jovem Mata i Delapeu. Nas duas coisas, imagino; o que você sabe da Região Plus?"

"O que alguém quer que eu saiba. Estou metido numa história cheia de informações aparentemente desencontradas, mas que apontam para um mesmo espetáculo confuso. Talvez todos sejam atores de La Cubana ou se comportem como tal. Descobri que fico sabendo o que lhes interessa que eu saiba e que estão me levando para algum lugar."

"Ou seja, não se move: é movido. Interessante que tenha se dado conta disso. E está sendo levado para a Região Plus, uma operação econômica simples, que tenta criar o eixo Toulouse—Milão—Barcelona. O negócio consiste em criar uma infra-estrutura de comunicações combinada com a revalorização do solo urbano e industrial. Esse triângulo é como uma Nova Fronteira,

Carvalho, e já foi dado o tiro de largada para que as carruagens dos pioneiros se ponham a caminho. Não nego estar interessado na operação, à qual o governo autônomo, embora inicialmente a tenha apoiado, agora opõe certa resistência. Alguém meteu na cabeça do presidente do governo autônomo que esse projeto prejudica a identidade catalã porque estabelece uma região cuja configuração pode desvirtuar o projeto nacionalista. Estou pouco ligando para o projeto nacionalista catalão, senhor Carvalho, mas não tenho nenhum interesse em envolver-me em alguma coisa que me privasse do bom relacionamento com o governo autônomo."

"Mas as eleições estão chegando."

"Imagine se o presidente Pujol perder. Isso significa que o pancatalanismo passaria para a oposição e se radicalizaria, e então um projeto como a Região Plus seria demonizado e geraria uma cruzada do radicalismo catalanista. Prefiro a injustiça à desordem. Não. O projeto tem de avançar e se impor como fato consumado. Mas não sou o único interessado, e estou com todos os telefones grampeados e com os telescópios de todos os espiões apontados para minha casa e para minhas empresas. Sei disso porque faço o mesmo com os concorrentes, e eles não se queixam. Mas o senhor está se dispersando. Gostaria que se concentrasse na descoberta das causas do assassinato do amigo de meu filho. Posso pagar do meu próprio bolso, independentemente do que Delmira tiver acertado."

"Jamais recebo de dois clientes por um mesmo caso."

"Mas aceitará isso de mim."

Da gaveta mais próxima tirou um envelope e entregou-o a Carvalho, que o pegou e abriu, e segurou numa das mãos as fotos e os papéis que lá estavam. A primeira foto mostrava uma cara redonda, uma verdadeira bola de gordura sem ossos, de olhos pequenos e como que engastados. As outras duas eram de um homem com jeito de cigano e de uma mulher branquíssima que tinha no alto da cabeça ovalada um penteado que mais parecia uma escarola loura. No papel estavam suas referências: Dalmatius, chefe do grupo de choque Sarajevo, Mohamed Stepanovich, Silvia Rossler, também do grupo de choque Sarajevo. Dalmatius tinha recebido a missão de executar um atentado contra uma pessoa e a passou para Stepanovich e Rossler, sem saber quem seria o assassinado. O relatório acrescentava que Dalmatius estava disposto a colaborar na solução do caso e entregar os dois pistoleiros. Informava ainda a localização do apartamento onde estavam escondidos. Carvalho estudou os três rostos, a mulher era bonita mas tinha uma quietude estúpida no fundo dos olhos, cara de animal obediente. Mohamed trazia uma faca em cada olho e sua boca cruel se fechava sob um bigodinho de violinista eslavo de antigamente. Seria impossível não olhar para Dalmatius. Tinha um rosto asqueroso e inquietante, que era como um ímã.

"A informação o interessa? Ela o deixa mais perto do fim do jogo."

"Eles podem ser atores de La Cubana."

"É possível. Adoro os *trompe-l'oeil*. Se o senhor visse as minhas casas! Estão cheias de paredes falsas, janelas falsas, tetos falsos, vigas falsas, escadas falsas até porões que existem ou não, já me esqueci. Teria interesse em falar com Dalmatius?"

Carvalho assentiu.

"Siga-me."

Pareciam voltar pelo mesmo caminho e retornar à cripta de Monte Peregrino, mas passaram por ela e Pérez i Ruidoms parou diante de um afresco que reproduzia um quarto de hotel, uma cama, uma bacia, um homem sentado na beirada da cama, sem rosto. Nem era preciso esquadrinhar o afresco para adivinhar.

"Uma imitação fantástica de um Hopper."

Pérez i Ruidoms tocou com o dedo a cabeça do homem do quadro e a parede se moveu, dobrou-se sobre si mesma e diante deles apareceu um quarto onde a única luz vinha de um refletor no teto, delimitando um indivíduo sentado numa cadeira. Quando chegaram perto dele, Carvalho viu que estava algemado, que era Dalmatius e que as sobrancelhas e o nariz haviam sido arrebentados; uma de suas pálpebras caía sobre uma olheira arroxeada e o rosto duplamente inchado estava coberto de manchas roxas, a pele esfolada e em carne viva. Pérez i Ruidoms travou o passo em volta de Dalmatius, observando-o.

"Falta pouco, Dalmatius. Logo você irá para casa ou para o inferno. Confirme ao meu amigo que estes são os assassinos de Mata i Delapeu."

Pediu a Carvalho que estendesse as fotos a Dalmatius. Ele fez isso e a cabeça torturada subiu e desceu três vezes, confirmando. Pérez i Ruidoms estava satisfeito. Aproximou seu rosto do rosto de Dalmatius.

"Quero que você olhe de novo para mim e memorize meu rosto em seu cérebro. Faça o seu trabalho, mas não cruze o meu caminho. Viva nas suas cloacas, mas nem passe pela sua cabeça meter-se nas minhas. As regras do jogo podem ser as suas, e para cada capanga seu eu posso contratar dez."

Mas Dalmatius estava inteiro, apesar de castigado. Carvalho percebia que ele o estudava, analisava, que talvez até já soubesse quem era. Era o tipo de homem que faz comparações até nas situações mais desfavoráveis e Dalmatius já sabia o que podia esperar de Pérez i Ruidoms, mas não de Carvalho, por isso manteve o olhar fixo nele enquanto os dois se retiravam.

"Use como quiser a informação que lhe dei. A essa altura a polícia já foi avisada do lugar onde se escondem os pistoleiros."

"Foram eles?"

"Dalmatius os denunciou."

Sem acrescentar uma palavra, o anfitrião se separou de Carvalho, saiu da casa de campo e foi para a esplanada, onde já o esperavam um carro com motor ligado, motorista e dois guarda-costas. O carro de Carvalho ainda estava afastado dos outros, como se tivessem desejado salientar a condição marginal de carro velho de um detetive previsível, tão previsível que tinham preparado uma festa para ele sem esquecer nenhum detalhe, como um grande simulacro. E se Dalmatius estivesse fingindo? E os dois bodes expiatórios? Segundo os relatórios eles se escondiam num apartamento do Poble Sec, na rua Salvà, esquina com o Paral·lel, e a polícia estava indo atrás deles. Carvalho tomou a estrada a uma velocidade que lhe pareceu quase cinematográfica e seguiu em direção a Barcelona e ao Poble Sec. Os engarrafamentos chegavam ao fim, tanto para os que fugiam do centro da cidade como para os que tentavam ir para lá. Da praça de España seguiu pelo Paral·lel até o Poble Sec e parou o carro num estacionamento perto do teatro Condal, onde apenas uma quadra o separava de Mohamed e da mulher pálida. O cenário já estava tomado pela polícia e um refletor focalizava uma janela do terceiro andar do prédio. Carvalho ficou atrás da fileira de curiosos que, com gritos e até safanões, a polícia afastava do círculo que se formara em torno das presas.

"Há um morto", disse um homenzinho tão notívago que tinha pele da cor da lua e veias da cor da noite. Ouviu-se um tiroteio dentro do prédio e a polícia reprimiu com mais vigor os curiosos. Carvalho tentou se aproximar da primeira fila e dois homens se puseram ao lado dele.

"Lifante quer vê-lo."

Com um agente de cada lado, Carvalho foi levado até o inspetor Lifante, atento à luz do refletor e ao que lhe diziam por um fone de ouvido incrustado numa orelha. Observou Carvalho com curiosidade e deferência e foi para o prédio seguido pelo detetive, cuja passagem ninguém barrou. Subiram dois andares, cruzando com policiais vestidos de Rambo, e chegaram a um apartamento cuja porta de entrada pendia como se alguém tivesse quebrado o seu ombro. Os agentes estavam cansados e Lifante passou por eles sem que ninguém se importasse com Carvalho, que vinha atrás. Os dois corpos jaziam na sala. No centro, as pernas abertas da mulher saíam de uma curta minissaia. Tinha levado um tiro na boca e os cabelos eriçados pareciam petrificados. O homem parecia um boneco quebrado, caído sobre si mesmo, e atrás de seu corpo o sangue escorria, como se escapasse da bunda.

"Sinais de resistência?"

"Claro."

Lifante encolheu os ombros e o gesto era dirigido a Carvalho. Ordenou que esperassem o delegado, como sempre, e, sem olhar para seu acompanhante involuntário, disse:

"Você tem um jeito muito curioso de prever um final feliz."

"Ouvi tiros."

"Lá em Vallvidrera?"

"Estava passando por aqui."

Lifante parecia cansado e frustrado. Provavelmente nem mesmo jantou, pensou Carvalho, e alguém ia pagar por isso.

"Precisamos conversar, Carvalho. Agora."

A casa de sucos da Ronda de Sant Pau, único lugar onde no verão se podia tomar suco de avelã, ainda estava aberta, se bem que a preferida de Carvalho fosse a da rua Parlament, gosto que herdara da mãe. Dois dias antes de ela morrer, Carvalho havia lhe feito a pergunta retórica:

"O que gostaria que eu lhe trouxesse?"

Adiou seu desejo de morrer o quanto antes e pensou, e, voltando do distante território onde escondera seus últimos desejos, disse:

"Chufa e pêssegos."

Não era época nem de uma nem de outro, e no entanto durante anos e anos, toda vez que se lembrava daquela cena, Carvalho se censurou por não ter saído para procurar chufa, pêssegos ou violetas, caso ela tivesse pedido violetas em pleno dezembro. Aliás poderia ter encontrado chufa e pêssegos, mas achou muito triste respeitar algo que nem sequer era um último desejo, e sim uma última resposta. Lifante estava surpreso com a existência de suco de avelã, e por dez minutos sua surpresa foi o tema da conversa, até que o lado policial veio à tona e Lifante avisou a Carvalho que a fidelidade à sua cliente, a senhora Mata i Delapeu, que eu sei, Carvalho, sei tudo o que você faz, não o impedia de dizer como tinha ido parar ali, justamente naquela noite, no instante em que a polícia fazia a sua parte.

"E agora você me dirá: foi um palpite, porque você, Carvalho, é escravo de seu próprio personagem e ele o obriga a me responder: um palpite."

"Gosto de você, Lifante, porque você é um policial intelectual e nunca diz 'colhões', por exemplo. O velho Contreras já teria bafejado na minha cara e teria dito que ia me capar ou então que eu não enchesse o saco dele. Você ia se formar em semiótica."

"Semiologia."

"Uma coisa com substância."

"Vou repetir a pergunta, Carvalho. O que você fazia no lugar certo na hora certa? O que você fazia na Lluquet i Rovellò? E perambulando em Horta, em torno do Vaticano?"

"Vaticano?"

"É assim que chamamos esse centro de investigações religiosas montado por grupos mais ou menos controlados pelo governo da Generalitat."

"Quer dizer, vocês estão à espreita."

"Vigiar é o nosso ofício."

"Vigilância em detrimento de quem?"

"Em favor do cidadão."

"De um cidadão específico? Vocês têm o protótipo em algum museu do Homem?"

"Todos os Estados têm como referencial um cidadão, que às vezes é chamado de Bem Comum ou Interesse Geral, mas estou falando de um cidadão comum, do denominador comum de todos os cidadãos, do cidadão espanhol, é claro."

"Quer dizer, aquele que é mais parecido com você."

O bom de Lifante é que não perde a paciência. Agora degustava seu suco de chufas e de repente parou e começou a chorar. Mas só um olho chorava, e ele apertou uma narina com um dedo.

"Isso dói às pampas. O frio, quando entra no nariz."

Carvalho mostrou-se compreensivo, lembrando-se de sofrimentos semelhantes. O inspetor recuperou o fôlego e já retomava seu discurso quando Carvalho concluiu que a melhor resposta era uma pergunta.

"Esses dois ofereceram resistência e vocês tiveram de matá-los?"

Lifante não gostou da pergunta, prova evidente, pensou Carvalho, do erro da máxima de que não existem respostas cretinas, e sim perguntas imbecis.

"Acha que os matamos?"

"Você não estava lá."

"Então você acha que meus homens matam por conta própria, que eu não os controlo."

"Acontece nas melhores polícias. Vi no cinema. Agora vou sempre ao cinema, ao Icaria da Vila Olímpica. Para mim é ótimo, pois desço de Vallvidrera pela Ronda de Dalt, entro na Del Litoral e em dez minutos estou na praia ou no cinema. Você costuma tomar banho nas novas praias de Barcelona?"

Lifante olhou para o braço como se quisesse se certificar da cor leitosa de sua pele de animal de escritório pouco ventilado. Mas voltou-se para Carvalho, o dedo em riste. Não se meta em jogo graúdo, Carvalho. Dessa missa você não conhece nem a metade. Essas coisas não são para amadores. Trata-se de uma disputa entre três ou quadro bandos, e o que vimos hoje à noite está longe de ter resolvido de vez o caso Mata i Delapeu. Carvalho escutava muito interessado, como um aluno que vai anotando mentalmente uma aula não só oportuna mas até magistral. Lifante fazia crescer a sensação de desagregação que o perseguia. Quem era quem? O que era o quê?

"Carvalho, a luta pela autonomia é uma grande invenção, mas como toda grande invenção depende do uso que dela se faça. A energia atômica, por exemplo. Uma grande descoberta, mas que uso se fez dela? As autonomias regionais podem ser o começo do fim da Espanha ou a possibilidade de uma nova Espanha, vivendo em harmonia, entende? Por outro lado, há uma séria preocupação internacional com movimentos como o Povos sem Estado ou o Nações sem Estado, porque eles podem ser a traça da Europa num momento delicado da unificação européia, especialmente no que diz respeito à unidade militar, que será dirigida por um conterrâneo nosso, Javier Solana. Como a Europa vai contar com uma força de dissuasão se tiver de empregar seu próprio contingente militar em ações policiais internas contra novos grupos subversivos? Entende a jogada? Percebe como o assunto é complicado?"

"E por que tem tanta religião no meio?"

Lifante esperava a pergunta, e os olhos risonhos que pareciam pertencer àquele corpo balofo em vias de encontrar a pátria do encosto da cadeira não podiam esconder a satisfação.

"Porque a religião é o ópio do povo."

No mesmo instante percebeu a indignação que havia aflorado nos olhos de Carvalho e ficou sério.

"Entenda bem, religião que não é religião. Penso nas superstições, nas seitas, em tudo isso. Religião como Deus manda é outra coisa."

Perdera o interesse pelo que Lifante dizia. Consultou o relógio, e o policial também não parecia estimulado a continuar educando Carvalho. Despediram-se, Lifante apenas arqueando a sobrancelha, Carvalho tentando fazer o mesmo mas com a outra sobrancelha, para não parecer macaco de circo. Comprou um litro de suco de chufas e foi pegar o carro. Quando chegou a Vallvidrera, Charo estava acordada. Era alta madrugada, ela vestia um roupão velho de Carvalho, do qual escapava um seio grande mas um tanto acabado, sulcado por veias lilases que buscavam um mamilo tímido. Charo tapou o seio e contemplou Carvalho com olhos de sono e tristeza.

"Aonde você foi?"

"Fui ver um espetáculo de La Cubana. Um espetáculo múltiplo. Começou em Sant Cugat e terminou numa loja de sucos de chufa da Ronda de Sant Pau."

"Suco de chufa! Eu bem que tomaria um suco de chufa!"

Carvalho deu-lhe a garrafa e a ilusão voltou aos olhos da mulher. Ele sempre teria suco de chufa. Nunca mais privaria alguém de suco de chufa. Chufa e pêssegos. Charo bebia devagar.

"Esqueci de dizer que Quimet quer muito que você vá amanhã à Lluquet i Rovellò."

Quando Carvalho entrou na Lluquet i Rovellò mais uma vez teve a impressão de redescobrir o herbanário de sua infância e seus olhos voltaram-se para os armários repletos de potes de cerâmica com rótulos de ervas medicinais. A vendedora viúva não estava, em seu lugar havia uma punk loura, discreta, ainda que a mecha lilás denunciasse seu desejo subversivo, e ele murmurou: "De bon matí quan els estels es ponen". A vendedora falou por um walkie-talkie e poucos minutos depois Quimet emergiu de trás de uma cortina, sorridente e recém-saído do banho como sempre. Pela porta da rua entrou um homem com roupa de jogging, tão suado que parecia ter corrido contra si mesmo, e vasculhava uns potes, aparentemente interessado em seu conteúdo. Era o chefe dos motociclistas com os quais tivera um breve encontro. Quimet fez um sinal para que a vendedora fechasse a porta da rua, baixou uma persiana que impedia a visão do que se passava dentro da loja e pediu a Carvalho que pusesse um capuz. Na escuridão ele tentou perceber algum movimento que o orientasse, mas só um braço o ajudou a dar dez passos para a frente, e de súbito, quando tiraram o seu capuz, tinham atravessado a parede cheia de potes de porcelana com rótulos medicinais. Uma mesa redonda, uma dúzia de pessoas que respeitosamente cumprimentaram Quimet, o qual levou Carvalho até uma poltrona para que fosse observado pelos rostos paralisados dos presentes. Eles nem piscavam. Por trás de Carvalho surgiu sorrateiramente o homem de roupa de jogging, e também se sentou numa cadeira que parecia uma velha amiga, ou, melhor dizendo, ele a calçou mais do que se sentou nela. Quimet curvou-se ainda mais sobre si mesmo, sobre sua elegância básica, e pediu que o homem de jogging falasse.

"Escute com atenção, Carvalho, pois o que ele vai dizer é fundamental para a missão que poderíamos lhe atribuir. Apresento-lhe Xibert. O nome é esse mesmo, não tente saber mais. Ele o informará sobre os antecedentes de nosso projeto."

Xibert tinha o maxilar e os ombros acentuados e os olhos tristes. Observava Carvalho sem muito entusiasmo e começou pondo os pingos nos *ii*.

"O nacionalismo catalão não possui uma visão de Estado."

Observou o efeito de suas palavras entre os presentes e Quimet fechou os olhos, pedindo que prosseguisse.

"Só assim se entende por que nunca se pensou seriamente em montar um serviço de informações voltado para o desejo de se ter um Estado catalão. Quando alguém diz que um político catalão 'tem visão de Estado', o que quer dizer é que ele tem a visão do Estado espanhol. Não podemos ter exército, nem política externa, mas o que nos impede de ter um serviço de informações? Os bascos estão sessenta anos à nossa frente. Mal haviam perdido a guerra civil, e montaram um serviço de inteligência que tomou duas direções, a da Alemanha nazista e a dos Estados Unidos, a fim de ver qual delas poderia facilitar a independência do Euzkadi. Aguirre, o chefe *lendakari* da época da República e da guerra civil e do exílio, passou algumas semanas em Berlim negociando com Hitler, ou com quem quer que fosse, o apoio nazista à independência do Euzkadi, e Irala e Aguirre, tendo Galíndez como intermediário, trabalharam com o Departamento de Estado norte-americano nos anos 40, 50, e praticamente até a volta da democracia à Espanha. O que posso lhe dizer é que, quando o Estado das autonomias começou a funcionar, fui transferido para o Euzkadi, por ordens superiores, e o Partido Nacionalista Basco já havia montado uma *ertzainza*, uma polícia, antes que Madri autorizasse, e já dispunha de redes de informações nos aparelhos do Estado espanhol. Os dois modelos que nós, patriotas catalães, tínhamos como referência eram o dos bascos, pois eles e nós sofríamos com o mesmo Estado opressor — o espanhol —, e o dos israelenses, porque é deles o melhor serviço de informações se levarmos em conta a relação entre investimento, qualidade e as dificuldades da frente que cobrem, algo assim como a relação custo—benefício. Além disso, para os catalães Israel sempre foi a referência do povo eleito e ao mesmo tempo perseguido, como em certo sentido o próprio povo catalão. Quando falava com os bascos eu percebia que não lidava com quatro jovenzinhos nacionalistas como nós, mas com homens com patente militar, alguns oriundos do País Basco francês, ex-pára-quedistas basco-franceses, por exemplo, integrantes da Organização do Exército Secreto que tinham transferido os seus conhecimentos para a causa nacional basca. Ali sabiam grampear telefones, tanto no Euzkadi como na Espanha, e se surpreendiam que não tivéssemos gente infiltrada no aparelho de Estado espanhol. Aqui não tínhamos nada disso e quando eu comunicava tudo isso ao nosso presidente do governo autônomo, ele começava a tremer e me dizia: Xibert, não se meta em confusão. Eu o proíbo. Não basta a má vontade que todos têm contra os catalães, só faltava nos pilharem espiando pelo buraco da fechadura. Aos bascos eles perdoam tudo, Xibert, porque todos falam castelhano. O que acha disso, Carvalho? Aqui ninguém tem uma visão de Estado, não se esqueça. Quando pensei em explicar-lhe a necessidade de criar um serviço de informações, uma escola de polícia, quadros especializados em segurança, uma elite, escolhida a dedo, de superagentes preparados para tudo, e a necessidade de uma verba reservada especialmente para isso, você tinha de ver a cara do senhor presidente! Sem falar do presidente da transição, o famoso Tarradellas, que diante disso provavelmente diria que o único interesse do governo catalão era manter sua autoridade sobre a Guardia Civil e a polícia espanhola de ocupação, e portanto os homens da Guardia Civil deviam ser enquadrados, enquadrados antes de fuzilá-lo, imagino, pois os grupos de segurança que atuam na Catalunha, incluindo os chefes da polícia autônoma, são espanholistas e obedecem às ordens da cúpula da segurança espanhola. Vou lhe contar uma história. Em 1981, quando houve o golpe do coronel Tejero, o chefe da polícia autônoma — da Catalunha! — telefonou do Palácio de la Generalitat para o chefe do comando militar e perguntou: O que faço com esses palhaços aqui em cima? Referia-se aos representantes políticos do povo catalão, naquele momento reunidos com o senhor presidente. Esta era a situação, e o único resultado concreto de tudo o que fizemos para que as coisas mudassem foi a formação de uma polícia autônoma em parte controlada por comandos que explícita ou implicitamente obedecem a Madri e ao serviço de informações do Estado espanhol, o CESID, uma escola de polícia tecnicamente perfeita que produziu profissionais formidáveis, um sindicato policial catalão de confiança e pouca coisa mais, bem, o uniforme de nossos policiais, que foi desenhado por Toni Miró, o Armani catalão, porque em matéria de estilo só os italianos ganham de nós, mas a polícia italiana não se veste com uniformes desenhados por Armani, o Toni Miró italiano. Pois bem, nada disso vale muita coisa, e é fácil entender por quê. Precisamos de um serviço de informações que sirva às organizações políticas essencialmente nacionalistas e de um serviço de informações institucional, ligado à Presidência do Governo, mas tanto um como outro dariam o que pensar, e o que temer, em Madri e, por extensão, na União Européia, que quer monopolizar o controle supremo da rede de segurança de toda a Europa. Por tudo isso é necessário que esse serviço de informações seja montado fora do sistema mas sirva ao sistema, e isso começa a explicar o papel de alguns dos que estão aqui."

Tomou fôlego por força do hábito, mas seus pulmões não precisavam de ar. Xibert não tirara nem um instante os olhos de Carvalho.

"A polícia autônoma não pode investigar crimes especificamente políticos ou que ultrapassem a área geopolítica catalã. Concretamente ela tem uma boa rede infiltrada nas seitas, no tráfico de drogas, na extrema direita e na esfera da corrupção institucional, mas nesta última só se ocupa de bandidos menores, pois até hoje não conseguiu se infiltrar na alta corrupção. Durante certa época existiu um grupo chamado 'Os mortadelos', buscavam informações sobre safadezas que pudessem desacreditar este ou aquele, e algumas vezes essas informações serviram a um conluio judicial e econômico que só contribuiu para criar novos-ricos ligados ao poder. Por trás das exonerações havia relatórios, mas o objetivo era, no máximo, saber quem levaria o maior butim. Os tempos estão mudando. Politicamente o senhor presidente está ferido de morte, e quando ele sair do governo poderão chegar ao poder formações políticas não direi anticatalãs, mas anacionalistas, que jamais vão pensar no papel de um serviço de informações pancatalão e na tensão dialética, não só com o Estado espanhol mas com as outras comunidades autônomas, cujas intenções podem ser contrárias aos nossos interesses. Sem falar das novas estruturas de poder da globalização, em estado embrionário na Europa, a Padania, por exemplo, uma Itália em que o Norte mais cedo ou mais tarde romperá com Roma e se separará do Sul. E quem fala de Padania fala da nova geografia nacional da Europa, resultado do desmantelamento do bloco socialista e da Iugoslávia. Ninguém está a salvo de uma nova divisão, nem mesmo a Suíça, sem falar das frentes de investigação que teremos de abrir sobre as intenções estratégicas da economia globalizada, as estratégias ecológicas e as tentativas das multinacionais para desvirtuar o Estado nacional, o que, se de início é conveniente por enfraquecer nosso principal inimigo, o Estado espanhol, a longo prazo também visa ao aniquilamento ou à submissão de qualquer diferença. O senhor imagina uma Catalunha sem um serviço de informações capaz de investigar as intenções francesas ou espanholas no que diz respeito ao equilíbrio das reservas hídricas? O que se tem proposto é, pura e simplesmente, uma transposição das águas do Ródano para a Catalunha, mas que relações de dependência essa medida inaugura? O que acontecerá no dia em que o Estado espanhol não for capaz de dividir as águas do Ebro entre todas as regiões ribeirinhas, passando por cima da teimosia dos aragoneses?"

Carvalho tinha respostas espirituosas para todas as perguntas, mas também tinha consciência de que Xibert prolongava seu discurso à espera de alguma pergunta maiêutica ou de alguma pergunta de substância da boca de um, assim se dizia, reputadíssimo ex-agente da CIA.

"Bem. Se me permitem, posso completar esse quadro premente, pois, levando em conta a aldeia global, isto é, a globalização, pelo que li guerras civis vão estourar por motivos já latentes hoje em dia."

Xibert concordou e ecoou sua concordância para Quimet, com o mesmo rigor de uma platéia educada em que todos concordam em valorizar a excelência de um cantor lírico. Carvalho esperou que a intensidade do silêncio fizesse crescer a expectativa e perguntou:

"Os senhores sabem quantos conflitos há no mundo atualmente?"

Não queriam arriscar um número e Carvalho se dispôs a imaginá-lo:

"Cerca de cinqüenta conflitos armados, da Bósnia ao Sri Lanka, passando por Argélia, Sudão, Molucas, México, e boa parte deles põem em risco a unidade de diversos Estados, e dessa fragmentação vão surgir novos conflitos."

Carvalho refletiu, tentando se lembrar do que precisava se lembrar. Agia com uma nova personalidade, que talvez algum dia tivesse sido sua. A do comandante especialista que fornece a chave para explicar a situação.

"Há cada vez mais motivos e autonomia para que surjam conflitos, inclusive armados, e a reação global para debelá-los ou moderá-los é demorada, dando tempo suficiente para que quem atacar primeiro possa atacar duas ou três vezes."

A concordância transformara-se em clamor. Acabavam de encontrar um líder.

"Os serviços de informações começam a ser necessários para qualquer estrutura de poder, desde uma empresa até o que restou do Estado, desde uma associação de bairro até o relacionamento entre um governo regional e as multinacionais, em frentes tão diversas como a financeira, a econômica no sentido mais amplo, a estratégica, incluindo a questão armamentista, a questão étnica, ligada à lingüística e a todas as diferenças, a questão ecológica. Mas o paradigma cultural a seguir para se ter um serviço eficiente ainda se sustenta em duas afirmações elementares: a vontade de se defender, que se baseia na própria identidade, e a ausência de escrúpulos para conseguir os fins propostos. Se os senhores querem seu próprio serviço de informações próprio, ou se tornam competitivos, pagando muito bem, ou recrutam patriotas dispostos a fazer o jogo sujo, desde matar até prestar serviços sexuais."

Aceitaram sem pestanejar a sugestão de assassinatos, mas a prestação de serviços sexuais fez com que todos engolissem em seco, menos Xibert, que quase começava a considerar Carvalho um dirigente da espionagem israelense.

"Por exemplo, na CIA eles ensinam a matar e a torturar usando mendigos, marginais cujo corpo ninguém vai reclamar."

Dessa vez até mesmo Xibert deu uma rápida engolida em seco.

"Quem quer ter soberania precisa aprender a torturar, a menos que os senhores inventem um novo modo de exercê-la, a menos que os senhores concedam a outro Estado a prática da tortura de seus próprios presos."

Havia tanta perplexidade entre os presentes que Carvalho freou o cavalo de sua imaginação irônica.

"O que seria inconcebível. A menos que se chegasse a um acordo europeu, para antes de mais nada delegar as funções torturadoras a um Estado ou a uma comunidade específica, para que as outras não se contaminassem eticamente. Talvez a Turquia, caso entrasse para a Comunidade, pudesse torturar e enforcar para poupar os alemães ou os senhores, mas de qualquer maneira os melhores instrutores de tortura são os norte-americanos. Eles divulgaram a tortura científica por toda a América Latina a partir dos anos 60."

Quimet parecia assustado com o rumo que o discurso de Carvalho tomava. O próprio Carvalho também parecia, por isso ficou aliviado ao atender ao sinal de Quimet.

A sós com Carvalho, Quimet não conseguia fazer as palavras fluírem, mas os gestos anunciavam recriminação e por fim encontraram os termos adequados.

"O senhor foi muito cru e aqui ninguém vai torturar nem se prostituir, pelo menos enquanto for eu o responsável por tudo isso. Nosso estilo é diferente, entende? Como um povo que foi torturado, assassinado, submetido a um genocídio sistemático pode ser torturador, assassino, genocida?"

"Alguns me escutavam com bastante atenção."

"Claro! É que muito patriota tem um parafuso a menos, não tem *seny*.* Está falando de Xibert? O senhor se engana. Xibert se adapta ao que der e vier. Por outro lado, o senhor deve saber que já propuseram tingir os catalães para realçar a diferença entre eles e outros povos, sobretudo os espanhóis."

"Como?"

"Pois uma vez estávamos conversando de brincadeira, faz mais de vinte anos, no início da transição, e alguém disse: Pena que nós, catalães, não sejamos pretos, porque nos diferenciaríamos mais dos espanhóis e dos franceses, nossos opressores. E um jovem professor

(*) Bom senso.

assistente da universidade, e da área de ciências, nada menos, disse: É possível conseguir isso. Ouviu bem, Carvalho? Segundo aquele louco, mediante um ingrediente diluído em alimentos de consumo obrigatório, a água por exemplo, pode-se mudar a pigmentação da pele."

"Qual seria a cor preferida?"

"O incitador era de opinião que deveria ser uma cor realmente diferente: nem preto, nem amarelo, nem acobreado."

"Uma pele rosa com pintas amarelas, por exemplo."

"Pode rir à vontade, mas é difícil achar o meio-termo entre o tudo e o nada, entende? Desde jovem eu acompanho o presidente, desde os tempos da Congregação Mariana. Confio nele. Tem o dom da moderação, mas uma causa como a nossa precisa de radicais, sobretudo numa época de normalidade excessiva, como a que está terminando. É o que acontece com o futebol, Carvalho. Os torcedores servem para criar a paixão, mas alguém tem de controlá-los. É para isso que o senhor está aqui. Será respeitado porque é um símbolo da ousadia da época heróica da espionagem mais dura e da Guerra Fria. Precisamos muito do senhor. Deveria assistir regularmente às aulas que damos num cursinho, mas antes quero que uma coisa fique clara: não somos um serviço oficial, não temos ligação com a polícia autônoma, nem com o conselheiro de segurança. Seremos um serviço paralelo."

"A serviço de que ou de quem?"

"Da Catalunha."

"Seja um pouco mais específico."

"É possível que percamos as próximas eleições ou, se ganharmos, que o quadro seja muito precário, até mesmo transitório. Mas temos de implantar redes estáveis de poder catalão, que não possam ser desmontadas pela nova maioria política, sem dúvida alguma, por mais que tente dissimular, espanholista. Agora não precisamos tanto de um serviço de informações como precisaremos no futuro. Escute o que estou dizendo e se inscreva no curso. Estamos dispostos a pagá-lo, mas sobretudo não perca contato comigo. Logo receberá instruções."

Carvalho saiu e seguiu para Horta, para o Vaticano catalão, pois talvez pudesse encontrar Margalida de saída sem precisar passar pelo telefone grampeado. Mas na hora óbvia do almoço a garota não apareceu, e por isso ele foi até o carro pegar o relatório que tinha recebido sobre as Testemunhas de Luzbel e fez cara de quem ia, disciplinadamente, devolvê-lo. Na porta não havia nenhum segurança, mas ele reparou nos olhos de um circuito interno de TV, que o seguiram ao longo do trajeto até o escritório que tratava de Satanás e derivados. Abriu a porta mecanicamente, como se não esperasse encontrar ninguém ali dentro, mas lá estava Margalida, debruçada sobre a mesa de trabalho, cobrindo a cabeça com os braços e tentando conter os soluços. Carvalho esperou que os suspiros substituíssem os soluços e, de pé na porta, pigarreou. O rosto de Margalida emergiu, molhado, avermelhado, dos olhos à ponta do nariz, incrédulo diante da presença de Carvalho, finalmente assustado.

"Vim devolver o relatório."

"Que relatório?"

"O da seita Testemunhas de Luzbel."

"Ninguém pediu que devolvesse."

Carvalho deu de ombros, andou até a escrivaninha, vigiado pela hostilidade de Margalida, e deixou a pasta em cima da mesa.

"Não queria assumir a responsabilidade de ficar com um relatório tão claramente incompleto. Bem, é verdade que conheci o senhor Pérez i Ruidoms. É um grande ator."

"É um grande filho da puta."

Escapara-lhe a frase que mostrava ódio, raiva, toda a violência das palavras que passam entre os dentes mais apertados. A moça não parecia aborrecida por causa do trabalho, mas nunca se sabe, e Carvalho perguntou se tinha sido despedida. Margalida rechaçou a pergunta, com a certeza de que ninguém, ninguém nem nada poderiam despedi-la. E até sorria, prepotente.

"Então você tinha razão. Aqui nada é o que parece. Talvez nem mesmo Pérez i Ruidoms seja o que parece ser. Um ator. Um homem riquíssimo. Um pai protetor."

"O que ele não é, sem dúvida alguma, é um pai protetor. Foi um pai castrador."

Margalida parecia falar com conhecimento de causa. Melancólico, Carvalho apontou o relatório abandonado.

"Adoraria assistir a um ritual das Testemunhas de Luzbel. Você deve saber como conseguir isso."

Os olhos de Margalida o estudavam. A moça parecia um arbusto fustigado por furacões interiores.

"Outro dia, você me seguiu e viu que eu ia me encontrar com Anfrúns."

"Há alguns dias tenho a desconfiança de que todo mundo segue todo mundo."

"É natural que eu conheça Anfrúns. Minha especialidade é satanismo."

Continuou pensando nos riscos de satisfazer aos desejos de Carvalho, e finalmente respondeu com a cabeça:

"Vale, tio, però no et passis de rosca ni de llest o a la primera bajanada, s'ha acabat el bròquil."*

Era evidente que Margalida só dizia as verdades absolutas em catalão. Conversaram sobre os prazeres do verão, sobre como tinha sido estimulante o tempo que passaram na praia, e Margalida baixou a blusa para mostrar os ombros e a marca da alça do sutiã na pele queimada de sol. O sutiã parecia grande demais para seios tão redondos como os dela, sutiã de velhas, que contrastavam com sua carinha de donzela de Orléans disposta a morrer na fogueira das paixões, pessoais e nacionalistas. Carvalho apontou as paredes, o relatório, o computador, o olho da câmera supostamente secreta.

"Vocação? Precisava trabalhar?"

Margalida remexeu numa mochila e tirou uma caixa de *puros* San Julián, ofereceu um a Carvalho, que recusou essa demonstração de retrocesso na escala de gosto da arte de fumar, mas quando viu que ela acendia um, pediu outro.

"Mudei de idéia. Não se deve deixar uma mulher fumar sozinha."

"Você é mais velho que meu pai. Meu pai não diz essas baboseiras, cara."

Carvalho voltou a repetir a pergunta: Tinha vocação anti-satânica? Precisava trabalhar?

(*) Falou, cara, mas não passe dos limites nem se meta a espertinho, ou na primeira besteira acabou-se o que era doce.

"Sou catalanista e trabalho pela independência da Catalunha. Hoje meu lugar é aqui, amanhã, quem sabe. Eu trago isso no sangue, cara. Meu avô paterno foi morto pelos franquistas, minha avó materna teve de se exilar com o marido doente e quatro filhos. Quando voltou, os reaças da aldeia a acusaram de separatista e infernizaram a vida dela. Óleo de rícino. Matavam os cachorros dela. Era uma dessas aldeias que chamam de Catalunha profunda, onde quatro reaças podiam pôr todo mundo na linha, com a ajuda da Guardia Civil. E o catalão foi proibido e ai de você se nos exames do Instituto de Balaguer falasse um castelhano com sotaque catalão muito forte. Isso quem me contava era meu pai. Está entendendo, cara? Franco esteve em toda parte, mas aqui ele esteve duas vezes, contra os comunas e contra nós, e para completar, como se não bastasse, a minha família era comuna. Está entendendo?"

"Por vocação, então", admitiu Carvalho. Tinha vontade de abraçá-la furtivamente, sem que ela se desse conta, um abraço sem entusiasmo, de colega, não de ideologia, e sim de memória ou de obstinação histórica, mas limitou-se a olhá-la com cumplicidade. "Não sou independentista. Não acredito em independência, mas detesto dependências. Não sei se fui claro, Margalida."

"Se você acha muito comprido pode me chamar de Marga."

"Chamando-se Margalida, nunca deixe que alguém a chame de Marga. Se se chamasse Margarita seria diferente. Mas Margalida é um nome único."

"Você gosta?"

Seus olhos iluminaram-se.

No escritório da Cáritas responsável pela imigração, Delmira Mata i Delapeu ainda se chamava Delmira Rius, não usava o segundo sobrenome, Casademont, nem a conjunção aditiva, e Carvalho sentiu certo alívio ao não ter de arrastar tantas palavras. Delmira chegou carregada de pastas, os óculos pendurados sobre o peito e o ar ausente, e por isso custando a respirar a mesma atmosfera que Carvalho. Tinham-lhe atribuído a tutela das crianças magrebinas que entraram ilegalmente no país e perambulavam pelas ruas de Barcelona, e dos filhos de famílias que haviam sido desfeitas pela morte ou pela delinqüência.

"Em certos casos os pais foram para a França ganhar a vida e não se sabe nem se ainda estão vivos."

Os casos que passavam por Delmira Rius eram acolhidos pelos cinco sentidos da mulher, como se ela mesma se colocasse à prova antes que os outros o fizessem, e Carvalho confirmava em silêncio as primeiras boas vibrações que sua cliente tinha lhe enviado, quando conseguira se livrar da armadura de preconceitos em que vivia prisioneira. Estava muito atarefada, ou tentava ganhar tempo antes que Carvalho falasse e que sua tristeza ficasse à mostra e ela fosse julgada por isso. Aspirou todo o ar que seus velhos pulmões suportaram e, com um gesto, pediu a Carvalho que se explicasse. Ele começou relatando a noite da falsa festa de verão, ou seja, pelo fim, e nessa altura imaginava que o marido dela já havia recebido o relatório da polícia dizendo que os assassinos de seu filho tinham morrido ao receber ordem de prisão. Ela estava surpresa ao ver que Carvalho se surpreendia com a surpresa dela.

"Meu marido e eu não nos falamos nem para nos dar os pêsames. Vivemos em casas separadas. Em países separados. Não quero que o meu país seja o dele. Também não quis que fosse o do meu filho, e não consegui que o país do pai não o afetasse. Foi desse território que saíram para matá-lo. Meu pobre filho. Como um bode expiatório escolhido sem motivo e sem piedade."

"Em resumo, senhora, a história oficial está encerrada. Pérez i Ruidoms mandará o filho estudar no estrangeiro, onde ele começará uma vida nova para um dia viver como o pai, ser como o pai. O verdadeiro Satanás não está nas seitas satânicas. Está em toda parte. Outro dia vi uma reportagem na televisão em que uns homens ensinavam um cão de caça a destroçar um pobre cachorrinho, de boa aparência, que sem dúvida tinham acabado de roubar ou seqüestrar. Como o cão de caça não tinha muita vontade de morder o cachorrinho em regiões vitais, era a voz humana que o guiava: o pescoço, as patas, os colhões, e o cão de caça obedecia às ordens e o cãozinho latia até perder a voz, e quando tentava escapar se via diante de uma barreira de homens que o impediam. Ali estava o satânico. A voz dos homens era satânica. Os corpos humanos eram satânicos."

"Vejo e leio coisas assim todos os dias. Mas no lugar do cãozinho estão crianças e velhos e mulheres, todos destroçados a dentadas."

"Dois mil anos de educação cristã, cento e cinqüenta anos de racionalismo e emancipação, marxismo, anarquismo... tudo isso para nada. A Criação foi uma lorota, os sermões, uma faca de dois gumes, e a seleção das espécies, uma tapeação. Quem ganha é o mais cruel. Bem. Damos o caso por encerrado?"

"O senhor já não chegou ao fim?"

"Eu até duvido que esses dois mortos sejam os verdadeiros assassinos. De qualquer maneira, foram vítimas de uma cilada."

"Quem é o culpado?"

"O seu marido, senhor Mata i Delapeu, e o adversário dele, Pérez i Ruidoms, receberam uma advertência. Matar um filho de Mata i Delapeu para pôr a culpa no filho de Pérez i Ruidoms. Por trás do drama de seus filhos há alguém que quer assustá-los."

"Assustar meu marido? O senhor não sabe quem ele é?"

"Sei que ele preside tudo o que Pérez i Ruidoms não preside e que ganha todo o dinheiro que Pérez i Ruidoms não ganha, ou vice-versa. Mas as coisas estão se complicando, senhora. Há jogadas mais pesadas que ligam essa operação com outros interesses, estrangeiros ou não, mas que implicam uma concepção multinacional da chantagem e do crime organizado."

"Qual é a sua avaliação?"

"E a sua?"

"Eu me limito a pagar. E o senhor?"

"Poderia fazer um seguro de vida? Se morrer deixo dois órfãos já bem grandinhos, que não vão conseguir se reciclar."

"Procure uma companhia de seguros da qual nem meu marido nem Pérez i Ruidoms sejam sócios. Se quiser ir em frente, eu também vou."

Carvalho saiu da Cáritas com um cartão com o nome de um corretor de seguros de confiança de dona Delmira, e foi até o escritório para pedir a Biscuter algumas investigações complementares.

"Quero que você entre para alguma seita, Biscuter. Como vai esse negócio dos cátaros?"

"Um amigo meu, o Cachas Negras, o cozinheiro da prisão de Lérida, lembra? Igual ao Lausín. Também está metido numa seita."

"Você estava interessado nos cátaros."

"Tem que se acreditar em alguma coisa, chefe."

"Quero que você entre para uma que se chama Neocatarismo ou Universo Cátaro. Vire-se como puder."

Biscuter foi até a cozinha, maravilhado com a palavra *cátaro*.

"Cheira bem, chefe, parece *cateto* e *cateter*."

Carvalho folheou o prospecto que Quimet tinha lhe entregado e nas semanas seguintes assistiu ao curso organizado para os aspirantes que quisessem aproveitar as férias de agosto. Era como voltar à escola de agentes da CIA, no final dos anos 50, começo dos 60, quando o conceito de investigações clandestinas se impunha aos serviços de informação preventivos. A CIA já tinha então derrubado Jacobo Arbens na Guatemala e havia tentado fazer o mesmo com Sukarno, na Indonésia, sem esquecer as técnicas de guerra suja empregadas em certos conflitos periféricos durante a Guerra Fria. O jovem Carvalho impressionava-se com a aliança entre espionagem e superstição quando lhe contavam a técnica usada para que os camponeses filipinos repelissem a guerrilha comunista e a perseguissem. A CIA espalhou que os comunistas tinham levado para a região espíritos do mal vampirescos que chupavam sangue, os *asuang*, e para provar isso seqüestrava guerrilheiros comunistas, os *huk*, matava-os e abria dois orifícios nas veias do pescoço para demonstrar que aquilo fora obra do mítico vampiro. O mais duro para Carvalho tinha sido o treinamento de tortura com cobaias humanas, geralmente mendigos sem família que passavam pelos laboratórios de tortura para servir de cobaia para os agentes, mas sobretudo para os militares do Terceiro Mundo recrutados pela CIA a fim de defender a civilização ocidental contra a ameaça do comunismo. Se tudo o que ele tinha vivido parecia ter sido vivido por outro, agora, naquela cripta da Teologia da Segurança catalã, a leviandade, o voluntarismo, os professores fazendo as vezes de discípulos de Baden Powell provocavam nele uma melancolia especial, assim como o entusiasmo dos alunos, que se dividiam entre desempregados dispostos a trabalhar em qualquer coisa e patriotas autênticos que tinham feito da independência da Catalunha a causa de sua vida e, se necessário, de sua morte.

As matérias eram poucas. História da Catalunha. A nova ordem internacional. Serviços de informações, que se subdividiam em história, teoria e prática. A prática, por sua vez, se subdividia em três seminários: legislação e informação, ferramentas para a informação e deontologia dos serviços de informações. O coordenador do curso era um tal de senhor Piferrer, que no primeiro dia de aula exigiu que comprassem um caderno e uma agenda de capa preta da marca Myrga, sem especificar por que tantos detalhes. Carvalho observou que seus catorze companheiros de turma tinham enchido a capa e a contracapa do caderno com adesivos da bandeira catalã, do Barcelona FC, de Sharon Stone, da *top model* catalã Judit Mascó, e as três únicas alunas se distinguiam por ter um adesivo com o motociclista Àlex Crivillé e com o jogador de futebol Josep Guardiola, se bem que uma delas tivesse se atrevido a pregar uma fotografia do subcomandante Marcos, líder intelectual do neozapatismo.

A história da Catalunha que lhes explicavam era a história de uma época entre a falsa unificação dos Reis Católicos e o governo de Jordi Pujol. Destacavam o renascimento do nacionalismo durante os anos 70, vinculado aos encontros do Nações sem Estado e ao papel do CIEMEN, Centro Internacional Escarré para as Minorias Étnicas e Nacionais. Da filosofia do CIEMEN resultava a proposta de uma nova ordem internacional que, por ora, passava pela Europa das Regiões, tese elaborada por um político francês, Edgar Faure, e por um ex-monge de Montserrat chamado Aureli Argemí, e ratificada pelo pensamento político de Jordi Pujol. Pregava-se a formação de uma frente européia de Nações sem Estado, fortalecida pelos pequenos Estados nascidos da geopolítica que surgira com a queda do Muro de Berlim. Era preciso realizar uma assembléia de nações européias sem Estado, e galegos, bascos, corsos, padanos, friulanos, nacionalistas do Alto Adige, bretões, galeses, occitânicos foram convocados a levar adiante os acordos firmados no começo dos anos 80 no monastério beneditino de Sant Miquel de Cuixà. As aulas sobre a nova ordem internacional e as nações sem Estado partiam da história do movimento regionalista, especialmente da luta pelo reconhecimento das línguas regionais ou minoritárias, como o dinamarquês que sobrevivia na Alemanha, a língua dos frísios, o sérvio na Alemanha Oriental, o gaélico e suas diversas subdivisões, o catalão, a língua albanesa de certas comunidades italianas, o croata, o friulano, o franco-provençal, o grego ainda falado no Sul da Itália e na Sicília, o occitânico, o sardo. Cada país tinha um enclave lingüístico não oficial reprimido e em certos casos essas línguas traduziam a vontade de afirmação nacional, como no caso da Catalunha ou do Euzkadi, na Espanha, e em menor escala o galego, pois a reivindicação nacional galega estava se tornando um simples regionalismo, controlada pela direita espanholista. Os cursos de verão da Universidade de Prada ou do Monastério de Cuixà tinham dado alento a essas reivindicações nos últimos tempos do baixo franquismo e, contra todas as expectativas, a democracia e a autonomia não impulsionaram a luta reivindicatória dos povos sem Estado.

"O que queriam esses povos sem Estado? Ter Estado?"

Talvez porque tivesse feito a pergunta em castelhano, Carvalho teve a impressão de que o silêncio era duplamente denso.

"Querem ter soberania suficiente para decidir se querem constituir um Estado ou não. Há cinqüenta milhões de europeus que vivem como minorias reprimidas ou tuteladas."

Nos textos originais que recebiam aparecia com freqüência o nome de Aureli Argemí, o ex-monge beneditino de Montserrat que, do monastério de Sant Miquel de Cuixà, impulsionou o movimento nas décadas de 70 e 80. Argemí era um partidário convicto das ONGs e as via como instrumento para a construção de uma nova ordem, de baixo para cima, de uma cultura da solidariedade. Uma Europa dos povos seria referência para a nova ordem internacional. Embora o governo espanhol não tivesse se colocado contra esses movimentos, na verdade criara obstáculos, tanto na Espanha como nos foros internacionais.

Os progressos de Carvalho eram testemunhados por uma Charo assoberbada com os preparativos da loja, prestes a irromper em Barcelona em sua *rentrée*, e o detetive não disse nada a respeito de sua reciclagem profissional à unica cliente que lhe restava, Delmira, a quem enviava de vez em quando alguns parcos dados sobre o progresso da investigação. E assim agosto ficou para trás e, ao virar o calendário, Carvalho resolveu que devia liquidar de uma vez por todas o caso Mata i Delapeu, o que não tinha muita vontade de fazer, e, interrogando-se duramente, chegou à conclusão de que estava com saudade dos faxes.

Encerrada a primeira fase de estudos históricos e geopolíticos, as aulas passaram à teoria e à técnica da informação. Primeiro aprendiam a organizar um escritório especializado na leitura dos meios de comunicação e a preparar resumos, e ainda a administrar informações confidenciais e aprender a filtrá-las. A expressão "ação velada" ocupou um dia de aula e para Carvalho era como se ele voltasse pelo túnel do tempo, até aquela escola da CIA em que os eufemismos mostravam a imensa capacidade da linguagem em mascarar a realidade. Uma coisa são os serviços de informações que podem funcionar à luz do dia, outra é a informação obtida por meio de "ações veladas".

"Ações veladas são aqueles atos não oficiais e às vezes não legais que tendem a produzir informações ou situações propícias para a causa que nos mobiliza. Não estou enfocando a questão de um ponto de vista ético, mas de um ponto de vista pragmático e em geral ligado a razões coletivas que estão acima das razões individuais."

O ponto gerou certa celeuma, pois um rapaz acometido pela doença do neoliberalismo questionou as razões coletivas.

"Não há outras razões além das individuais."

"Então, que sentido tem uma causa nacional? E social?"

"A nacional ainda passa, se entendemos nação como a vontade comum de identidade de um conjunto de indivíduos, mas a social pressupõe um sujeito coletivo privilegiado que está acima do direito da pessoa, do indivíduo."

O professor estava e não estava de acordo. No fundo, pensou Carvalho, o professor tinha medo do aluno. Era como se ele tivesse sido pego em flagrante numa região de idéias ou sentimentos obsoletos, enquanto o rapaz, instalado na mais correta modernidade, poderia metê-lo num asilo de velhos. Em compensação, duas moças atacaram o perverso individualista e reivindicaram o direito de grupo e até mesmo de classes, sobretudo o direito à legítima defesa das classes sociais oprimidas.

"Já não existem classes sociais", opôs o profeta, desdenhosamente, e uma das moças o encarou.

"De que proveta você saiu? Só deveriam poder ser individualistas os seres humanos de dois metros, que fossem lindíssimos, riquíssimos, fortíssimos, inteligentíssimos, e acho que você não é tão alto, nem tão bonito, nem tão forte, nem tão inteligente, embora talvez seja rico."

"Serei."

O espião individualista continuou assistindo à aula, com as orelhas e as faces vermelhas. Era um neófito do liberalismo e acabara de travar sua primeira batalha com militantes de uma ONG feminista, pouco importa de que ONG. Os comunas não se criam nem se perdem, simplesmente se transformam. Restavam poucos dias de curso e ainda não haviam tido nenhuma aula sobre mecanismos de informações, como se tudo se reduzisse a enviar fax ou meter-se na internet, mas certa manhã Piferrer apresentou-se para anunciar que nos últimos dias o curso daria uma guinada que exigia de cada um maturidade ética para entender que sentido podem ter as "ações veladas".

"Mas, para sua informação, é bom que estejam em dia com a matéria de espionagem comercial e espionagem política."

Não houve demonstrações de apreensão. Todos eram maduros eticamente. Do contrário não teriam se matriculado num curso para espiões, se imaginassem não saber espionar. A espionagem é requisito do espião, assim como a coragem é do militar. O primeiro professor chegou com uma grande maleta e deu a primeira aula como se se escondesse, parecia um economista em dificuldades que sobrevivia dando aulas de espionagem comercial, baseando-se sobretudo em textos e documentos públicos, ou em material cedido pelos concorrentes. Sua exposição sobre investigação legal terminava com a "legitimidade das entrevistas para empregar pessoas que trabalham na concorrência". Quando se cruzava a fronteira do legítimo, podiam-se cometer pecados veniais e mortais. Entre os veniais, os mais eficazes eram a espionagem dos ciclos de produção mantidos em segredo pelo observado, as falsas ofertas de trabalho aos empregados da concorrência, para arrancar seus segredos, negociações simuladas com concorrentes para que revelassem suas próprias negociações. Começavam então os pecados mortais, como encarregar um profissional de se informar a respeito de tudo, por qualquer método, subornar o concorrente e seus empregados, introduzir um espião no quadro de funcionários da concorrência, recorrer à espionagem eletrônica, ao roubo de planos e finalmente à extorsão e às ameaças. Carvalho teve a impressão de perceber um suave arquejo no professor quando, no final, apresentou a extorsão e as ameaças como mal menor.

"As ações veladas contam hoje em dia com uma grande variedade de material e no final do curso darei aos senhores alguns catálogos e um endereço caso queiram comprar algum equipamento audioeletrônico mais ou menos completo. Se disserem que é de minha parte, terão dez por cento de desconto."

Sem mais preâmbulos abriu a maleta e tirou um telefone.

"Aqui está o pai de todas as espionagens."

Como se grampeia um telefone? E um fax? O importante não é grampear por grampear, mas ter uma estação receptora para a escuta ou para armazenar gravações. Este seria o método não cruel, pois hoje em dia existem técnicas muito avançadas em que, uma vez obtida a informação desejada, uma explosão fulminante dá cabo do espionado, mas só se deve empregar essa técnica quando não há interesse em tirar mais informações do desgraçado. No caso da telefonia móvel, carros e furgões transformados em estações de rádio interceptam as conversas, e no final do curso eles dariam uma volta num deles para espionar conversas em algum bairro de Barcelona. Cada aluno tinha suas preferências e Carvalho desconfiou que cada um puxava a brasa para a sua sardinha, para o seu bairro; a curiosidade humana sempre começa pelo próximo. E, se o telefone é o pai, o gravador é a mãe de toda a espionagem. Não se esqueçam: o pai e a mãe.

"Boa parte da pacificação do movimento operário se deve aos gravadores instalados nas reuniões sindicais, pois com eles os patrões conseguiam saber para onde as negociações se encaminhavam, podendo assim espionar os pontos fracos dos negociadores. Hoje em dia há gravadores que podem ser escondidos dentro de uma caneta."

E apontou uma dessas esferográficas descartáveis, não era sequer uma Bic, e aquela caneta miserável nunca tinha visto um gravador em sua vida. Porém, depois desses prolegômenos o professor mostrou a seus espiões ser muito mais profissional e competente do que seus gestos atemorizados indicavam, como se alguém estivesse espionando a sua aula. Como espionar ao ar livre? Como se introduzir em sistemas informatizados alheios ou iniciar uma guerra de guerrilha a partir de informações distorcidas graças à internet? Cada interrogação era seguida de um novo artefato que ele tirava da maleta sem fundo e exibia aos alunos, e deixava que o pegassem para perceberem como pode ser pequeno tudo o que transmite saber. Felizmente a indústria e a técnica da espionagem comercial progridem tanto que todo ano são lançadas ferramentas e contraferramentas, quer dizer...

"Senhoras e senhores, prestem atenção no que vou dizer, pois este é o xis da questão. Não há espionagem sem contra-espionagem. Não há técnicas sofisticadas para grampear telefones sem técnicas igualmente sofisticadas para neutralizar o grampo. Também na espionagem vale o princípio fundamental da concorrência, de que tudo gera o seu contrário. Tenham em mente que estou lhes falando de um mundo que move a riqueza ou a pobreza de indivíduos e nações, mas vocês devem estar preparados para intervir em decisões políticas que afetam a vida dos indivíduos e dos povos..."

Carvalho não assistiu às aulas práticas porque se lembrava vagamente do que tinha aprendido mais de trinta anos antes, e esperava as aulas decisivas sobre a espionagem política e o corpo-a-corpo. Contudo, saiu daquela aula mais preocupado do que tinha entrado, como se tivesse descoberto que a vida e a história deviam ser levadas a sério, mesmo em Barcelona, capital absoluta de um ser imaginário chamado Catalunha e capital relativa de uma comunidade relativamente autônoma. Chegou ao escritório a tempo de pegar antes de Biscuter a folha que saía do fax:

Como foi de férias? As minhas, passei aos trancos e barrancos comigo mesma, quer dizer, esbarrando em mim mesma. Trôpega, e só posso atribuir isso à impaciência pelo encontro que nos aguarda. Reencontro, na verdade. Estava muito nervosa e pensei que se voltasse conseguiria vê-lo antes. Tentei me comunicar com o senhor. No início fiquei surpresa que o seu telefone/fax/secretária não possua virtudes tão amplas, já que nada, nem ninguém, respondia (cheguei até a temer ser a causa de tamanho silêncio), mas insisti, e então um cavalheiro, Biscuter, imagino, me informou que fazia dois dias que não o via. Há poucos minutos verifiquei que o seu fax voltou a funcionar, envio este bilhete e espero que amanhã entre em contato comigo, seja por fax ou por telefone, use o meio que preferir, mas me diga quando e onde posso vê-lo.

Era como um anúncio do fim do verão, como se o lembrassem de um encontro já postergado demais, e entre curioso e exasperado Carvalho telefonou para a SP Associados. Por quem perguntaria? Scarlet? Fata Morgana? Scarlet O'Hara talvez?

"Scarlet O'Hara, por favor."

"É engano."

"Scarlet O'Hara me manda seus faxes desse número. Tem certeza? Vai ver ela também passou despercebida pelo senhor. Diga em voz alta: Pepe Carvalho pergunta por Scarlet O'Hara!"

"Não estou a fim de brincadeira."

"Há algum tempo eu telefonei, dei referências semelhantes e alguém apareceu."

"Um momento."

Ouviu novamente a voz da vaca do fax, mas, agora, pelo som Carvalho imaginou-a astênica e distinta, a entonação era de burocrata importante de algum ministério, e ela não podia ser assim, muito pelo contrário, ele queria que fosse gorda, rechonchuda, obesa e pedante. A voz lhe dizia:

"Finalmente. Os sonhos às vezes se realizam."

"Scarlet O'Hara?"

"Rhett Butler?"

"Por que não Ashley?"

"Pelo visto você viu o filme ou leu o romance."

"As duas coisas, mas só pude pôr fogo no romance."

"Desconfio que esteja ligando para nos vermos."

"Que tal o Can Boadas ou o Ideal Club? São cenários respeitáveis para deixarmos de nos desconhecer. Ou talvez o Café de la Ópera, se quisermos conversar."

"Eu o conheço perfeitamente e o senhor me conhece imperfeitamente."

"Veremos. Amanhã?"

"Às sete?"

"Da manhã?"

"A essa hora odeio a mim mesma. Ainda estou de cara lavada. Prefiro que seja às sete da noite e no Café de la Ópera. Precisamos ter uma conversa."

A mulher sentada atrás de um abajur no Café de la Ópera fazia um gesto com a mão. Era uma mulher inevitável, cem vezes Carvalho teria entrado em qualquer lugar onde ela estivesse e cem vezes a teria notado e contemplado. Era uma bela mulher, bela demais para que pensasse na imbecil do fax, mas ele aproximou-se e, estudando um ao outro, apertaram-se as mãos. Quando Carvalho se sentou e a observou bem de frente, como a um busto silencioso, veio-lhe à memória o perfil de uma mulher, que tentava se sobrepor ao da mulher que estava diante dele. Abriu e fechou os olhos, como se o silêncio do olhar o ajudasse a transportar a recordação da memória à realidade.

"Ainda não se lembra de mim?"

"Lembro mas não sei de onde.

"Meu nome é Jessica Stuart-Pedrell."

Agora o perfil do passado coincidia totalmente com o do presente. Yes. Era Yes. Filha de um empresário, que nunca conseguiu chegar aos mares do Sul. Viu-a de repente, moça fugaz que acariciava um filhotinho de cachorro, Bleda, Bleda, a cadelinha, uma ferida no coração de Carvalho. Mas essa imagem fugaz era substituída por outra mais elaborada, a mesma garota de costas, antes que visse seu rosto, na casa dos Stuart-

Pedrell. Lembrava-se da primeira vez que a vira, uma cintura, uma cintura fina realçada por um cinto vermelho que dividia seu dorso de mulher jovem. As nádegas dentro de um jeans repousavam sua juventude redonda e tensa numa banqueta. As costas subiam desde o vértice da cintura com uma delicadeza geométrica até chegar à cabeleira loura com mechas que caíam do alto da cabeça jogada para trás. Quando se virou, Carvalho percebeu numa fração de segundo que a moça tinha os olhos acinzentados, tez de esquiadora, boca saliente e meiga, maçãs do rosto de garota desenhada, braços de mulher esboçada sem pressa e sem pausas, sobrancelhas talvez exageradas, espessas demais, mas que acentuavam seu jeito de garota de anúncio americano da década de 70, de vida agitada, Coca-Cola é isso aí, ou de leite: *everybody needs milk*.

De repente deu-se conta de que era a mesma garota com vinte anos mais, e cada uma das características dela, parte do sistema de características de uma quarentona linda, era a mesma de antigamente, em especial os olhos acinzentados e claros, a boca carnuda já não tão meiga e marcada por rugas que a deixavam como que entre aspas, os cabelos louros agora acobreados e curtos, destacando mais ainda as maçãs do rosto, que a ajudariam a envelhecer sempre bela. Era como se a mulher se encaixasse na garota, e não o contrário.

"Desfeito o mistério?

"Este mistério. Restam outros."

"Por exemplo?"

"Por que agora?"

"Custei a perceber que precisava encontrá-lo. Era uma questão de tempo. De maturidade talvez. Você era uma longa ausência, ausente mas presente, como se estivesse ali onde eu estava, em qualquer lugar, no meu dia-a-dia. Lembra-se deste bilhete?"

Ali estava o bilhete, letra dele:

Talvez convenha que você faça essa viagem, mas sozinha ou mais bem acompanhada. Encontre um rapaz amável, a quem você estará fazendo um favor com essa viagem. Recomendo um rapaz sensível, com certa cultura e não com muito dinheiro. Deve haver muitos na Faculdade de Filosofia e Letras. Envio junto as referências de um professor amigo meu que a ajudará a procurar. Não o deixe até chegarem, pelo menos, a Katmandu, e dê-lhe dinheiro suficiente para que possa voltar. Continue a sua viagem e não volte até que caia de cansaço ou de velhice. Ainda chegará a tempo de comprovar que todos aqui se tornaram mesquinhos, ou loucos, ou velhos. São as três únicas possibilidades de sobreviver em um país que não fez a tempo sua revolução industrial.

Ela examinava ansiosa como Carvalho redescobria o próprio texto e respeitou o silêncio com que o homem tentava ganhar tempo e apaziguar-se, à medida que em seu peito crescia uma dor sólida, como se de repente se descobrisse culpado por um desastre, até mesmo um desastre pessoal.

"Segui todas as suas recomendações. Procurei o seu amigo Sergio Beser e lhe disse: Ajude-me a encontrar um aluno pobre, com certa cultura, que possa ir comigo a Katmandu. Sergio me disse: Haverá uma fila deles, mas me ajudou a encontrar um que era da terra dele, mais ou menos perto, não exatamente de Morella. Tive de suportar o corporativismo."

"Ele foi com você até Katmandu?"

"É meu marido. Pai de meus dois filhos."

E no lugar do papel com a infamante despedida agora havia uma foto com dois rapazes de quase vinte anos.

"O mais velho nasceu no Afeganistão. Depois de Katmandu fizemos a Rota da Seda."

Os olhos de Carvalho perguntavam: Vai tudo bem? Mas seus lábios nada disseram porque nos olhos de Yes tinha se instalado a melancolia.

"Você fez bem em me dar um chute. Eu era uma menina metida a besta e viciada em drogas, insuportável."

Não, pensou Carvalho, não. Não acredite no que meus olhos lhe diziam. Você era uma jovem maravilhosa, generosa, a mulher perfeita, a mulher dourada que eu esperava desde a infância, mas...

"O que pensou de mim na primeira vez que me viu?"

"Na primeira vez que a vi pensei: ponha um Gary Cooper na sua vida, garota. Era como se você esperasse Gary Cooper e você tinha pernas bonitas e compridas."

"Você estava por fora. Gary Cooper já não estava na moda."

"Eu sei, mas tinha de me defender do impacto que você me causou, eu precisava reduzi-la a uma, a uma realidade em tecnicolor."

"É curioso, mas às vezes, quando me lembro de você naquela época, faz vinte anos, junto de nós aparece aquela cadelinha que você tinha."

"Bleda."

"É, Bleda. Que fim levou Bleda?"

"Mataram."

Os dois fecharam os olhos como se chorassem a morte de um cachorro, agora, e era verdade, Bleda acabava de morrer de novo, Carvalho revia a pele do bicho degolado que parecia papelão e a seqüência de seu enterro no jardim de Vallvidrera, ali estavam seus restos, às vezes ele parava diante deles e pronunciava o nome do bicho, como se pronunciasse o nome de uma ausência, como se recordam as mais irremediáveis injustiças, as biológicas.

"Sua mãe?"

"Mais velha e mais insuportável. O que sobrou dos negócios de meu pai é administrado por ela e meu marido. Eu me dediquei a me cultivar, a ler tudo o que não tinha lido quando conheci você e fiquei horrorizada ao saber que você botava fogo em livros. Faço algumas coisas no escritório da SP Associados, coisas ligadas aos contatos externos, isso me fascina. É dali que mando os faxes."

SP Associados era Stuart-Pedrell Associados. Flagrou-se observando-a, estava com os olhos avermelhados, talvez fossem as lentes de contato, embora de onde Carvalho estivesse não fosse possível saber se usava lentes ou não.

"Conjuntivite. Estou com conjuntivite", disse ela, adiantando-se a qualquer conclusão. Como um clarão, irrompeu na cabeça de Carvalho uma cena de sexo com Yes, duas, uma convencional, a outra ele apagou imediatamente, não coincidiria com a evocação, com o jeito dela de estudar o homem, sem perder o sorriso, nem a umidade nos olhos. O coração de Carvalho doía de júbilo. Pediu um uísque e outro e mais outro e tudo o que saía dos lábios de Yes lhe parecia maravilhoso. Lembrou-se de um bolero e sem se dar conta começou a cantarolar, e a voz dela imediatamente fez despertar a canção que expressava sua mal disfarçada euforia.

"'Há sinos de festa que cantam em meu coração.'"
E foram os lábios dela que recitaram:

Solamente una vez se entrega el alma
con la dulce y total renunciación
y cuando este milagro
realiza el prodigio de amarse
hay campanas de fiesta
que cantan en mi corazón.

"Quem é o melhor espião atualmente?"

O silêncio dos alunos confortava o professor, em verdadeiro êxtase quando exclamou com certa precipitação, antes que alguém respondesse:

"Os satélites de espionagem. Um satélite pode captar conversas, fazer rastreamentos, mas é utilizado essencialmente para agrupamentos humanos importantes, embora, é verdade, seja capaz de interceptar uma infinidade de comunicações interpessoais. Contudo, o homem continua a ser essencial como agente de informações para as chamadas ações veladas e hoje temos um instrumental sofisticadíssimo que, por conseguinte, tornou necessária a invenção de outro tipo de equipamento sofisticadíssimo para detectar os aparelhos invasores. É um constante toma-lá-dá-cá, cujas peças mais essenciais convém que vocês conheçam, e temos de começar do começo: como escutar à distância, como praticar agressões, se necessário, à distância. Iniciaremos pelas técnicas de escuta, que se dividem segundo os meios usados: cabo, ondas magnéticas, rádio, feixe óptico ou de luz coerente ou ar, quer dizer, desde o grampeamento de um telefone até os microfones ou canhões de microfones, passando pelo laser. Hoje dispomos de um arsenal excepcional, mas é preciso ter um treinamento humano muito adequado, pois, não esqueçamos, é o ouvido humano que escuta e é o olho humano que vê e é preciso fazer de tudo, desde grampear um telefone até se meter no correio eletrônico, desde saber analisar os papéis velhos e as latas de lixo do espionado até aprender a camuflar-se para não levantar suspeitas do espionado, usando técnicas de mimese que implicam uma grande dose de inteligência. Temos de aprender a nos disfarçar sem parecer que nos disfarçamos. Temos de espionar sem levantar suspeitas, isto é, temos, por conseguinte, de não nos transformar em suspeitos. Acima de tudo jamais vistam uma capa de chuva para espionar."

Alguns alunos tomavam notas. O professor era dotado do dom da obviedade e às vezes era tomado por um espírito lúdico e pedia que vissem filmes de espionagem, que comentavam como um grupo de cinéfilos. Carvalho ficou impressionado com *A conversação*, sobretudo com uma seqüência inicial em que os espiões escutam um terno casal condoendo-se da velhice desvalida.

"Mas para provar que o fundamental é o fator humano, vou propor um exercício prático individualizado, isto é, cada um de vocês terá de espionar um objetivo, segui-lo e trazer os resultados."

Fez a chamada em voz alta e houve gente que teve de ir à Diputación de Barcelona a fim de conseguir informações sobre a estratégia socialista para o trem de alta velocidade, outro teve de descobrir, sempre sem ser descoberto, o grau de infiltração dos aparelhos de segurança do Estado na polícia autônoma. Carvalho tinha de informar-se sobre os preparativos da próxima reunião do Nações sem Estado, onde se realizaria e qual ia ser a ordem do dia. Os alunos saíram disfarçados de si mesmos, repassando com atenção tudo o que tinham assimilado, e com a obrigação de não utilizar nenhuma ferramenta a não ser os quatro sentidos.

"Pensem que Picasso antes de ser Picasso teve de provar que sabia desenhar um gato."

Por onde se começava a desenhar um gato? Carvalho aproveitou a solidão da sala de aula para discorrer com o professor sobre a mudança dos paradigmas da espionagem e sobre como a própria natureza do espionado levava à mudança de estratégia. Eu, por exemplo, que atuei na década de 60 vigiando os jovens em seu processo de radicalização, agora, para acompanhar os movimentos dos agentes do Nações sem Estado, devo adotar uma atitude bem diferente. O professor estava de pleno acordo.

"Tenha em conta, acima de tudo, que não se trata de uma reunião protocolar, seguindo a liturgia habitual, mas que poderia muito bem ser uma reunião clandestina, não ventilada publicamente."

"Talvez nem seja na Catalunha."

"É claro. O mais provável é que seja em algum lugar da Padania, que nos próximos anos pode se tornar a locomotiva do movimento na Europa."

"Que relação tem a Padania com o projeto da Região Plus?"

"A política gera estranhas duplas. Na verdade a Padania, ou seja, o movimento de Bossi, não é estritamente nacionalista, mas economicista, e por isso essa história de Região Plus não nos incomoda. Em compensação, para o nacionalismo catalão ou basco ela pode ser uma catástrofe."

Se continuasse a conversa o professor contaria tudo, e Carvalho começava a se divertir com a idéia de retornar ao bê-á-bá do ofício e de mãos vazias, com a cara e a coragem. Foi à Lluquet i Rovelló e dessa vez lá estava a amável viúva, que recebeu Carvalho com íntima satisfação quando o ouviu dizer: "De bon matí quan els estels es ponen", e, em seguida, que precisava encontrar o senhor Xibert antes que ele fosse para a Itália. A viúva lamentou que a viagem à Itália criasse tantos problemas, pois o ritmo estava se tornando vertiginoso e chegar a Grinzane Cavour a tempo não era fácil.

"Mas ainda faltam alguns dias, senhora... Não me disse o seu nome."

"Madrona, Madrona Campalans. Sim, faltam alguns dias. Imagine, até o começo de dezembro."

Convidou-o a entrar numa salinha ao lado e pouco depois se apresentou com um capuz.

"Oi que es posarà la caputxeta? Oi que serà un bon minyó?"*

Ele adorava botar o capuz e adorava que o abundante, mas ainda torneado, braço da viúva fosse o seu condutor, com o valor agregado do contorno exterior de um de seus seios, contido num sutiã robusto, que o antebraço de Carvalho percebia. Quando ela tirou o capuz de Carvalho ele estava no quarto do encontro anterior e o homem de jogging o examinava com acuidade estudada.

"E então?"

"Gostaria de conversar sobre a sua próxima viagem à Itália para a reunião do Nações sem Estado."

(*) Você vai pôr o capuz, não vai? Vai ser um bom menino, não vai?

"Como sabe que vou à Itália, e para isso?"

Carvalho estava espantado.

"E por acaso a reunião na Padania é um segredo?"

Xibert estava furioso e andava de um lado para outro, passeando pelo reduzido perímetro do esconderijo. De sua boca saía todo tipo de impropérios. Quem descumprira as normas de segurança? Isso jamais será um Estado, não existe uma visão de Estado, Carvalho, não existe. Carvalho concordava, não, não havia uma visão de Estado, mas talvez reuniões como a de Grinzane Cavour servissem para conquistá-lo, pouco a pouco. Xibert estava muito triste, parecia ferido.

"Sabe o que eu acho, Carvalho? Às vezes acho que a única pessoa que leva essas coisas a sério sou eu. Depois da morte de Franco a política se encheu de oportunistas que não sabem o que é passar uma hora preso nem levar porrada da polícia. Com o nacionalismo acontece o mesmo. Eles se meteram nisso porque ganhamos na Catalunha e no Euzkadi, mas, se um dia perdermos, adeus, Catalunha, adeus."

"Mas talvez a reunião sirva para muita coisa. Para uma rede de serviços de informações dos países sem Estado, por exemplo."

Xibert o olhou, ponderando.

"O seu cérebro é dedutivo e indutivo, Carvalho. É justamente isso."

Estou tão feliz!...

O farmacêutico disse que minha conjuntivite é provocada por um excesso de luz, falou isso a sério e circunspecto enquanto eu disfarçava a duras penas o acesso de riso, é curioso que meu "deslumbramento" possa ser curado com um colírio, essa não. Pressinto, ou melhor, prevejo problemas, agora além de ser um mito sem fissuras você se mostrou um homem caloroso, acessível, afetuoso, inquietante, perturbador, singular, imprevisível. Ao peso que a constante tirania do mito supõe (os deuses nunca se sentem saciados de sacrifícios e oferendas), devo acrescentar o jugo, a opressão de um homem tão interessante, tão atraente.

Uma última coisa, a qualquer momento, quando você quiser, me ligue, faça isso pensando em você, não sou uma ingrata insensível a demonstrações de interesse por meu bem-estar emocional, aprecio de fato a sua consideração, mas de agora em diante, se tivermos de manter algum tipo de relação, ela deverá se basear no equilíbrio do interesse mútuo, embora não necessariamente da mesma natureza, é claro.

Estou feliz, feliz, feliz. Ponha a música que quiser, me sinto supergenerosa. De todas as desgraças que afetam a humanidade, a mais amarga é que precisamos ter consciência de muita coisa e controle de nada. A consciência não impede que cometamos pecados, mas infelizmente nos impede de desfrutá-los.

Uma única palavra dita naquela noite serena me colocou entre o passado e o futuro, tal qual uma embarcação entre a profundeza dos mares e os cumes do espaço. Yes, sim, sou Yes, e o segredo da felicidade não é fazer sempre o que se quer mas querer sempre o que se faz.

Provavelmente o mais inesperado foram as suas mãos. A lembrança de suas mãos. É curioso que sejam as mesmas mãos que você tinha em criança, porque continuam parecendo mãos de criança, nas quais notei o estrago das unhas roídas e constatei, ao nos despedirmos, o toque quente e suave; as mesmas mãos com que você traça o perfil de assassinos ou ladrões antes de descobri-los; as mesmas mãos com que prova cozidos temperados com fungos — Merlin?; mãos disciplinadas que em nenhum momento ultrapassaram o espaço diagonal, enviesado, oblíquo, diametralmente oposto em que você se colocou. Toda a desordem intrincada de sua personalidade melindrosa se vislumbra na contemplação das suas mãos, e não tinha me dado conta disso na época em que era Yes, a filha bonita — ou era só boa? — do oligarca Stuart-Pedrell.

A sua natureza é o resultado de uma somatória; não parece ter deixado nada para trás, não é a evolução habitual de quem deixa de ser alguma coisa e passa a ser outra. Tenho a impressão de que você não renuncia ao passado, não resiste ao presente e está na expectativa de qualquer porvir.

Você assume a História, faz a História, e além disso a espreita.

Adoro o modo como você faz perguntas, faz da maneira mais simples, as que não fez — um monte —, abreviou-as com uma elipse perfeita, de tal forma que sei o que você queria saber e o que não queria. É que você é um detetive. Um detetive perturbador.

Dizem que um dos maiores prazeres da vida é impor limites a si mesmo. Depois de refletir um pouco — muito pouco — sobre isso cheguei à sábia conclusão de que, se deve haver limites, ou qualquer outro tipo de fronteira, em minha comunicação com você, não serei eu quem vai impô-los a mim mesma.

Portanto, fica o dito por não dito; gostaria que você tivesse ligado na semana que passou, mas já que não tive essa felicidade não vou acrescentar a meus males o desgosto de me impedir de escrever/telefonar para você.

Quando tantas vezes se sentia deprimido ao longo do dia tentava saber por que e sempre encontrava a razão mais profunda, ou a mais imediata, que havia provocado o desânimo. Agora estava deprimido porque havia uma festa no seu coração e desejava ardentemente que chegasse algum fax, era uma maneira de alinhavar o relacionamento. O rosto de Yes tentava se impor ao seu redor, como se graças a alguma força parapsicológica conseguisse estar no canto do escritório, no papel que ele aproximava dos olhos, na borda da bandeja em que Biscuter tinha lhe servido um *gazpacho* de morangos.

"De morangos, sim, chefe. Receita da Ruscalleda, a moça de Sant Pol que cozinha tão bem, e eu já fiz para mim um *pan con tomate* mas com morango em vez de tomate, mais o sal, mais o azeite, como sempre."

Yes estava naquele morango com que Biscuter tentava untar uma fatia de pão e Carvalho reprimiu o gesto de impedi-lo, como se temesse que a própria Yes fosse amassada. E essa relação de dependência o revoltava, dependência até quando pensava, porque fazia isso para que ela lesse os seus pensamentos e às vezes se flagrava falando sozinho para que Yes o escutasse. Mas não queria ligar para ela e dar a impressão de estar se entregando demais, e doía saber que toda vez que evocava Yes esboçava a ausência de Charo, de quem recebera três reprimendas, a última em nome de Quimet: Estão esperando você. Não há jeito de conseguirem falar com você. E também uma reclamação de Margalida. Esta se limitava a dizer: Satanás!, e dava-lhe um número de celular. Ele associava a moça aos últimos banhos de mar do verão e a imaginava tornando a sair da água assim que o calor do sol se insinuasse e eles pudessem redescobrir a pátria do mar. Os dias de outubro chegavam ao fim, mas ele não percebia o tempo passando, nem as estações, às quais era mais sensível nos últimos anos, como se as contasse uma a uma, à medida que a vida passava e suas esperanças iam se consumindo. Como se tudo a seu redor tivesse se achatado e só o túnel pelo qual chegaria o telefonema de Yes, pelo qual ele iria ao encontro dela, guardasse o caráter tridimensional. Margalida combinou de vê-lo no Café Velódromo da rua Muntaner, um dos únicos bares por onde as picaretas da desmemória não haviam passado e onde ainda resistiam as mesas de bilhar e os garçons de toda uma vida ou pelo menos de toda uma nostalgia. Chegou vestida de motoqueira, com o capacete na mão e a cabeleira ruiva agora compacta e presa, caindo sobre um seio.

"Venha comigo, se não achar ruim ir na garupa de uma moto."

"Ultimamente não faço outra coisa."

Desceram a rua Muntaner e Margalida conduziu a moto até a praça de la Garduña, depois andaram até o jardim do antigo hospital de la Santa Cruz e ela se sentou num banco, esperando que Carvalho fizesse o mesmo. Uma vez sentados, ela abarcou com o olhar todo o campo visual das instalações góticas e dos jardins com velhos e imigrantes multirraciais desempregados. Pareceu relaxar.

"Não confie muito. Podem estar nos escutando e nos observando por um telescópio."

"Tomei minhas precauções e meu celular não está grampeado. Não temos muito tempo. Você não comentou comigo o que aconteceu durante a festa do fim do verão."

"Fiquei íntimo do senhor Pérez i Ruidoms."

"É justamente sobre isso. O que pensa do filho dele?"

"Nada. Que é inocente, como boa parte da humanidade."

"Muito mais inocente do que você pode imaginar."

Voltou a notar um inesperado interesse da moça pelo filho de Pérez i Ruidoms.

"Albert e eu somos amigos desde crianças. Estudamos nos mesmos colégios até a universidade e podia-se dizer que havia algo entre nós, até que ele começou com a mania das seitas e de experimentar tudo, absolutamente tudo. Era uma vítima do pai, assim como Alexandre Mata i Delapeu também era do próprio pai, e vai continuar sendo se não fizermos nada."

"O que devo fazer?"

"Falar com ele. O pai o mantém como refém e está fazendo planos para o futuro dele, mas é preciso salvá-lo desse futuro."

Em nome de quem ou de que Margalida agia? Parecia uma mulher excessivamente apaixonada, empenhada em salvar alguém que provavelmente não queria ser salvo.

"Você deve se interessar em falar com ele não só para fazer a ele um favor, mas para fazer um favor a si mesmo. Não sei se você percebe onde se meteu. Já se perguntou por que o meteram nisso?"

"Por uma série de fatores. Alguns voluntários, digamos que positivos, e outros muito calculados. O que me interessa saber é onde o cálculo começa, e sobre quê."

"Não esqueça o que lhe disse, tudo passa pelo tubarão Pérez i Ruidoms."

Ela mantinha os olhos muito abertos, como se fosse o gesto mais adequado para transmitir sinceridade.

"Você se meteu nisso por causa desse rapaz, do Albert?"

"Foi."

"E conseguiu enganar todo mundo?"

"Não. Um dia eu conto, mas preciso ter mais confiança em você. Se você não se opõe, providenciarei o encontro com Albert, mas não garanto quando. Ele tem sido muito vigiado. Não se surpreenda se demorar várias semanas. Agora mesmo nem sei onde ele está."

Não foi um fax, mas a voz ao vivo de Yes que se insinuou como elemento propício, adaptado à solidão de seu ouvido, e era um encontro o que ela propunha, num bar, El Zigurat, aonde Carvalho foi com a esperança de livrar-se da situação com os bustos falantes e ir para a rua, passear, sentir o corpo total de Yes a seu lado, habitando enfim um espaço favorável, só deles, só por eles delimitado pela simples operação de caminharem juntos. Mas Yes manteve-se atrás da mesa, exibindo sua sedução passiva e falando constantemente do marido, Mauricio, a quem se referia como se fosse familiar a ambos, como se não percebesse que para Carvalho era como se um intruso invadisse um espaço só deles ou, ao contrário, como se ela fizesse isso *ex professo*, como essas moças que protegem os seios com livros, sobre os quais cruzam os braços. E, junto com o prodigioso Mauricio, compreensivo, sagaz, lugar-tenente inseparável da viúva Stuart-Pedrell, que confiava muito mais nele do que na própria filha, os dois rapazes absolutamente superdotados em matéria de beleza, inteligência e amor filial. Portanto, em nada parecidos com a própria Yes quando Carvalho a conheceu, indecisa, dividida, desestruturada, puerilmente viciada em drogas, batendo uma carreirinha de cocaína até mesmo em cima dos espelhos individuais do luxuoso lavabo de porcelana inglesa da mansão dos Stuart-Pedrell. Você entende como o mundo que me cerca é perfeito? Passa pela sua cabeça que eu vou desestruturá-lo ou que você teria o direito de fazer isso? Tratava-se de falsas perguntas ou de perguntas reais à espera de uma decisão de Carvalho? Tão perfeito assim não será, pois você precisou me redescobrir e me dizer que eu sou o homem da sua vida.

Depois do encontro no El Zigurat, Yes escolheu outro cenário, o Hemiciclo, outro bar para bustos falantes, embora neste, se chegassem a tempo, conseguiriam se sentar lado a lado e Carvalho poderia avaliar o perfil bonito e sólido de Yes, a leveza de suas formas rechonchudas e sua gesticulação de atriz especializada no controle de seu próprio sistema de sinais, nem uma única imperfeição, mulher nota dez, teriam lhe chamado anos atrás, quando ainda havia no mundo um pouco de otimismo histórico e biológico.

"Um dia poderíamos ir ao cinema."

Vinte anos depois de ter feito amor na cama de Carvalho, irem ao cinema juntos era quase uma transgressão, e Carvalho conseguiu até mesmo precisar a imagem que rejeitava, aquela em que esteve prestes a enrabar Yes, o que não fez pelo que isso significava de simples afirmação de prepotência e de humilhação social, enfiar no cu de uma senhorita de boa família. Só o fato de lembrar-se disso fazia sentir-se mal em algum lugar de seu corpo, onde reside o sentimento de culpa, embora não pudesse evitar, quando Yes andava na sua frente, olhar a bunda dela para ver se se recordava daquele luminoso objeto de seu desejo. Quando se separaram, Carvalho prometeu a si mesmo terminar a relação, mas sua capacidade para manter distância limitava-se a esperar que ela tomasse a iniciativa, e agonizava quando Yes demorava para lhe telefonar, sempre justificada pelo trabalho ou por atividades sociais ou familiares cuja simples menção aborrecia Carvalho e que o mortificavam quando se transformavam em descrição completa de uma dimensão da vida que o negava, que não lhe pertencia. Enquanto ela era capaz de prosseguir essencialmente com sua vida, alimentada com a leve transgressão da recuperação de seu mito de juventude, para Carvalho era impossível concentrar-se na vida cotidiana. Não se ocupava mais de Delmira, a viúva do próprio filho, fugia de Charo, só estava em dia com os progressos de Biscuter em sua incursão no mundo das seitas, embora visse crescer a bibliografia sobre a qual se inclinava aquela cabecinha maltratada pelo fórceps: *O fenômeno das seitas fundamentalistas*, *Novo dicionário de seitas e satanismo*, *As seitas entre nós*, *Magie et sorcellerie en Europe*, *Atles dels càtars*, *As seitas destrutivas*, *El veritable rostre dels càtars*, *Els templers catalans*, *Guia dos catáros*, *O legado secreto dos cátaros*, *Dicionário das religiões* e vários livros do principal especialista local, digno de confiança apesar de tolerar ser chamado de Pepe Rodríguez. Biscuter estava fascinado, mais ainda, dizia, com o potencial positivo do satanismo.

"Para os cátaros Satanás não é em si mesmo positivo, mas isso me interessa, chefe. Se o mundo criado pelo Deus oficial é tão lamentável, por que não imaginar Satanás como um rebelde necessário?"

Carvalho prometeu que um dia conversariam sobre tudo isso, mas esse dia não chegava, assim como não chegava o dia em que falaria com Quimet sobre quando colheria os frutos de seu curso, concluído *cum laude* após a apresentação de uma pesquisa de campo, considerada esplêndida, sobre o movimento das Nações sem Estado. Esperava a convocação para ingressar no curso superior, em que eram instruídos sobre armamentos e técnicas de ataque e defesa, a cargo do coronel Migueloa, um basco francês ex-membro da Organização do Exército Secreto, que residia em Barcelona porque tinha uma filha casada com um filólogo suíço especialista no uso do *salar** na fala dos naturais de Ampurdán e da ilha de Mallorca. Mas esses cursos seriam muito restritos e em lugares com segurança reforçada, levando em conta que deviam ficar à margem dos circuitos habituais de segurança, para que não fossem detectados nem pelo pessoal do CESID, nem pela polícia autônoma. As saudades de Yes estilhaçavam o tempo e transformavam a distância numa substância repugnante que lhe causava mal-estar quando estava em qualquer lugar em que ela não estivesse. E por isso imaginava-a presente em tudo o que fazia e descobria-se dialogando com Yes sobre tudo o que o afetava, desde a compra de três pares de meias até a escolha de uma cabeça de bacalhau na Boqueria, ou a compra de uma fôrma japonesa para frituras, que consistia em um tubo largo de lata, de uns vinte centímetros de altura, que devia ser colocado no óleo fervendo, e depois se jogava pelo orifício do alto a massa que se queria fritar de forma homogênea. Encomendou-a numa funilaria tradicional nos fundos da Boqueria, em frente ao restaurante Turia, onde costumava comer boa comida de mercado a preços acessí-

(*) Uso do *sa* em lugar do artigo definido.

veis a um pré-aposentado disposto a gastar o pouco dinheiro que lhe restava. Carvalho tinha descoberto outro restaurante interessante na praça Real num dia em que tentou reencontrar a loja do taxidermista e viu que lá dentro já não havia pássaros dissecados mas *tartelette* de sardinhas, terrina de *foie-gras* com marmelo reduzido em conhaque Pedro Ximénez, arroz com vieiras, *brick* de legumes. O restaurante chamava-se El Taxidermista e era mantido por uma mulher que parecia uma garota assustada ao perceber que a praça Real era como um ensaio geral do purgatório da globalização, e por sua mãe, que se chamava Nieves e falava chiando, como se acabasse de sair da Madri de 1936, capital do Paraíso, republicana a vida toda, o pós-guerra todo e durante toda a transição democrática, segundo lhe confessou após preparar especialmente para ele um *arròs amb fesols i naps*.* Talvez um dia levasse Yes a El Taxidermista.

Yes não se convencia com aquele tubo de lata. Onde você vai pôr isso? São coisas que a gente compra e depois não usa. Você vai ver. Vou usá-lo esta noite. Preparou legumes cortados em tiras, uniformizadas por uma massa leve de farinha, água, ovos e camarões descascados. Pôs óleo na panela até ferver, introduziu a fôrma e, pelo orifício superior, despejou duas boas colheradas da mistura. Quando a ilhota de fritura tomou consistência, retirou o tubo e ela navegou sobre o óleo até adquirir firmeza suficiente para poder dar a volta na panela. O sonho assim preparado ficava uma delícia com molho de soja, puro ou acentuado pelo rábano

(*) Arroz com feijões e nabos.

picante e pelo gengibre. Viu só, mulher de pouca fé? Yes provava o prato e lhe dava razão com os olhos entusiasmados que só ela podia exibir, com essa capacidade de assombro que só ricos simpáticos como Yes podem fingir ou que só pobres solidários como Charo podem sentir. Mas o feitiço se quebrava e na solidão de sua sala de jantar em Vallvidrera a não-presença de Yes significava um vazio maior que o espaço ocupado por sua presença absoluta.

Teve de sair de seu ensimesmamento compartilhado, pois Delmira mostrava-se taxativa ao exigir uma explicação, não queria morrer sem saber tudo sobre a morte do filho.

"Estou esperando um encontro com Albert Pérez i Ruidoms, mas não é fácil. Ele poderá esclarecer muitas coisas."

"Por que não é fácil? Ele não está em liberdade?"

"O pai o mantém escondido."

Delmira começou a chorar copiosamente mas em silêncio, e Carvalho fez o impossível para desaparecer, afundando-se no sofá e fechando os olhos.

"Por que os homens são tão cruéis? Ou seria mais correto perguntar por que o homem é tão cruel?"

"É verdade."

"Leia."

Delmira estendeu-lhe um papel e Carvalho leu para si mesmo:

Delmi, querida. Pensei muito sobre nossa vida em comum após a morte do rapaz e não tem sentido, embora eu também não conceba isso, nos separarmos judicialmente, dada a complexidade dos interesses comuns, sociedade em empresas, complica-

ções de herança que um dia teremos de discutir porque você escolherá seus herdeiros entre os preferidos da sua família e eu, é possível que tente formar outra família, ter filhos que compensem a ausência do nosso. Meus inimigos me feriram no que tenho de mais sensível e tenho de recobrar forças para destroçá-los. Por ora estou de partida para uma longa viagem e voltarei quando acabar o meu desejo de fugir. Compreenda-me assim como a compreendo.

"Poderia se informar com quem ele vai viajar?"

"Ele usa habitualmente alguma agência de viagens?"

"Avionjet. Quem cuida de suas viagens é a senhorita Fina."

Era o mínimo que podia fazer pela dupla viuvez, pela dupla virgindade essencial de Delmira, que podia se permitir o luxo de viajar para onde quisesse mas talvez não o de constituir outra família e ter filhos. Na Avionjet havia meia cidade tratando das viagens de fim de ano, fim de século, fim de milênio, e Carvalho escutava as mais exóticas propostas de evasão.

"Calculando onde nascerá o primeiro sol do ano 2000, que lugar você recomenda para que eu seja dos primeiros a vê-lo?"

Ele perguntou pela senhorita Fina e mostraram-lhe o traseiro de um computador cheio de redondezas, voluptuoso em comparação com a moça que o usava, Fina, que estava do outro lado e era tão delgada que não ultrapassava o espaço ocupado pela máquina.

"O senhor Mata i Delapeu quer estudar o itinerário da viagem e pediu que a senhorita confirme para mim o roteiro inicial."

"Envio por fax?"

"Não. Pode me dar e eu mesmo entregarei a ele."

Fina virou-se, deixando à mostra um canto de rosto, o suficiente para que seu olho pudesse ver Carvalho, pois seu rosto era tão fino, tão fino que nele só cabia um olho.

"O senhor nunca tinha estado aqui."

"É que o senhor Mata i Delapeu é bastante reservado no que faz."

Passou-lhe uma pasta sobre a viagem de Madrona Campalans Martínez e Joan Mata i Delapeu às Seychelles.

"É a primeira escala, já combinamos que são opcionais a esticada a Sri Lanka e às Maldivas ou o cruzeiro de Penang até Bali."

"Com licença, um minutinho. Vou consultar as anotações do senhor Mata i Delapeu para confirmar esse roteiro."

Tirou do bolso uma caderneta de endereços, consultou-a atentamente e concordou:

"Tudo bem. Acho que está certo."

"Certo?"

"Certo."

"Preciso consultá-lo por fax?"

"Não precisa."

O nome de Madrona Campalans surgiu de um desvão da memória e provocou-lhe um sorriso. Mas para confirmar foi até a Lluquet i Rovellò e, ao ver a viúva vendedora, perguntou:

"Senhora Campalans Martínez?"

"Sim, Madrona Campalans Martínez, mas como sabe meu sobrenome de solteira?"

"Uma viúva tão bonita retorna imediatamente à condição de solteira."

Deu a desculpa de que precisava encontrar Xibert. Ele não estava, e Carvalho insistiu para que o localizasse. Depois foi encontrar Delmira. Deu-lhe a notícia da viagem.

"O senhor a conhece? É a clássica putinha jovem? Uma loura burra, como chamam agora?"

"Não. É uma viúva. Uma espiã viúva. Na verdade, viaja para arrancar coisas dele."

"Dinheiro?"

"Informações."

Precisaram de vários encontros para recuperar vinte anos de afastamento e assim como Carvalho tentava preservar seu espaço vital, como se oferecesse a Yes um novo espaço, à margem de vinte anos de solidão, ela continuava a sobrepor sua vida cotidiana, seu marido, seus filhos, como se os levasse como guardiães das fronteiras de seus encontros com Carvalho. Mauricio, aquele rapaz tão sensível que a acompanhara até Katmandu, acabara se revelando um homem de negócios formidável. Os dois filhos não tinham concorrentes possíveis. Estudiosos, esportistas, sensíveis às preocupações do mundo, membros de ONGs, como o avô deles, que hoje sem dúvida seria membro de uma ONG. Da ONG Empresários sem Fronteiras, pensou Carvalho, mas se arrependeu do sarcasmo, porque Stuart-Pedrell tinha pertencido à única e última turma de empresários com complexo de culpa. Yes parecia não ter sido nunca aquela garota que cafungava por todos os orifícios do corpo, que fazia fileiras de cocaína à guisa de café da manhã, e pretendia insistentemente ter uma vida equilibrada, plena, com o marido e os filhos. Estava empenhada em que Carvalho a levasse à terra em que ele passara a infância, como se quisesse apossar-se dele desde as origens, e ao percorrer o que tinha sido o Barrio Chino ou Distrito V ou Raval, como o chamavam agora, entristecia-se toda vez que Carvalho lhe dizia que os tratores haviam derrubado os cinemas de sua infância, os colégios de sua infância, as pessoas de sua infância, substituídas por imigrantes de um sul mais distante, como aqueles meninos coreanos, latino-americanos ou paquistaneses que jogavam futebol à sombra branca de um museu de arte moderníssimo quase encostado na velha Casa de la Caridad.

Talvez ela o lisonjeasse, se interessasse pelo seu passado para impor-lhe sua própria vida cotidiana. Na décima vez que mencionou Mauricio e os garotos, Carvalho sentiu-se existencialmente mortificado e mandou-a mentalmente à merda. Ou ela tentava dissuadi-lo, para que respeitasse um terreno que ele nunca tentara invadir, ou estava se cercando, ela mesma, de uma zona de segurança. Essa postura o obrigava a falar não só da terra já quase fantasma de sua infância, mas também "dos seus", de sua estranha família. Yes tinha adotado Biscuter. Achava-o um amor, dizia, quase um animalzinho de estimação. Eu o levaria para casa. Em compensação, não se dava ao trabalho de esconder certa antipatia por Charo, como se tivesse o direito de se aborrecer com uma rival na posse de Carvalho e, por outro lado, ele tivesse que aceitar como a coisa mais normal o seu Mauricio e os seus dois filhos maravilhosos, ligadíssimos à mãe, edipianos, sem dúvida, como não podia deixar de ser. Embora, de repente, sua imaginação desse um salto e ela pudesse lhe propor:

"Porque você e eu somos amantes, não é verdade? É como se fôssemos."

"Nós nos escondemos como se fôssemos amantes. Imagino que você não vai contar ao seu marido que continuamos a nos ver."

"Poderia perfeitamente contar", disse ela, taxativa, como se o assunto não merecesse mais consideração. Mas Carvalho estava irritado com tanto marido perfeito, inteligente, compreensivo e tantos filhos prodígios, como se fossem três intrusos num reino bem-aventurado que só deveria pertencer a Yes e a ele.

"Mas não contou."

"Digamos que não quis criar 'alarme social'."

E começou a rir, cada vez com mais vontade, até aproximar sua cabeça de Carvalho e roçar com a testa um de seus ombros. Carvalho abandonou por um momento a condição de amigos que moram em Barcelona e brincam de amantes platônicos e sentiu-se ridículo. Vinte anos antes tinham ido para a cama e provavelmente ela e, claro, ele tinham vontade de ir de novo para a cama.

"Não. Não somos amantes. Amantes não têm limites. Não se entrincheiram atrás de mesas de bar, não falam de maridos ou de esposas ou de filhos ou de pais, porque constroem um mundo só para eles, dure o que durar, cinco minutos, uma hora, uma vida inteira. Amantes usam uma outra língua, não lançam mão de quilômetros e quilômetros de fax. Se eu a beijasse agora mesmo você morreria. Desmaiaria."

"Experimente", disse ela, e ofereceu-lhe o rosto, desafiante. Carvalho agarrou sua cabeça pela nuca e aproximou-se, lendo o progressivo sobressalto em seus olhos até que eles se fecharam quando ela notou o aríete de sua língua abrindo seus lábios e procurando os cantos mais secretos de sua boca. Quando se separaram ela estava de olhos fechados e deu um suspiro profundo. Depois reergueu-se e olhou-o de uma distância acrescida por uma falsa surpresa.

"Você me beijou."

"Eu me lembro."

"Quer dizer, já somos amantes."

"Muito superficialmente."

"Você quer dizer que precisamos ir para a cama para sermos amantes?"

"Por exemplo."

"Mas eu não posso assumir uma vida sexual dupla. Não posso ir para a cama com você e de noite ir para a cama com Mauricio."

"Entendo perfeitamente. Vivemos numa época de involução sexual. Há vinte anos o que você acaba de dizer pareceria uma estupidez."

Agora ela se virara para ele e colocava a mão em seu braço.

"Em compensação, estou disposta a partir com você. Para sempre. Não se esqueça, você é o homem da minha vida."

Diante de Carvalho Yes tinha desaparecido e abria-se um abismo imantado que o atraía ao mesmo tempo que fazia seu peito doer.

"Na minha idade seria um 'para sempre' muito breve. E o seu fantástico marido, e os seus maravilhosos filhos? Não a perdoariam. Seu ecossistema seria destruído."

"Para mim tanto faz, contanto que para você tudo esteja muito claro. É tudo ou nada."

O problema estava nas mãos dele. Ela passara por Carvalho e o observava entre a angústia e o orgulho. Não me rejeite, pedia, mas dos lábios de Carvalho saiu um fax mais que uma retórica comprometida. A idade representava uma distância excessiva, ele não podia romper seu ecossistema porque romperia o ecossistema de Charo, de Biscuter, e sobretudo não poderia romper o ecossistema dela. Você imagina sua vida sem as criaturas que dependem de você? A que níveis chegaria o seu complexo de culpa?

"De que complexo de culpa você está falando? Do meu? Estou tão apaixonada por você que não tenho complexo de culpa, mas me nego a viver duas vidas em duas camas. Só quero uma vida e uma cama. Com você. A sua. Mas só uma cama."

Você não responde aos meus telefonemas, nem às cartas que mando pelo fax. Em sua memória não há mais paisagens para me mostrar?

Quer que o deixe em paz. As mais belas histórias teriam inveja de um final tão fantástico, sem mortos, sem lágrimas; uma conclusão elegante — e rápida, é claro — que sublimou, até reduzir a vapor, toda e qualquer continuidade.

Você não quer brincar de destruir meu ecossistema, foi o que me disse. Todas as suas consistentes razões, cada uma delas, tão inapeláveis e ineludíveis, jogaram a seu favor, nem mesmo eu — a rainha da improvisação — fui capaz de driblar, de me desviar de manobra tão impecável. Perfeita a posição no campo, exato o cálculo da distância, oportuna a escolha do momento, escrupulosa a execução. Esta mulher ignorante — e humilde — só estava em posição de, atordoada e desconcertada, pressentir a derrota.

Ter razão é muito importante e você tem razão, toda a razão... e nada mais que a razão. Na minha idade — 540 anos — não me interessam as razões, por muito tempo prestei homenagem a elas; cheguei à conclusão de que a paixão não é o mais importante, é a única coisa importante. Por outro lado, não entendo como é possível, a essas alturas, pretender chutar para escanteio a emoção, respondendo a questões tão prosaicas como a inconveniência de horários, costumes, marido realmente existente, filhos... Quando os deuses nos presenteiam com algo tão raro como a ilusão, recusar é um ato — imperdoável — de soberba.

Alguém que parece ser um vassalo da estética tem de, pelo menos, ver-se num dilema; explico: parece muito difícil que você possa renunciar a um espetáculo como eu, tanto quanto é difícil renunciar à sua própria credibilidade, comodidade e paz moral. Ia esquecendo de dizer que no final, logo antes de baixar a cabeça e sair andando — desfilando? —, beijei com meus olhos sua testa, suas faces e seus lábios, demorando-me o menos possível. Não gosto de incomodar. Não tento me desfazer do ídolo, aceitaria — se você tivesse — os seus pés de barro, minha adoração é inquestionável, sobreviveu ao passar do tempo, a todas as modas.

Reconheço meu erro ao propor uma "aventura", não só pela ambigüidade do termo, também porque escondi de Maurício nosso encontro, não sei por que fiz isso, não precisava, provavelmente me deixei impregnar pelo clima que tinha se criado. E, para completar, houve A CARTA ANÔNIMA QUE RECEBI EM CASA, é possível que eu esteja cercada de gente que não me acha simpática, eu sou a dona e os donos jamais são simpáticos. Com toda a certeza a necessidade que sinto de me referir a você de forma tão compulsiva vai passar logo.

Vem-me à cabeça que a perfumaria, ou o que seja, que, ao voltar de Andorra, Charo vai abrir — as putas sempre dão um jeito de tornar tudo prático e proveitoso — deveria se chamar: Em Essência, Essenciais... A meu ver você merece que essa personagem retorne, de cabeça baixa, mas disposta a apresentar como transparente e positivo tudo o que até então era sórdido em sua vida. Essa loja vai permitir reconverter os antigos clientes dela em novos clientes, e também em clientes as companheiras deles; Pepe Carvalho terá agora a mesma condição de clien-

te de todos eles — desforra? Clientes, todos, mas de um negócio transparente, socialmente apresentável, de bom-tom, chique.

Fui uma insensata, deixei-me iludir e, além disso, fui uma chata. Está bastante claro que você não precisa de mim para nada, você responde quando telefono ou escrevo, mas esses atos são reflexos dos meus. Eu tinha pensado em conhecê-lo, divertir-me, brincar um pouco, sem que isso fizesse mal a ninguém; que você recebesse um milhão de afagos e se divertisse com um ou outro encontro não parece prejudicial. Do meu lado, materializar minha relação com você (em meus sonhos sempre discutimos muito) era um projeto atraente demais, inocente em si mesmo e, portanto, eu não poderia renunciar a ele.

Pensei, ao receber a carta anônima, que não tinha nada a esconder, por isso contei tudo, TUDO, a Mauricio. Pude contar tudo porque nada aconteceu. Posso assumir e até controlar qualquer tipo de paixão, não são mais do que emoções passageiras, distrações, que não têm por que ser desestabilizadoras, simples escaramuças sem nenhum tipo de transcendência, exercícios de adestramento, que não ultrapassam os limites da esgrima verbal. Com certa freqüência surgem em minha vida episódios amorosos, que em casa são conhecidos e aceitos sem dramas, muito pelo contrário, meu marido e meus filhos acham certa graça que pessoas de seu círculo mostrem um interesse particular por mim; falam de "minhas vítimas", "a nova vítima", e de como fico feliz ao colecionar triunfos, dizem que não tenho pena, que sou uma messalina, uma coquete que não toma jeito, e me "passam pito", mas sem muita ênfase. Todos sabem que, por outro lado, para mim tanto faz como tanto fez, é pura ginástica, e além disso nunca sou eu quem provoca essas situações; digamos que, por um lado, elas me lisonjeiam, por outro eu as encaro com resignação.

Pelo visto, acabou sendo premonitório o fato de eu ter assinado algumas vezes como Alice, atrás do espelho, pois estar do outro lado do espelho é o que faço agora. É uma nova perspectiva, nada cômoda, mas sem dúvida vou superar todas essas inquietações, procurar não ser incômoda demais e, ao mesmo tempo, que você não me "incomode" — confio plenamente que você entende o que digo —, não vou permitir que nada disso afete meu equilíbrio emocional, nem o dos meus. Minhas desculpas, e também meus respeitos.

ALICE

Talvez fosse melhor assim. Encarar o encontro com Yes como uma peripécia do espírito que ele acabaria considerando irreal, como se tivesse passado da evocação à miragem, ou como se tivesse vivido a fantasmagoria de *Um retrato de mulher*, de Fritz Lang. Os dias se passavam sem novas mensagens, até que de repente:

Morosa máscara mágica
Aturdida, assustada, alarmada.
Nigromante, novo Nibelungo,
Ulisses, urdindo utopias.
És esperança exata
Louca língua libertina.

Curto demais para ser grave. Carvalho ficou ao lado do fax esperando a continuação, mas passaram-se duas, três horas, e Biscuter desfilava na sua frente sem dizer nada, levando suas compras à cozinha, preparando um suflê mediterrâneo, chefe, de atum com alcaparras, porque não existe nada como a cozinha mediterrânea, chefe. Teve tempo de comer o suflê com um vinho branco galego, *albariño*, bem frio, mastigando impropérios contra os que bebem champanhe, espumantes e vinhos brancos um grau acima do frescor adequado.

Também teve tempo de ir para a rua com Biscuter, que queria que ele o acompanhasse ao centro cultural dos jesuítas na rua Caspe, onde Guifré González ia fazer uma conferência que podia interessá-lo muito, sobre o neocatarismo. Título da conferência: "Entre o Opus Dei e os cátaros", por Guifré González. Para Carvalho, o nome lembrava um desses personagens que são sempre apresentados dizendo que dispensam apresentação, talvez fosse alguém do rádio, talvez uma estrela desses encontros de intelectuais ou talvez tivesse dado uma entrevista que Carvalho folheara, de passagem. O salão estava cheio e Biscuter havia reservado para ele um lugar atrás da cabeça ruiva de Margalida, a Gostosa, a Donzela de El Vallès, que se virou e sorriu para eles. No fundo do palco, sobre a parede, uma tela de projeção de cinema ou vídeo. Uma olhadela pela sala permitiu que Carvalho descobrisse o homem de jogging, o jovem neoliberal dos cursos e Anfrúns, cercado de moças e rapazes que, o tempo todo, estavam pendentes de suas palavras, um cochicho, um gracejo. O corruptor de menores de sempre. Apareceram no palco Francesc Marc Álvaro, Guifré González e um jesuíta que apresentou Francesc Marc Álvaro como um dos mais brilhantes e equilibrados jovens intelectuais, e, quando tomou a palavra, Francesc Marc Álvaro dedicou-se a elogiar ironicamente, a única forma civilizada de elogiar alguém, Guifré González, que podia ser considerado a cabeça pensante mais importante da Catalunha, uma das mais bem aparelhadas de toda a Europa. Como é possível municiar uma cabeça sem reduzir o espaço interior?, perguntou Álvaro como conclusão de sua curta e brilhante apresentação, deixando em dúvida se a cabeça de Guifré estava ou não municiada demais. O conferencista, agora chamado Guifré González, não era outro senão o falso padre, o falso tio de Neus, que na verdade se chamava Margalida. Sem colarinho branco e sem jaleco, agora parecia um membro acomodado do *star system* da intelligentsia. Após circunlóquios de agradecimento pela ampla visão liberal, liberal no melhor sentido, que os jesuítas, seus anfitriões, demonstravam, falou da crise da modernidade na Igreja católica e dos anos de dura concorrência que se aproximavam; por exemplo, no caso dos países catalães a Igreja católica tinha sido incapaz de caminhar para a autonomia eclesiástica, correndo o risco de desvincular-se de uma paróquia que exigia em religião o direito à diferença. A Igreja católica do Vaticano considera segura só uma aposta, a do Opus Dei, como nova força defensiva, capaz de ligá-la à estratégia do domínio temporal por meio do domínio material e vice-versa, mas o Opus Dei não tinha dado o passo necessário para se adaptar à futura nova ordem internacional de uma globalização baseada em povos identificáveis. Que fazer? Talvez tivesse chegado a hora de deixar a Igreja católica em seu caminho rumo à obsolescência, posto que o Vaticano havia se empenhado em percorrer esse "caminho" na companhia do Opus Dei, e formular uma religiosidade sob medida para os países catalães. Mais que irritantes iniciativas cismáticas, talvez fosse mais interessante buscar na memória coletiva um substrato religioso que já no passado tivesse tentado responder a uma nova espiritualidade, e a nova Europa deveria levar em conta o que tinha sido o catarismo como religião solidária e fundamentalista, muito na linha do antigo, moderno, eterno desejo de retorno ao cristianismo primitivo, cristianismo de base, humanista, que desde a institucionalização constantiniana da Igreja havia inflamado a Europa, da Bulgária a Toulouse, de Coblenz à Catalunha Norte nos séculos XII e XIII. Foi nesse momento que a sala ficou às escuras e na tela apareceu um mapa da expansão do catarismo nos séculos XII, XIII e XIV, associado às vezes com os albigenses ou os valdenses, se bem que seria uma tolice relacioná-los, pois todo o catarismo teria sido, aparentemente, liquidado em 1321 com a cremação em Vila-Roja, Termenes, de Belibastre, último prefeito cátaro conhecido. Mais ainda, entusiasmou-se Guifré, há quem afirme que os cátaros queriam transformar a Septimânia em principado, e há quem acrescente, como Javaloys, que esse principado era inspirado pelo poder judaico, e na perseguição aos cátaros aliaram-se o rei da França e o papado, que desejavam acabar com esses hereges cismáticos, politicamente incorretos. Mas os cátaros, mesmo tendo se separado, continuaram sendo cátaros e muitos se estabeleceram na Catalunha Sul, escondendo seu passado para evitar a repressão, e deixaram sementes. Guifré González profetizava uma nova religiosidade, sob medida não tal como podia ser concebida graças à engenharia religiosa em gestação, mas entendendo "sob medida" como uma religião reconstruída a partir de suas ruínas, como se ela estivesse à espera de uma nova sensibilidade e tivessem se produzido as condições objetivas e subjetivas.

"Pobreza, solidariedade, engajamento contra o capitalismo selvagem construído com a cumplicidade de todo tipo de *establishment*. Aquela religião afetou parte da Catalunha Norte, contaminou pessoas ou regiões da Catalunha Sul, e os povos estruturalmente esmagados como os países catalães poderiam fazer um uso evangélico e ao mesmo tempo estruturante de uma territorialidade do espírito e da emoção emancipatória, diante das tentativas economicistas de criar novas territorialidades por motivos estritamente econômicos. Não se deve esquecer que, na época, os cátaros eram conhecidos como 'os homens bons', pois deles emanava, ao menos, um desejo de bondade e de caridade, tal como demonstra o estudo fundamental de Jordi Ventura i Subirats. E agora? E aqui? Só uma corrente mística controlada pela inteligência laica poderia barrar os efeitos da ditadura economicista que paira como uma ameaça, especialmente sobre a Catalunha. A Catalunha pode desaparecer como projeto se o poder econômico espanhol e multinacional, com a ajuda dos *botiflers*, catalães renegados, a destruir como imaginário unitário e a substituir por um triângulo de poder econômico."

Margalida aplaudia com um entusiasmo sem limites, assobiava, uivava, como se Guifré González fosse um astro do rock e não seu tio, seu falso tio, e Anfrúns apascentava as reações de seu rebanho e estudava à distância as não-reações de Carvalho. Já estava na hora das perguntas da platéia e Anfrúns pediu a palavra.

"Querido Guifré, a sua aposta num neocatarismo pancatalão controlado por um cérebro laico — até mesmo ateu? — me comove. Se realmente paira no ar uma ameaça economicista, o que impede os que estão desenhando uma alternativa para o imaginário catalão de transformar o neocatarismo numa religião que faça parte do triângulo da Região Plus? Pois, embora essa expressão ainda não tenha sido explicitada, ao falar de conspiração economicista você estava se referindo à Região Plus. Preste bem atenção na figura geométrica que compõe o território cátaro."

"Não é um triângulo", González retrucou, e Álvaro e o jesuíta concordaram com ele. O jesuíta foi mais longe:

"É um losango um tanto achatado."

Anfrúns se impacientou:

"Que seja um triângulo, um losango, ou o que for."

Guifré ficou sério:

"Uma nova espiritualidade, inteligentemente laica, é disso que se precisa para que prospere um novo humanismo, que já não pode ser construído com base em propostas estritamente racionais, como tentaram o Iluminismo ou o marxismo."

Anfrúns levantou-se na ponta dos pés e rezou em voz alta:

Pai nosso que estás no céu, santificado seja o teu nome. Venha a nós o teu reino. Seja feita a tua vontade assim no céu como na terra. O pão nosso sobre-substancial dá-nos hoje. E perdoa nossas dívidas assim como nós perdoamos os nossos devedores. E não nos deixes cair em tentação. Mas livra-nos do mal porque teus são o reino, o poder e a glória.

A platéia ainda se refazia, entre a chacota e o recolhimento, do efeito do texto recitado, quando Anfrúns assumiu pose de tribuno e dirigiu-se a todos os presentes, passando por cima da competência dos conferencistas.

"Acabo de recitar o pai-nosso em sua versão cátara, uma religião que de fato podemos relacionar com o substrato espiritual de muitos catalães antes que perdessem a soberania. Mas cuidado com o maniqueísmo cátaro. O diabo criou o corpo humano e Deus, o espírito. Prestemos atenção ao final do pai-nosso: 'Teus são o reino, o poder e a glória'. Não se refere a um reino tangível, mas ao conjunto dos espíritos, embora Jesus Cristo, com seu sacrifício, tenha nos libertado do mal. Jesus Cristo redimiu o reino para dá-lo a Deus Pai e é obrigação dos catalães dar a esse reino sua geografia. Quanto ao poder, foi degradado e esmagado por todo tipo de fraqueza e é obrigação dos catalães fazer com que a fraqueza se torne força. E a glória! Diz o Senhor num salmo: 'Acorda tu, minha glória, acordai harpa e cítara!'. O reino, o poder e a glória representam o espírito, a vida e a alma de cada ser individual. Como essa natureza individual se transmigra em natureza coletiva de um povo?"

Agora, sim, Anfrúns desafiava Guifré González a responder, e foi isso o que ele fez:

"Não aceito o catarismo como uma revelação simbolista, nutrida do catastrofismo do apocalipse, mas como uma ética da rebelião e da participação em registro religioso, ética que convém a um projeto de catalanismo popular, livre de conluios, da servidão pequeno-burguesa ao nacionalmente correto segundo o estilo comerciante do senhor Jordi Pujol Soley, o qual espero que seja derrotado nas eleições iminentes para que possamos dar início ao pós-nacionalismo. Mas cuidado. Os que tanto pregam o pós-nacionalismo não devem se enganar. Em todo fim há um princípio e é necessário que o nacionalismo necessário mas vergonhoso, à moda do pujolismo ou do Partido Nacional Basco, tenha, no País Basco, um fim, para que pós-nacionalismo signifique neonacionalismo."

Uma poderosa combinação de vaias e palmas aprovou as palavras de González e, contra as expectativas de Carvalho, Anfrúns estava muito satisfeito quando se jogou na cadeira; quando os presentes começaram a sair, o capitão das Testemunhas de Luzbel colocou-se atrás de Carvalho e sussurrou em sua nuca:

"Acaba de ter a oportunidade de ver Manelic em seu próprio elemento."

Para ratificar a insinuação, apontou Guifré González, que conversava com Álvaro e o jesuíta, e depois, com a desculpa de que estava com pressa, deixou Carvalho em plena retirada e levou seu rebanho para os verdes prados de Satanás. Margalida murmurou que em breve teria notícias "nossas". O detetive resolveu voltar para o escritório antes de retornar a Vallvidrera e lá estava a língua comprida da mensagem de Yes, e de novo Biscuter não estava, pois emendava o catarismo com algum de seus cursos noturnos de rearmamento cultural, inglês provavelmente, ou qualquer conferência sobre globalização ou alguma atividade voluntária pró-Chiapas.

Meu profundo mau humor recai sobre todo mundo, fiz tudo para que fosse expressamente assim, não sosseguei até infernizar a vida de todos que me cercam; um ato deplorável que, inclusive, se justificaria se tivesse tido alguma utilidade. Estou frustrada, irritada, perplexa, consternada... furiosa.

Sinto uma irritação arbitrária, com certeza desmedida, que me corrói.

Ninguém é responsável por minha tristeza, pelo contrário, deve ter sido penoso para você, procurei-o, encurralei-o, forcei-o a atos, expressões que você nunca teria escolhido por si só, e além de tudo isso não só não me dou por satisfeita como o recrimino por não sentir o mesmo, com a mesma intensidade que eu. A verdade é que minha adoração por você me levou a acreditar que tinha o direito de exigir o mesmo como resposta; quando senti-o distante, minha vontade foi esbofeteá-lo. Só muito mais tarde intuí a que ponto você se sentiu coagido; sem dúvida, fui eu que abordei um barco (que navegava com rumo fixo, não em paz e felicidade, mas com o horizonte desanuviado) sem ter sido convidada, assaltando-o de surpresa, reclamando — exigindo — sua atenção, sua dedicação.

Não creio me confundir ao pensar que uma certa dose — lógica — de vaidade sua também ajudou a me desconcertar, o desejo de querer prolongar a agradável sensação de quem se sente admirado; se a isso se junta a atração da diferença de idade, que deve ter lisonjeado você (e que é menor a cada minuto que passa, por momentos sinto que envelheço), o lado sedutor de minha pessoa (permita que eu conserve essa fachada), compreendo por que me animei em pensar que seus gestos, sua queda por mim, nasciam da necessidade de dividir emoções mais sérias. Meu estômago é uma "língua-de-sogra" quando estou com você; meu mais importante objetivo não é conhecer as inquietações de Mauricio.

Você tem uma necessidade de carinho que jamais consegue saciar, a esse problema se junta a sua generosidade — profunda —, que o obriga a corresponder — agradecer? — aos que gostam de você. Esse comportamento faz com que você sempre termine numa enrascada da qual poucas vezes consegue esca-

par, obriga-o a sustentar uma encenação de reciprocidade às demonstrações de afeto que lhe dão, como uma maneira de compensar os que gostam de você e, ao mesmo tempo, incentivá-los a continuar gostando. Já que falamos de carinho e afeto, parece apropriado dizer que você estabelece uma dinâmica do "abraço mortal", ou seja, cria armadilhas para você mesmo, é desonesto consigo mesmo. Não é de estranhar que, quando se sente — porque se sente — tiranizado pelas suas Charos e pelos seus Biscuters, você demonstre sua irritação e, ato contínuo, tente dar um jeito nessa situação com novas demonstrações de carinho, com seu conhecido eco. Você tem a minha admiração, meu afeto, meu respeito, restituiu-me a ilusão, os sonhos, as quimeras, as dúvidas, todas as dúvidas. Comemorarei se isso lhe trouxer alguma felicidade, mas: não lhe devo nada e você nada deve a mim.

Estou em estado de graça, você foi o catalisador e, como a reação já foi desencadeada, não preciso de você para nada.

Quanto a mim, tire-me da sua lista de agradecimentos.

Ausente

Ausente máscara mágica
Utilitária assustada alarmada.
Santeiro novo nibelungo,
És esperança exata louca língua libertina.
Nega-o, nega-me, nega-te
Toma minha voz no deserto.
Escusa minha dor, é deste mundo.

Sem dúvida, Ausente. *De outro deserto ME CHEGA A SEGUNDA CARTA ANÔNIMA. Creio saber de quem se trata. Um desgraçado a quem no passado, não me pergunte por quê, fiz alguma confidência sobre nossa relação e que faz parte do círculo de meu marido, concretamente, seu advogado.*

Consegui um salvo-conduto temporal, entre as 3 e 3h30 de uma madrugada atormentada e tormentosa, para pôr de novo a música da sua voz — salmodiante, invocadora — como o almuadem que convida/apressa a oração pagã; entre sombras e relâmpagos tocava Una noche en el Monte Pelado. *Percebi que, sem mim, você tinha ficado só, que, sem você, eu ficara só. Durante todo esse fim de semana interminável, salpicado de acidentes telefônicos que interpretei como chamadas suas frustradas ou provocadoras, cerquei minha solidão de presenças familiares, como jugos. Tentando conciliar meu carinho por eles, acomodando-me ao espaço/tempo, respondendo com honestidade aos "mas... além de estar amadurecendo, o que é que está acontecendo com você?". Não encontro o caminho em que possa ser honesta e não causar nenhum mal; não se pode rondar a verdade. Tentar renunciar à simulação, materializar o que sinto, duvido que alguém tenha sido capaz, mas posso tentar; tampouco sei como é possível enfrentar cara a cara um ente querido e causar-lhe dor, sem atenuantes; ignoro como se pode chegar ao — cômodo? — fingimento, dizendo não fazer mal. De repente me esqueço de todos os problemas e me vejo instalada no paraíso, numa sessão dupla, interminável, contínua, de beijos; desses beijos maravilhosos que você dá, esmagadores, surpreendentes, perturbadores: esdrúxulos, pouco importa se o termo não existia, agora existe. Pois isso, num instante lá no alto, bem no alto, para em seguida descer ao inferno do meio que me cerca, que construí, passo a passo, com ilusão, carinho, dedicação, é como uma sabotagem, um seqüestro contra mim mesma, puro terrorismo.*

Não é de estranhar que as pessoas mais velhas tenham a cara que têm, em meu caso temo pelo pior.

Carvalho não respondeu ao fax e Fuster tocou a campainha, trazendo potes de vidro com trufas de Villores e vinho rançoso, enquanto não chegava a safra de final de 1999 e do começo do novo milênio. Junto com as trufas, a inevitável conversa sobre por que as trufas brancas espanholas não têm nada a ver com as italianas. As espanholas são como batatas um pouco aromatizadas, mas um *tartufo bianco* de Alba é uma jóia da natureza, exclamava Fuster, que era trufeiro de família e, portanto, de nascimento.

"Um leilão de trufas em Morella é um espetáculo, e ver como as jazidas de trufas são mantidas em segredo pelos camponeses, como se se tratasse de minas de ouro, é uma prova de que a teoria do valor tem a ver com a escassez do avaliado. A trufa tem um valor simbólico, orgiástico. Mas você queria falar de religião."

Carvalho ofereceu um amostra de três uísques novos que tinha comprado na adega da rua Agullers. Fuster tendia para um Linkwood, e Carvalho, de seu lado, ficou com um Springbank envelhecido, como sempre. Fuster gostava dos uísques mais leves.

"Não entendo muito, mas você gosta dos que parecem um conhaque ou um armanhaque."

Carvalho expôs-lhe seus novos horizontes religiosos e sua surpresa de que estivessem tão ligados a reivindicações nacionalistas. Fuster levantou os olhos para o céu e exclamou: "A mãe, a Terra e Deus! A Virgem Maria como ligação entre Deus e a Terra, e os padres como alcoviteiras a oficiar qualquer nacionalismo. Acham que a nação sacraliza a existência, aproxima-a das verdades essenciais, e por isso existem tantos povos eleitos por Deus quanto os curas dispostos a apadrinhar a eleição. O internacionalismo sempre foi ateu".

"E o ecumenismo?"

"Essa é outra história. Esse é o imperialismo católico, em pleno retrocesso. O catolicismo não se expande. É uma religião pouco útil desde o desaparecimento do latifúndio, e com o aumento da rede de estradas e do número de televisões. Nem sequer preparou os católicos para a luta pela hegemonia material, como fez o protestantismo."

Carvalho achava que o catolicismo era uma religião de acumuladores primitivos e de rentistas. Mau negócio em tempos em que as taxas de juros são cada vez mais baixas. Por outro lado, a racionalidade ascendente pôs em crise os mistérios católicos, todos os mistérios cristãos em geral, mas especialmente os do catolicismo.

"Não gosto de falar assim, pois tenho medo de passar por um anticlerical convencional, e não é isso. Ou é?"

Fuster retrucou:

"E as correntes neocristãs baseadas na solidariedade? A Teologia da Libertação?"

"Isso me cheira a marxismo à moda divina. O que a Igreja católica encontrou de mais moderno foi o Opus Dei, imagine só, um cristianismo perpassado por um maquiavelismo empresarial barato, como num livro de Dale Carnegie. Um cristianismo da *Seleções* do Reader's

Digest. Adoraria que os ritos antigos voltassem. Religião sem teatro não vale nada, não é nada."

Carvalho precisou de mais dois uísques para apresentar a Fuster um resumo da situação, da sua situação. Fuster meditou e decidiu:

"Deixe a religião para lá e ouça o que diz Charo. Sou seu despachante e sei o que digo. Com toda a crueza, você não tem onde cair morto, e um emprego fixo, com alguma segurança, poderia ser algo assim como uma aposentadoria vitalícia. Encerre o caso dessa mãe. Prepare para ela um relatório racional, crível e não se meta mais em encrencas."

"Queira eu ou não, existe alguma ligação. Estão cozinhando aqui alguma coisa obscura, complexa, e desconfio que, mesmo se eu não quisesse me meter, me meteriam nisso do mesmo jeito. Mas, por quê?"

Fuster não tinha resposta e tampouco tempo sobrando. No dia seguinte Carvalho comprovou que uísque de qualidade não dá ressaca e saiu de casa com o propósito de seguir o conselho de Fuster. Assim que chegou ao escritório começou a redigir o relatório para Delmira:

O ponto de interrogação em que me encontro convida-me a expor-lhe a necessidade de dar meu trabalho por encerrado, tendo em vista que nada conduz a novas evidências. O desejo de envolver o empresário Pérez i Ruidoms num escândalo fez com que X contratasse pistoleiros para assassinar o seu filho, levando em consideração as relações de todo tipo que o uniam ao filho de Pérez i Ruidoms. O assassinato estava envolto num clima de crime passional, fruto do despeito, até que alguém, vamos chamá-lo Z, revela o motivo real e dá a pista de um crime de mercenários, tramado por um grupo de pressão adversário de Pérez i Ruidoms, sem que seja possível atribuí-lo ao grupo Mata i Delapeu, pois este é liderado pelo pai do assassinado, e nada indica que se trate de uma confusa tragédia grega ou judaica, o sacrifício de Isaac, por exemplo. A forma como a polícia foi levada aos pistoleiros, supostos autores materiais do crime, é suspeita, assim como a execução dos assassinos na hora da detenção, se bem que, como testemunha ocular da investida policial, eu desconfie de que nem mesmo o inspetor Lifante controlasse os elementos que promoveram a execução dos pistoleiros. Levado por suas indicações, predispus-me a esclarecer as duas incógnitas: X e Z. X seria o mandante da execução e Z teria revelado os verdadeiros motivos. Os meios de que disponho para esclarecer essas duas incógnitas são nulos...

Ao chegar a esse ponto do texto, Carvalho parou. Não. Não era verdade. Podia ir além, mas pela primeira vez sentia-se inseguro, tinha medo de ir longe demais, sabia estar se excedendo, o que mais o estimulava do que continha. Até agora. A angústia de estar angustiado. O medo de ter medo. Fez uma bola de papel com o relatório e jogou na cesta de lixo, mas se arrependeu, pegou-o de volta, alisou-o e guardou-o no bolso.

E, de repente, de novo o fax:

Bárbaro, cruel, tosco, rudimentar, selvagem, feroz e inclemente, você loteia o seu coração e os seus pensamentos minuciosa, estrategicamente, afasta com um gesto tudo aquilo que não se encaixa no conceito exato de utilidade; confessa isso fria e cinicamente, sem se preocupar. Com absoluta falta de vergonha, descaramento e impudência você crê ter encontrado a fór-

mula magistral. A verdade é que encontrou, seu plano é perfeito, mas você ficou sem coração para vivê-lo.

Você não sente, não se impregna de amor, desejo, necessidade... esses sentimentos, você os exercita, exibe, põe para produzir como um bem industrial, e à medida que os executa e perpetra também os seca, esgota até a exaustão, como emoções. Não é uma educação reprimida a principal causa da discordância entre seus gestos e o que você diz sentir; seus gestos — escassos — estão em perfeita concordância com o que realmente sente — pouco. Você é inteligente demais para não se dar conta de que alguma coisa não funciona no esquema, você sabe que é impotente para apreciar que o encanto do inútil é necessário.

Bem, não, os beijos sim, aqueles beijos que você já resolveu serem a minha cota, dê-me todos, suaves, úmidos, lentos, profundos, azuis, e... contados; é o que venho exigir de você, por favor: beije-me muito. Enquanto lhe escrevo no meu computador pessoal, quase bêbada e numa noite mais noite que nenhuma, duas canções me percorrem de um lado a outro: bossa-nova em seu olhar, "Bossa-nova..." e "Somos". Não consigo me organizar, não sei como fazer, sinto-me inútil para tudo, para todos, para mim; minhas pernas não me obedecem, parecem carcaças enferrujadas e no entanto tenho de sair correndo como for possível, a sua lembrança indica um caminho que às vezes tenho a impressão de conhecer, melhor dizendo, de estar conhecendo... Eu, que tinha imaginado carícias na harpa de suas veias... que tinha inventado beijos novos.

Você não responde, mas há a sua voz. Acabo de falar com você, sua voz me impressiona tanto, parece saber o que é que vou dizer. É tão grave, eu te amo, te amo, te amo. Não estou brincando com você, não quero brincar com ninguém, não quero ser uma ameaça pública, um dia estarei completamente só, eu sei.

Fisicamente tenho outras sensações, também muito surpreendentes, não conto porque não creio que você tenha idade para entender.

Você, que sabe tudo, não poderia me passar esse manual de instruções tão eficiente ao qual recorre? Sei que para você eu não sou indiferente, sei que você gosta muitíssimo de mim.

É bastante agradável saber que perturbo de alguma forma os seus hormônios, e que conversar comigo o distrai e interessa, que você se lembra de mim. É uma relação desigual. Necessito essencialmente de você. Quando você foi embora, depois do meu ultimato sobre as duas camas, eu o segui, cheguei a vê-lo descendo as escadas do estacionamento, depois me embosquei (eta expressão!) numa esquina para vê-lo dar a partida do carro. A caça se afastava, melhor dizendo: eu me afastava dela e fiquei atordoada, só, ridícula. Não sei se você algum dia sentiu uma atração tão descomunal como a que sinto por você, intuo que sim mas, ainda que para satisfazê-la você também tenha tido percalços, obrigações, pelo que sei você passou por cima dos seus escrúpulos, das suas lealdades, da sua nobreza, embrulhou-os apropriadamente e mandou tudo às favas.

Depois, quando "o episódio" havia passado, deu razão a si mesmo, chegando à conclusão de que tinha sido muito conveniente não perturbar a paz familiar; a partir daí, pouco importa quantas vezes isso acontece, você pega o manual de instruções e executa suas manobras impunemente. Mauricio é excepcional, não há ninguém igual a ele, nem mesmo minha paixão por você me impede reconhecer a superioridade dele; devo ser absolutamente sincera, e fazer isso da única maneira honesta que passa pela minha cabeça, participando da solidão e da tristeza que causarei a ele, ou seja: triste e só, eu também. Algum dia eu já disse que não creio que alguém deva se envergonhar de seus sentimentos, eles nascem sem pedir licença.

Sinto muito, Urso das Cavernas, você deve estar exausto e arrependido, para quem queria algo lúdico, gostoso e intranscendente, tudo isso deve ser uma chatice. Se serve de consolo direi que deve haver um monte de mulheres bonitas a quem você pode orientar na vida, embora já não seja possível mandá-las para Katmandu.

As eleições autônomas deram mais uma vitória ao nacionalismo moderado, mas uma vitória tão precária que as expectativas de fim de uma época não desapareceram, pelo contrário, acentuaram-se, e enquanto socialistas e ex-comunistas se preparavam para eleições antecipadas, diferentes nacionalismos preparavam as armas para o combate, disputando a túnica sagrada do pujolismo, e a vida continuava e as seitas se ofereciam a Carvalho em seus fervorosos passeios pela Boqueria num ano em que abundavam os *ous de reig*, a bem chamada "amanita dos césares", a rainha dos cogumelos na opinião de Carvalho, contra o bairrismo micológico que defendia o *níscalo*, ou *rovelló*, como um cogumelo nacional metafísico, e contra os paladares claustrofóbicos clitoriais que escolhiam a *colmenilla*, ou contra os cosmopolitas que pendiam para os *ceps*. Rasgou alguns faxes de Yes sem lê-los, confiante em que ao destruí-los ajudaria a construir o desejo de desencontro, e recebeu com alvoroço o telefonema de Margalida, que apareceu em sua moto e tornou a exigir que ele subisse na garupa. Dessa vez não estava disposto a passar frio e Margalida pôs jornais dobrados sobre seu peito, a edição em catalão de *El Periódico*, presos por dentro da jaqueta. Também não estava disposto a perder o equilíbrio enquanto ela se esquivava dos taxistas, e passou os braços por sua barriga e grudou-se nas costas da moça. Ela não só ia costurando os carros, mas observava pelo retrovisor se alguém os seguia e virava abruptamente pelas ruas mais inesperadas, rumo ao Hospitalet, e continuava a viagem interminável em direção ao mar, quando a cidade perde definitivamente seu nome e os últimos campos que a separam do aeroporto decoram sua escassa nostalgia camponesa. As frutas do Prat, e os lixeiros do Prat com suas carroças e seus percherões, ainda povoavam a infância de Carvalho, cuja memória ultimamente coexistia, com força cada vez maior, com a premonição da velhice. As estradas já não eram asfaltadas e a moto se dirigiu para uma chácara isolada, com uma casa entre um pequeno palmeiral e uma roda hidráulica, bem pertinho do rio Llobregat. A moto parou diante da casa em ruínas. Pularam para a terra, ela desceu o zíper da jaqueta de couro, tirou uma lanterna da bolsa presa no selim e andou até a porta. O facho de luz desdenhou as construções deterioradas que cheiravam a umidade e descobriu uma escada, que eles desceram até pararem diante de uma porta fechada. Margalida bateu com os nós dos dedos, segundo um ritmo combinado, e quem os recebeu foi um jovem com aspecto de príncipe hindu no exílio, efeito acentuado, talvez, pela djallaba branca que escondia seus pés e o transformava numa figura alabastrina que deslizava, mais que caminhava, pelo carpete do único aposento que parecia não só habitado como habitável, com aparelho de som, tapete e bar. Albert Pérez i Ruidoms procurou o centro radial do aposento e sentou-se sobre as pernas dobradas como se fosse iniciar exercícios de ioga, estava concentrado mas não demorou a sair de si mesmo para reparar nos visitantes. Margalida seguia com respeito os movimentos do jovem, e Carvalho, com o fascínio que sempre lhe despertavam as teatralizações aplicadas à vida cotidiana. O silêncio de Albert era um convite a que falassem e Carvalho não estava disposto a agir como personagem secundário, nem a bancar o discípulo de Sócrates, preparando para o mestre perguntas maiêuticas.

"Albert, o senhor Carvalho está do nosso lado e gostaria de uma explicação sua sobre tudo o que aconteceu, mais ainda sobre o assassinato do pobre Alexandre."

Albert dirigiu-se a Carvalho.

"Imagino que o senhor conheça a idéia da morte de Deus, derivada de Emmanuel Kant."

"Acho que só conheço o dia em que vence a conta de luz."

A perplexidade de Albert obrigou Margalida a intervir.

"O senhor Carvalho tem muito senso de humor."

Albert fechou os olhos, expressando seu desprezo radical pelo senso de humor.

"Enfim, não é preciso remontar a Kant, mas devo dizer que o fracasso do racionalismo é compartilhado por todos os integrismos totalitários, sejam do tipo chamado revolucionário, sejam do tipo capitalista conservador. O irracionalismo não é a negação da capacidade humana de compreender, mas um universo repleto de possibilidades negadas pelo racionalismo. Eu não sou Satanás. O Satanás que nos descreveram foi construído à medida da afirmação do Deus cristão e jamais existiu. Satanás é o outro olhar e, tal como nos ensinam a Terra, a vida e a História, a luz, Satanás é a luz da negação. As Testemunhas de Luzbel tinham um caráter reivindicativo de outra ordem."

"Tinham? A seita ainda existe. Agora é Anfrúns quem a dirige."

"Satanás também pode ter seus Judas e Anfrúns é um deles. Anfrúns é uma marionete nas mãos de meu pai."

Agora Carvalho procurou em Margalida a confirmação do que o amigo dela estava dizendo, e ela parecia extasiada na contemplação de Satanás, como se já tivesse chegado à beatitude da eternidade infernal e a felicidade consistisse na contemplação infinita de um Satanás infinito. Albert prosseguiu:

"Desde os meus quinze anos tentei buscar alternativas para tudo o que meu pai representa, como o pobre Alexandre também havia feito. Ele, pelo menos, tinha a sorte de ter uma mãe sensível e inteligente, eu não. Toda vez que me afastei e me coloquei à margem do universo de meu pai, ele se apoderou do meu espaço, porque o espaço me envolvia. Eu achava que as Testemunhas de Luzbel ficavam em outra galáxia, à qual ele jamais chegaria. Não foi assim."

Lá fora, um ruído bastante forte interrompeu o discurso de Albert. Margalida deu um pulo e foi até uma janela no térreo para tentar ver o que estava acontecendo lá fora, já definitivamente escuro.

"*Són ells!*"*

Albert se levantara e estava paralisado, mas Margalida o obrigou a sair da paralisia, empurrando-o.

(*) São eles!

"*Surt per la cava i agafa la meva moto. Nosaltres ja ens espavilarem.*"*

Margalida tinha uma confiança ilimitada em si mesma ou em Carvalho, mas o detetive não teve tempo de refutar tanta segurança, pois a saída precipitada de Albert do aposento precedeu a entrada de quatro rapagões de cabeça raspada e armados com barras de ferro e cujos gritos dissuasivos às vezes tomavam a forma de ameaça inteligível.

"Filhos da puta! Vamos capar vocês!"

Foi surpresa o que provocou a reação de Margalida, que arremeteu com um spray contra dois dos intrusos e se virou a tempo de dar um deslumbrante pontapé na braguilha de um terceiro. Carvalho achou que cabia a ele se atirar contra o quarto e se lançou de cabeça para cima dele, a fim de que não tivesse tempo de ganhar distância, mas ele teve, e por isso o detetive cambaleou e caiu de joelhos no chão, onde seu adversário lhe deu um chute nas costas. Virou-se para se levantar e, como uma fera, Margalida já mostrava as quatro garras que se apossavam do hemisfério norte do quarto homem, olhos e virilhas inclusive, dando unhadas nos olhos e chutando as virilhas. Os que foram atingidos pelo spray tinham ido para fora em busca do suposto bálsamo do ar, Carvalho chegou a tempo de liquidar com dois pontapés na cabeça a vítima da primeira agressão de Margalida, e o quarto homem resistia à chuva de golpes de caratê que saíam da alma da garota, de seu corpo, de uma raiva fria, assassina. Os que estavam lá fora tinham dado a partida no

(*) Saia pelo porão e pegue minha moto. Nós já vamos dar um jeito.

carro e Margalida não pôde impedir que os de dentro saíssem correndo. A voz de um deles disse:

"Escapou numa moto!"

Margalida foi atrás, mas quando chegou à esplanada o carro já ziguezagueava pelo caminho em busca de uma luzinha distante sobre a qual Albert cavalgava. Virou-se furiosa para Carvalho.

"O revólver! Por que não usou o revólver?"

"Quase nunca ando armado."

"Putz, que detetive particular! Nesse jogo tem que usar revólver. Agora vão pegar Albert."

Tinha vontade de chorar e não se conteve. Carvalho reprimiu o gesto de consolá-la com um toque, se bem que só teria sido com a ponta dos dedos. Margalida voltou à casa e jogou-se no chão. Carvalho ficou de pé ao seu lado. Ela olhava as paredes, a decoração, o conforto vazio.

"Passei semanas preparando este refúgio para que ele pudesse se esconder do pai. A casa tinha sido de meus avós maternos e estava quase abandonada e agora..."

"Quem eram?"

"Capangas do pai dele. Tem uma coleção completa. Um dia recorre aos do Dalmatius, outro dia, a skinheads. Há umas agências para essas coisas."

"Que sentido tem o que ele disse de Anfrúns?"

"É tão difícil adivinhar? Anfrúns é o homem que o todo-poderoso Pérez i Ruidoms infiltrou no mundo das seitas."

"E o assassinato de Alexandre Mata i Delapeu?"

"Albert acha que foi o pai que o instigou."

"Precisamos sair daqui. Você está com o celular? Alguém deveria vir nos buscar."

“Não confio. Eles também têm uma caminhonete de espionagem por aqui. Vamos andar até uma hospedaria que ainda existe aqui por perto.”

Pegaram a estrada percorrida pela moto e seus seguidores, na direção do distante casario iluminado, e de repente Margalida viu no caminho alguma coisa que a fez correr. Quando Carvalho conseguiu chegar até ela, viu no chão a moto derrubada e ouviu Margalida dizer:

“Conseguiram pegá-lo. De novo nas garras do pai.”

Yes não abandonava as recriminações líricas e Carvalho não tinha outra réplica além do silêncio. Yes era excessiva para seu pessimismo e para seu otimismo.

Console-se, nunca as estrelas o verão voltar indiferentes. Foi o que me disseram Antares, Altair, Rígel e Aldebarã. Pelo visto, a diferença mais importante de meu momento presente é que passei da tática à estratégia. Dizem que a tática é aquilo que se põe em prática quando se tem muito a perder, a estratégia é para quando tudo está perdido.

Nunca poderei construir nada com você, apesar disso vou me empenhar para continuar em você, muito mais do que você previu. Você nunca soube o que fazer com esta história, tem medo de acreditar nela, pretende reduzi-la como se reduz um consomê. Não vou permitir que se torne íntimo a ponto de se lembrar de minhas pintas ou de qualquer outra imperfeição da minha pele, não quero ir parar no seu sótão junto com tanto brinquedo quebrado e abandonado. Você busca uma situação agradável, que o faça sorrir, tenta substituir o sentimento pelo gesto, como uma dessas fórmulas que garantem que, ao franzir o cenho, você acabe ficando de mau humor e, ao contrário, se sorri é porque é feliz.

Ao mesmo tempo você aspira, no mais íntimo de si mesmo, comprovar mais uma vez que fui apenas uma miragem e que para essa viagem não precisa de alforjas. Você já sabe alguma coisa a meu respeito que corrige a impressão de vinte anos atrás, e sei que não o desagrado. Isso foi muito mais do que eu podia imaginar que aconteceria, mas muito menos do que quero agora.

Vou-me embora, assim, sem mais.

Afundarei nessa canoa que devia nos levar a um mundo novo e feliz. Eu a construí pensando estupidamente que o salvaria, o resgataria da vida num arranha-céu da ilha de Manhattan e que o levaria... para debaixo de uma ponte da ilha extravagância, pode achar graça, eu entendo. Quando você sabe que ainda pode averiguar muitas coisas a meu respeito que o surpreenderiam; mais ainda quando você está interessado em fazer isso. Quando ainda procura, ou inventa, gostos que nos sejam comuns. Quando ainda uma das melodias que você cantarola nasce da dose de ilusão que lhe ofereci. Quando ainda acredita que sou uma combinação peculiar de branco e de preto, certo cheiro, um gesto, esta frase: "Sabe de uma coisa?". Quando ouve um bolero, este bolero, ainda hoje turva a sua alma.

Espera, aún la nave del olvido no ha partido
no condenemos al naufragio lo vivido.

Reconheça, a estratégia é perfeita, pois, embora naturalmente você vá superar tudo isso, não terá me consumido, permanecerei intacta em sua memória. Todos os boleros o levarão a mim, e o bolero sempre foi a distância mais curta entre dois seres humanos. Você estará comigo como sempre esteve e nada nem ninguém tirará de mim a glória de saber que você não era apenas um sonho.

A nenhum de nós dois resta muito tempo, o que eu sempre soube, e sempre vivi como se fosse morrer amanhã. É a maneira mais sincera, honesta e exata de viver, para nós mesmos e para os outros; nem eu nem ninguém deve perder tempo por minha causa. Agi de maneira conseqüente, assumi todos os riscos, em tudo e com todos agi com rapidez, talvez demais, recriminam-me por tanta precipitação, pelo visto, não saber para que faço uma coisa é mais importante do que saber por que faço; nesse cálculo não fui muito inteligente... parece mentira, dizem. Quem diz? Os olhos de meu marido, que intuiu tudo, e a boca de minha mãe, que não pára de me censurar por minha loucura. Diz que você tem a idade dela. O que se pode esperar de um homem da sua idade? Minha mãe concebeu o projeto absurdo de falar com você, de pedir a você que me deixe, como se você ainda tivesse juízo e eu o tivesse perdido irremediavelmente. Não consegui dissuadi-la. Portanto, prepare-se para o pior.

Não sou perfeita mas sou autêntica, qualquer um que se relaciona comigo tem sempre a certeza de que está com o original e ao vivo, não sou uma foto que congelou uma imagem num momento. Não tenho por que criticá-la, mesmo agora tudo o que diz e faz é a prova de que resiste a acreditar que esteja me perdendo, que conserva a falsa idéia de que algum dia a vi como mãe. Um dia desses compreenderá que isso não está nem ao alcance dela nem do meu.

Cada vez gosto mais da idéia de fazermos um piquenique.

A convocação para o encontro com a viúva Stuart-Pedrell chegou como uma multa anunciada. Sua primeira reação foi rasgá-la e escrever-lhe umas linhas recomendando que pusesse a filha num reformatório de freiras ou que fosse buscá-la todos os dias no trabalho e a levasse impreterivelmente para casa. Mas também o atraía a idéia de assumir o papel de vampiro envelhecido que se joga sobre a suave garganta de uma herdeira rica e passa pela experiência de discutir o futuro dela com a mãe protetora. Yes mantinha-se à margem do jogo, queria apenas provocar as carnes e os neurônios da senhora viúva. Aceitou o convite, não para entrar na disputa sobre o que era sensato ou insensato nas relações dela com Yes, mas pela curiosidade de reconhecer ou desconhecer para sempre uma mulher que, pelo que se lembrava, se parecia com a Jeanne Moreau. Ao todo haviam se passado quarenta anos ou quase isso, e pelo menos da última conversa com a viúva Stuart-Pedrell só tinham se passado vinte. Lembrava-se da proposta da viúva alegre: O senhor nunca esteve nos mares do Sul? Quer me acompanhar? Quero fazer uma viagem pelos mares do Sul. A mulher dessa época lembrava Jeanne Moreau e ele a achava morbidamente velha, assim como Jeanne Moreau lhe parecia morbidamente velha, com suas olheiras patrióticas e seus lábios extracorporais, um corpo dentro de outro corpo, o que há de mais provocante dentro de um conjunto provocante. Mas disse que não, que não queria ir com ela para os mares do Sul, mesmo com tudo pago. A casa ainda era a protagonista lá no alto de Pedralbes, o jardim-parque ainda era um dos melhores jardins-parques que tinha visto em sua vida, só o mordomo multiuso havia mudado, e vários criados asiáticos comprovavam que a globalização servia para baixar os salários dos empregados domésticos. Não que a viúva tivesse envelhecido mal, mas tinha envelhecido, o que era especialmente evidente na desesperada pele esticada que a deixara com rosto de boneca, diminuíra seus olhos e reduzira os grossos lábios a uma fenda cercada de colágeno, tão dramática como os olhos opacos. Nunca tinha sido amável e continuava a não ser.

"Sabe por que o convoquei?"

"Algum crime na família ou nas empresas? Já não existem empresários com complexo de culpa como nos tempos do seu marido. Em 1978 pensavam que deviam pedir perdão por terem sido franquistas. Agora recuperaram o moral. O mundo é deles."

"Já esperava por isso. O senhor continua sendo muito desagradável. Não vou fazê-lo perder tempo. Há vinte anos tentei persuadi-lo a deixar minha filha em paz."

"Foi mais delicada. Disse que Yes procurava um pai que substituísse o pai morto e eu lhe dei razão. E eu disse quase textualmente que ainda não tinha chegado a essa idade em que a pedofilia se confunde com o desejo de rejuvenescer ou vice-versa. A senhora não sabia que eu já tinha mandado a sua filha às favas e a enviado para Katmandu."

A viúva acusou-o com um dedo tão desafiante quanto o olhar.

"Quer dizer que foi o senhor que a meteu naquela loucura? O que quer agora? Desfazer o casamento, a família, a empresa? O marido dela sabe de tudo e está desmilingüido. Agora o senhor já tem idade para bancar o vampiro, pensando que o sangue jovem vai rejuvenescê-lo."

"Sua filha é uma mulher de mais de quarenta anos. Não. Já não tenho complexo de vampiro, mas sei que estou mais velho, que inclusive estou menos jovem a cada dia, embora não aceite a palavra *velho* e não goste de compromissos absolutos."

"Quanto?"

A viúva tinha se dirigido para o mesmo móvel do qual tirara o cheque com que pagara a investigação do assassinato de seu marido. Carvalho deu-lhe as costas e foi embora, cuspindo:

"A senhora é uma imbecil."

Já no jardim procurou uma cerca e, diante da surpresa orientalmente disfarçada de um criado filipino, abriu a braguilha e começou a urinar contra a cerca de murtas, enquanto com o rabo do olho via que a viúva o olhava de trás da cortina de um quarto do primeiro andar.

Um rosário de compras promissoras esperava por ele: uma cesta de piquenique na Vinçon, com taças de champanhe, caviar, blinis, salmão macerado e champanhe francês na Seamon, onde também se encantou com uma garrafa de Gevrey Chambertin, um excelente vinho para piqueniques adúlteros. Esperava que Yes levasse parte substancial dos apetrechos e, de fato, ela levou uma manta, talheres de prata, copos de cristal, uma toalha para piqueniques de faroeste e uma coleção completa de doces. Levou a si mesma, como que iluminada pela longa vigília dos antigos cavaleiros na véspera de uma batalha, pensando nas armas que ia entregar. Estava bonita e culpada.

"Você não tem medo de sermos vistos pelo misterioso espião que lhe envia cartas anônimas?"

"Deve ser um fã despeitado. Tenho milhares deles."

Carvalho pensou que as cartas anônimas nunca tinham existido. De todos os itinerários possíveis, Carvalho desprezou os arredores da cidade e pegou a estrada para Manresa, até o Parque Nacional de Sant Llorenç, o mais parecido com uma paisagem local de faroeste, mistura de rocha vermelha e vegetação mediterrânea, como um pórtico elevado sobre El Vallès e aberto para o Bages. Como numa peça de teatro em que um casal se esconde de si mesmo, deixaram o carro estacionado numa entrada do bosque e procuraram uma clareira protegida pelas árvores e coberta pelas agulhas dos pinheiros e por folhas mortas. Foi Yes quem estendeu a toalha e a manta e transformou o local num quarto tão proibido quanto a sala de almoço, quem teve a iniciativa do brinde e se apossou dos lábios dele, quem se entregou como se procurasse no peito de Carvalho a porta que a levaria às trevas interiores que tanto a assustavam, quem o possuiu como se percorresse a distância mais curta entre dois pontos, sem dar a si mesma tempo de ter pudor, vergonha, nem remorso por entregar-se sem nenhuma reserva ou possibilidade de retorno. Tinha deixado de ser a moça dourada crepitante e inocente, a mitômana que alimenta por vinte anos a obsessão pelo primeiro homem com quem foi para a cama, já não se lembrava dos adolescentes sensíveis que a ensinaram a bater carreiras de cocaína e a perder a virgindade entre duas cafungadas. Agora era uma mulher sem passado e sem sobrenomes, uma estranha esparramada no bosque sobre uma manta xadrez, no rosto a dúvida de sua própria presença, da conveniência de seu triunfo, um seio no ar, o outro coberto, sem calcinhas, nos olhos a necessidade desesperada de que, se não os lábios, os olhos de Carvalho falassem de amor. Carvalho contemplava a nudez seletiva, exata, alva ou violácea, lisa ou com rachaduras que se tornaram feridas arroxeadas com o atrito e o frio, aquele sexo lilás parecido com os lábios de Jeanne Moreau, que lembravam a ele, estupidamente, a cara da mãe de Yes. Carvalho fechou os olhos para evitar a associação e cobriu o corpo com a manta, como se o cobiçasse e lhe devolvesse uma identidade perdida. Abraçou aquela massa de humanidade, mexeu-a, estava prestes a dizer "eu te amo", como quem se lança no vazio, mas pensou que no fundo daquele abismo já estava desenhado o perfil da vítima. Era o seu. Quando Yes conseguiu livrar daquela coberta a cabeça despenteada, tinha uma expressão tão feliz que Carvalho receou ter se excedido, por isso levantou-se e começou a acender um charuto Rey del Mundo diante de uma quebrada que dominava a ladeira e fingiu distrair-se contemplando o movimento dos carros e caminhões, espaçados, ao longe, um universo que não tinha nada a ver com o habitado por ele e Yes. Cantarolava uma música: "Solamente una vez se entrega el alma/ con la dulce y total renunciación/ y cuando este milagro realiza el prodigio de amarse/ hay campanas de fiesta/ que cantan en mi corazón".

Os braços dela o cercaram por trás.

"Em que está pensando? O que está cantarolando?"

"Lembrava de um filme que vi outro dia na televisão."

"Policial?"

"Não. Mais ou menos de amor. Chama-se *Nelly et Monsieur Arnaud.*"

"Que nome tão estranho."

"Nelly é uma moça e o senhor Arnaud é justamente um senhor, um senhor mais velho. Como datilógrafa, ela o ajuda a redigir um texto e ele se apaixona por ela, ela se sente atraída por ele, mas os dois têm consciência de que não podem se amar pela diferença de idade, de mundos, de códigos."

"A história acaba mal?"

"Depende de como se veja. Eles se separam, preocupados e pensando que talvez não tenham dito um ao outro o que ambos queriam ouvir."

Vi, afinal, Nelly et Monsieur Arnaud, *realmente bonito, inquietante e, por certas coincidências, surpreendente. Ele é tão hermético, intenso, meticuloso e calculista, apegado aos devaneios tanto quanto aos costumes, mundano, distinto, sábio mas justamente por isso frágil: não lhe resta outra opção a não ser a covardia — portanto: a prudência —, igual a você. E ela precisa fazer coincidir, sempre, não importa como, o sonho com a realidade. Faz com que as coisas aconteçam ato contínuo, e tal qual imaginou, é laboriosa e atraente; é sábia mas justamente por isso forte: não lhe resta outra opção a não ser a coragem, igual a mim.*

O filme cria uma situação equilibrada: ele é mais velho, mas, além de ser homem (até agora isso ainda é um privilégio), desfruta de uma posição sólida, e ela, embora seja jovem, além de mulher (até agora, no entanto, isso ainda é um obstáculo), está numa situação precária. Não é o nosso caso. Ou você se apavora com a perspectiva de que eu seja relativamente rica e você, absolutamente pobre?

Nelly e o senhor Arnaud são como são, porque são assim; se alguém é prudente, é assim em qualquer circunstância, se é jovem, porque se sente inseguro, se é mais velho, porque já não tem tempo, se tem muito, porque teme perdê-lo, se tem pouco, porque terá menos ainda. Com o ousado acontece exatamente o mesmo, se é jovem, sua inexperiência o leva a situações temerá-

rias, se é mais velho, é porque pensa que o que lhe resta de vida, deve vivê-lo a fundo, se tem muito, é porque isso facilitará tudo, e se tem pouco, porque não há muito a perder.

As duas cenas finais deixam patente a única coisa que ambos têm em comum, os dois são sábios, os dois estão sós e sabem que houve um momento em que um se refletiu nos olhos do outro. Não se trata de uma enganosa divisão de papéis, não é nenhuma censura. Eu conhecia você e sua personalidade me seduzia. Seduz. Você é o homem da minha vida. Sim, já sei, e agora, o que fazer?, pois é fácil, você continuará sozinho como sempre, dessa vez sem um cadáver para estrangular. Sim, você notará em pouco tempo que a solidão cresce em você, como cresce uma valsa, a mesma que você começou a tocar para mim. Que história estranha a nossa. Estou absolutamente perplexa, nenhum sistema de equações explica tudo isso, muito menos resolve; o mais grave não é que minha razão não encontre argumentos para esclarecer tantas incógnitas — se bem que isso me deixe muito intranqüila —, o pior é essa sensação de vazio, essa tristeza recorrente e até agora desconhecida, que se transformou em minha sombra. Vou encher minha agenda de atividades, de obrigações, de compromissos, não sei se para encher o copo e transbordá-lo, que seja, talvez isso me ajude a ver com clareza que só há uma coisa pior do que estar com você: estar sem você; ou para dar à vida a oportunidade de desviar minha atenção, aliviar minha alma, aplacar essa frustração, não sei como nem com quê, mas que algo aconteça. Você não sabe quanta coragem é preciso para dizer com absoluta sinceridade: te amo!, e ao mesmo tempo subtrair-me à possibilidade de materializar meus sonhos, nem de longe você não imagina. Você não seria capaz de um ato tão solidário como descrever o medo, a solidão que sinto ao ler alguns romances escritos por quem viveu o medo e a solidão.

Eu lhe pediria um ato solidário como... não sei, alguma palavra que me consolasse, alguma coisa com que me sentisse acalentada, talvez amada, como no dia do piquenique (sim, isso é demais, desejada talvez?, bem, também vale); enfim..., deixe, vou me virar sozinha. Pela primeira vez na vida lamento não provocar compaixão, parece que esse sentimento é sintoma de que você está apaixonado por uma mulher de carne e osso, e, embora o carteiro sempre chame duas vezes, ele não trouxe nenhuma carta — divina — que me canonize; essa história da carta já é mais que um sintoma de paixão, é uma declaração cabal. Apaixonar-me por você foi a coisa mais solitária que fiz em minha vida.

E o Natal e o fim do ano e o fim do século e o fim do milênio se aproximam.

Boas festas!

Mantinha a última carta diante dos olhos da memória quando Yes, Yes em pessoa, esgueirou-se no jardim de sua casa de Vallvidrera, recuperava-a ali, após vinte anos, com um sorriso que exprimia uma conversa secreta consigo mesma. Entre o primeiro beijo, a primeira frase completa quebrada por outro beijo e a nudez total na cama, por tanto tempo adiada, passaram-se só uns minutos, minutos mais longos porém do que os minutos normais. E foi ela quem tomou a iniciativa, disposta a demonstrar a si mesma do que era capaz, reflexiva mas sorridente olhava para o teto, às vezes para Carvalho, que não queria pensar nada, pois, acima de tudo, sentia-se grato.

"Seria maravilhoso. Tudo ou nada. Mas, você consegue imaginar o tudo? Não se lembra das descrições do Paraíso? Diziam que ali nada seria necessário, que nos bastaria a contemplação de Deus. Dia após dia, todos os dias. Você e eu. De que mais podemos precisar?"

A expressão de Yes parecia tão agradável como seu corpo de cócoras entre os lençóis. Acariciava a sua nuca com os dedos enquanto falava e contemplava o futuro que construía em sua mente como se já fizesse parte do quarto.

"Vamos abandonar tudo. Estou disposta a largar tudo. Agora. Peça-me agora. Hoje. Às sete e dez, telefono para casa e digo: Não voltarei. Era o que eu faria. Vou fazer? Não. Não me engane de novo. Não me mande de novo com outro para Katmandu."

"Aquele Katmandu não existe mais. Provavelmente também não existia antes."

"Tudo ou nada, José."

José era ele, resgatado para um nome que só sua mãe tinha usado desde o início até o final de um conhecimento insuficiente. Jamais Pepe. José. José! A mãe vestida. José! José! Agora a mãe nua que dá de mamar a um homem já sobejamente dono de seu nariz e de seus decênios. Lembrava-se da seqüência final de *As vinhas da ira*, de Steinbeck, quando a jovem com os peitos túmidos de leite dá de mamar a um pobre velho moribundo morto de fome. Tudo ou nada. Reordenar sua vida do amanhecer ao anoitecer, nos anos que lhe restassem, movido por uma capacidade de auto-engano que o ajudasse nos momentos de terror, quando o espelho devolvesse a imagem de sua decrepitude e os médicos o encurralassem como só se encurralam os corpos vencidos e à espera da estocada final e do juízo final. Precisaria de uma boa dose de auto-engano para coabitar com a própria saúde, essa catástrofe longamente anunciada que esperava a grande chance de destruí-lo, e externamente teria de adotar as cortesias necessárias para atravessar os desertos gelados de uma família desbastada: mamãe partiu com um velho e tosco detetive, um *cheira-braguilhas*, e agora quer que passemos o Natal juntos. Passar o Natal com uns sujeitos feridos até a crueldade e o ódio. Ela submetida à felicidade temporal de desfrutar apenas da presença de Carvalho e Biscuter, talvez de Fuster, nem mesmo a de Charo, que sem dúvida não voltaria a ver. Para Yes, era pouco céu para tanta eternidade, pois talvez nem mesmo a vertigem da felicidade precipitasse a morte de Carvalho, pelo contrário, talvez alongasse a sua não-vida até transformá-lo num amante insuportável e no entanto suportado. O que mais se enruga é o sexo e o encanto. O encanto dos velhos enruga-se tanto que eles se tornam horrorosos para si mesmos ou invisíveis para os outros. E não venha dizer que o amor tudo pode e que bastaria a felicidade de habitar um mesmo espaço, como se habita uma identidade pessoal, pois a literatura a deixou muito versada, Yes, você fala com propriedade, mas não domina as palavras. As palavras sempre nos dominam, Yes. Uma manhã, daqui a três meses, um ano, dois, você somaria perdas e ganhos e julgaria se eu tinha conseguido substituir o nada pelo todo ameaçado. Descobriria estar vivendo com um homem sem aposentadoria e sem fundo de pensão, sem carreira nem emprego, que não se levanta quando é necessário e que mais dia, menos dia, ia precisar de uma sonda para urinar sem incomodar os outros, e nesse dia você não acharia misteriosos os silêncios dele, mas idiotas, e não chuparia as palavras melosas dele com o canudinho de quem quer saborear lentamente, mas seus ouvidos as apagariam como uma substância pegajosa que não a deixa ouvir o que quer ouvir. Se eu tivesse muito dinheiro, Yes, compraria uma casa enorme, nós nos cercaríamos de empregados que me ajudassem a envelhecer, para que eu não fosse um fardo para você. Haveria até elevadores da cama à piscina coberta, onde os massagistas ativariam a circulação de meu sangue ruim, e uma cadeira de rodas com *chips* inteligentíssimos que me dariam papinha com a paciência dos miseráveis da terra, obrigados a cuidar de velhos ricos, e limpariam a minha bunda quando eu já fosse incapaz de conter meu esfíncter, ao mesmo tempo que tocariam uma melodia de prestígio mas bem conhecida, algo de Brahms, por exemplo, o tema de *Aimez-vous Brahms?*. Quantos velhos borrados você viu, Yes? Passado um tempo, quando a minha decadência se consumasse, eu a deixaria ter um amante jovem e discreto, algo assim como um neto incestuoso, lembro-me do cinema dos anos 60, quando os diretores de vanguarda faziam experiências com os limites do comportamento e esses problemas eram usuais, acompanhados de muito contraponto, muito contexto, muito silêncio. Eu poderia fazer o papel de John Gielgud em *Providence*, um ancião inteligentíssimo que morre de câncer do rabo enquanto bebe os melhores vinhos brancos e as mulheres ainda se sentem atraídas por sua capacidade de recordar e associar a recordação com a vida, como se isso fosse viver, e não oferecer migalhas de memória morta para os pássaros mais ávidos ou os mais tiritantes ou os mais obrigados a escutar você. Mas nem mesmo terei como me sustentar quando secarem os meus neurônios de detetive particular.

"Você não diz nada? Não gostou do meu sonho?"

"Nunca pensei que a contemplação de Deus por toda a eternidade fosse um plano sequer tolerável."

Yes deu um soco, primeiro nos lençóis, depois no peito de Carvalho.

"Nem hoje você pode deixar de brincar com as palavras? Você nunca diz nada em que alguém possa acreditar."

Carvalho começava a sentir a angústia e a saliva nos lábios e só conseguiu dizer:

"Eu te amo."

Mas recusou o abraço que levava à apoteose e levantou-se para ir ao banheiro e ver no espelho o rosto de um imbecil generoso que acabava de salvar de si mesma a mocinha da fita de cinema, e em troca se autocondenava a não viver outra vida. Talvez por isso tenha fingido não perceber que Yes pedia um beijo quando a deixou num ponto de táxi, com a cabeça virada para a confusão do trânsito que só ele enxergava.

Mas, antes de sair de casa e antes que terminasse essa manhã que poderia até qualificar de feliz, foi à biblioteca, encontrou uma velha edição de *As vinhas da ira* e queimou-a na lareira, sem poder evitar de olhar de vez em quando, furtivamente, para os volumosos seios de Yes.

A ruptura com seu comportamento habitual exigia um plasma constante para que ele não tivesse consciência disso, e esse plasma eram as copiosas mensagens de Yes e as não menos desafiantes reprimendas de Charo, enquanto Biscuter sofria em silêncio aquela agressiva indiferença diante do que não fossem rolos de faxes cheios de críticas à sua covardia ou com músicas apaixonadas que tentavam dar seqüência a baile apenas reiniciado. Yes era fã de músicas.

bossa-nova em seu olhar.
bossa-nova em suas palavras.
bossa-nova ao seu lado.
[...]
pode ser que se lembre de mim.
Cada dia mais e mais.

Este som cadenciado e lento que cantarolo à moda sertaneja é como uma válvula de escape, gêiser ou vulcão, de minha alma. Quando a pressão interna ameaça me fazer explodir, então: bossa-nova em seu olhar, bossa-nova. *Pode ser que tudo o que eu vivi não tenha sido nada (lembra-se? Você usou a expressão: não aconteceu nada com você), seja como for deve ter sido inútil, pois não está me servindo para nada útil. E... no entanto: eu sei de tudo. Ela, a que vive e reina no seu coração, Charo, ela sabe? De qualquer maneira, eu sei, e sem que seja animada por nenhuma intenção subliminar — ou pelo menos é o que eu penso —, você também conta com a minha solidariedade.*

Não fique triste, mesmo que a única música que me ocorra seja:

> Que noites tão negras para a prisão,
> choram os cadeados
> bate o coração.

Não fique triste, porque triste você fica lindíssimo, Urso das Cavernas.

Às vezes ela cismava de fazer um poema em forma de escada.

Pasma e anfíbia
sacudida num mar
geométrico de gestos,
comuns, díspares e definitivos.
Azuis, azuis, azuis gestos
degraus, trechos, etapas da travessia.

Ou o cobria de críticas que, para Carvalho, caíam como beijos.

Só você é capaz de ficar calado debulhando a alma; arrecadando impostos; desfechando com suas garras um ataque artesanal e ardiloso; aristotélico e exato; dissimulado e cruel; galanteador vagaroso, des-garrado. Sobrevivente total. Foi uma intuição fantástica chamá-lo de Urso das Cavernas: onívoro, solitário, hibernador atento aos perigos, lambedor autoritário, ardente e feroz, feroz. O lobo! O lobo! O lobo! Sem a menor dúvida, o que importa são os dias úteis, os feriados são adiamentos inúteis, falsificações do suposto oitavo dia da semana.

Adolescente ou quase adulto, você procurou esse oitavo dia guiado pela melancolia de um escritor polonês magnífico e bêbado, Marek Hasklo, que, é verdade, não foi reabilitado por Wojtyla nem pela CIA. Talvez o oitavo dia da semana seja apenas uma tarde, um encontro, uma ausência mórbida, aquele instante que será uma pétala mumificada entre as páginas-tapumes do casarão da própria memória. Este romance. A memória.

A sós já perto do ano 2000, uma montanha de segundos, será preciso dar a eles um sentido antes que o tempo passe a marcar nossos planos de vida e a hipoteca da história.

O ano 2000 também não será o oitavo dia da semana, é o que pressentem as vísceras do pressentimento daquele que subscreve, o vigilante Urso das Cavernas vigilante. Feliz ano 2000! Correndo o risco de ser injusta com todos que me cercam, no dia 6 de janeiro eu gostaria de receber o presente mais inesperado, impressionante, arrepiante, você para mim, todo para mim, meu, só meu, meu, meu. Você é um puro hedonista, que, dentro do saco do prazer, conscienciosamente escolhe — peneira, elege o quê, quem, quando, como, onde. Você é como um senhorio que aluga suas casas para quem der o melhor lance, você tem de lidar com alguns squatters*... uma que é bastante insubordinada, essa mulher que tem a ousadia de fazer uma fanfarronice na frente de todos, na sua sala, e que você encontra por toda parte, e que o faz sofrer um bocado: você superará tudo isso! Diga, o que seria de você se eu não o amasse tanto?*

De fato, o que seria de você, Pepe Carvalho, se Yes não o amasse tanto, se Charo não o amasse tanto, se Biscuter não dependesse tanto de você? Mas era sobretudo o amor de Yes que o revitalizava com tanto vigor que ele precisava responder com um medo descomunal do fracasso e do ridículo.

Sabe de uma coisa? Estou com uma tremenda vontade de vê-lo.

Pensei em discutir com você três ou quatro questões — qualquer uma —, para começar. Imagino que você deva estar cantarolando alguma coisa — faz isso freqüentemente? —, se é assim, pelo menos gostaria de pensar que, agora, o repertório é mais romântico.

Quando eu era criança me ensinaram que um ponto de interrogação indicava uma pergunta que exigia uma resposta. Responda à pergunta anterior e depois à seguinte. Já sei que nunca poderemos viver juntos, mas poderíamos escrever alguma coisa juntos: o que você acha de uma canção de amor? Por mais que se esforce, você nunca voltará para casa. Eu conheço você e você me conhece.

Desconfio que você esteja se sentindo obrigado a sentir algum tipo de paixão por mim, e isso me preocupa. Explico: para você eu não sou o que move os seus pensamentos, sonhos, ilusões... sou alguma coisa tão positiva como tudo isso (não estou fazendo nenhum juízo de valor), mas algo diferente: alguém novo, lisonjeador, estimulante, posso até mesmo ser jeitosa, bonitinha. As expressões que você usa em relação a mim deram uma guinada e me fazem lembrar aquela história: "As mulheres para foder precisam se apaixonar. Os homens, para conseguir uma foda, se for preciso se apaixonam...".

Estou revendo tudo em que acreditava e tudo o que praticava na minha relação conjugal; ao meu desgaste pessoal, embora sem intenção, soma-se agora o dos outros. É possível que, devido à pele que estou deixando no caminho, eu não me sinta culpada, se bem que em nenhum momento eu deixe de saber que sou responsável. Fiz de Mauricio algo mais que um marido. E isso, desde que ele aceitou o maldito convite para ir a Katmandu.

Como eu ia imaginar tudo isso, ou seja, o que foi que me seduziu, por que temos saudades de alguém que não foi nosso antes, o que faz com que conheçamos os medos dele, suas (em minha opinião) maravilhosas ilusões, tão pueris como passageiras (na opinião dele). Vejo-o como um ser complexo e antagônico.

Nota: é bom lembrar que os pombos-correio não sabem ir a lugar algum, só sabem voltar.

Diante do espelho, e experimentando camisolas, pijamas, túnicas, capas, quimonos, djallabas e outras peças; com o intuito exclusivo de me exibir diante de você, que foi muito generoso. Limitou-se a aprovar tudo o que eu vestia, assim como tudo o que eu tirava; finalmente me aconselhou a pôr um pijama lindo, de um estampado muito vivo e corte masculino. E abotoou até o último botão.

Será que você se dá conta? Assiste a todos os momentos de minha vida e eu o vejo até na alface que corto, não se zangue, pois você é tudo o que eu desejaria tocar, onde eu desejaria estar. Esses momentos que planejo ou escamoteio transformaram-se no objetivo dos meus dias, depois arrasto meus pés para a outra realidade (tenho de arrastá-los para afastar-me de você) e, quando estou ao lado de Mauricio e dos garotos, mimo-os como se voltasse de uma viagem, tento compensar minha ausência, embora muito depressa percebam que não cheguei e que já estou indo embora.

Nunca voltaria para casa. Talvez Yes imaginasse a casa que tornaria possível a existência deles como casal, a que tinham construído no bosque ou na sessão vespertina numa cama que se lembrasse deles. Ou se referisse ao dia-a-dia, ao sofisticado dia-a-dia de um detetive, personagem fronteiriço e *voyeur* que nunca deveria transformar a si mesmo em matéria de contemplação. Ou talvez não voltar para casa fosse uma maldição mais total, mais essencial, como pequenas sensações, antecipações do grande fracasso final.

Por ora, resolveu continuar sem responder às cartas de Yes e atender o telefone da próxima vez que Charo ligasse.

A voz de Charo parecia chorosa.

"Onde você se meteu? Ninguém tinha notícias suas. Parece até que a terra o engoliu. Pepe, minha vida. Vão pegar Quimet! Ele está arrasado. Você já deve saber. Os telefones."

O que sabia dos telefones? Que estavam grampeados. Portanto, não havia outro jeito senão ligar o rádio, monotonamente repetindo as mesmas notícias desde as seis da manhã, e no caso eram as estações em língua catalã que mais bem noticiavam o fato. Tinham sido encontradas provas de que o empresário Joaquim Rigalt i Mataplana estava metido num financiamento ilegal de partidos políticos e em conluios ilegais que envolviam crime de prevaricação. Isso queria dizer, então, que a luta pelo pós-poder se radicalizava! E, segundo as notícias, o presidente Pujol havia declarado que Rigalt i Mataplana não tinha nada a ver com as estruturas administrativas do poder autônomo, mas que era seu amigo pessoal havia mais de cinqüenta anos e que essa amizade estava acima de qualquer escândalo, embora isso também não devesse afetar a vida política catalã. Rigalt i Mataplana não tinha nenhum cargo oficial. Carvalho continuou no escuro quanto ao que havia levado à sua queda, até que no meio da manhã recebeu no escritório das Rambles o telefonema do inspetor Lifante. Convocava-o para uma reunião na Chefatura Superior de Polícia, embora, se preferisse, ele poderia enviar uns inspetores até lá. Carvalho preferiu andar e subir a escadaria da Chefatura com a pressão sanguínea sob controle, diante da evidência de que já era possível entrar naquele edifício e sair dele sem que ninguém o algemasse nem pusesse a mão em você. Lifante zanzava pelas salas e deixava a Carvalho restos de sua atenção, esperando que ele ficasse preocupado. Trancou-se em sua sala e Carvalho viu um garçom passando com uma bandeja, onde dançavam um vermute tinto com sifão e um prato de azeitonas, e metendo-se no antro de Lifante. Calculou o tempo necessário para que consumisse uma dúzia de azeitonas, assim como o tempo que ele deveria esperar até o encontro, mas isso dependia da vontade de mastigar do inspetor. Talvez ele fosse um teólogo da alimentação, desses que mastigam trinta e quatro vezes uma azeitona ou um grão de arroz. Ou algo assim, pois uma hora se passou antes que a porta se abrisse e Lifante, em pessoa, o convidasse a entrar. Sobre a mesa, o copo e o prato vazios.

"Está cheirando a vermute. Adoro vermute com sifão e azeitonas."

"Acabo de tomar um."

"Senti o cheiro."

"Vou pedir o mesmo para você."

"Adoraria também uma porção de anchovas."

Sem se alterar Lifante fez o pedido por telefone e Carvalho ficou à sua disposição.

"Isso está começando bem, Carvalho, e que continue assim. Vamos lá. Explique-me tudo."

"Começo por Adão e Eva? Nunca acreditei naquela história da maçã. Das duas, uma, ou é uma metáfora da necessidade de matar para sobreviver, ou é a origem da chantagem da cozinha e, sobretudo, da *nouvelle cuisine*."

"Vai ficar sem vermute."

"Já passei por coisas piores."

"Sabe de onde saíram os papéis que comprometem Rigalt i Mataplana? Pois é, do caso dos eslavos que mataram Mata i Delapeu. Não. Não da batida na casa onde eles se entrincheiraram, mas de uma investigação paralela a essa. De repente chegaram às nossas mãos uns documentos que ligavam Rigalt i Mataplana a um caso de cobrança de propina para o partido do governo da Generalitat e que, indiretamente, ligam Rigalt ao financiamento de conspirações nacionalistas ilegais. O que você sabe sobre isso?"

"É comovente essa vontade tão grande de esclarecer tudo."

"Eu não fico chupando o dedo, Carvalho. Sei que estão me dando as provas de bandeja."

"Então, por que divulgou imediatamente o envolvimento de Rigalt?"

Lifante deu um murro na mesa, levantou-se e, das alturas onde estava, gritou para Carvalho:

"Não insulte minha inteligência! Quem controla o fluxo de informação? Ninguém sabe quem passou essa notícia hoje de manhã, bem cedinho, para todas as estações de rádio. Foi de repente que me deram a informação sobre Rigalt, enquanto seguíamos a pista que nos levara aos pistoleiros iugoslavos. Digamos que num arquivo que encontramos num depósito, assim, de repente, pimba, havia um dossiê sobre Rigalt i Mataplana. Então comecei a ligar as coisas. Você se apresentou no local do cerco ao apartamento dos iugoslavos, você aparece em vinte relatórios sobre as idas e vindas de Rigalt i Mataplana, a sua namorada, Charo, é protegida de Rigalt i Mataplana. Não sou imbecil, Carvalho. Pergunto: quem move os pauzinhos dessa história? E os seus? Quem move você?"

Carvalho deu de ombros. Não nos movemos, somos movidos. De onde conhecia essa frase? Da época em que acreditava na cultura e muito especialmente em Beckett: "Isto não é mover-se, isto é ser movido".

"Quem se beneficia com esse crime? Quer que eu puxe o fio da meada? Talvez, Lifante, ele esteja mais perto de você do que parece. Eu, nessa história de nacionalismos, me movo como um pato no Everest, mas lanço mão da dedução, ou da indução. O desaparecimento político de Rigalt i Mataplana deixa o presidente da Generalitat desguarnecido, e isso às vésperas de acontecimentos importantes."

"Você se refere à reunião dos chefes do serviço de informações do Nações sem Estado ou a outra reunião? A do Povos sem Estado ou Estados sem Povo, não importa que nome tenha essa babaquice, não vai se realizar. Posso lhe garantir."

Lifante mostrara parte de suas cartas, mas ainda escondia a metade.

"Reuniões demais para esta cidade. Eu já temia isso. Na época dos Jogos Olímpicos construíram aqui um imenso teatro e agora nem sempre encontram espetáculos para ele."

"Carvalho, nem a reunião dos chefes de informações dos Povos sem Estado nem a da Região Plus iam ser em Barcelona."

"Minha única certeza é que o governo espanhol e o francês e o italiano e o inglês e o alemão sabiam de tudo. Ou seja, todos os que vigiam de perto os povos eleitos por Deus mas sem Estado. Algum dia você já pensou, Lifante, que talvez eles tenham sido eleitos por Deus para não ter um Estado? Deus é muito disso. Imagine que você esteja intoxicado por informações que vêm do CESID, ou seja, do serviço de informações do próprio governo espanhol. Afinal de contas, você é um policial periférico."

"Sem comentários. Eu só tenho uma pátria e um Estado."

Com o dedo em riste Lifante expressava sua impaciência, mas Carvalho estava à vontade em seu próprio jogo.

"Eu mesmo sou um instrumento, mas ainda não sei de quem e por quê."

Tinha chegado o momento de descobrir, e por isso, assim que foi liberado por Lifante, telefonou para Charo e pediu-lhe um encontro com Quimet. Impossível. Insistiu e Charo cedeu. Passe por aqui, mas nem pense em comprar aquelas ervas de que falei. Não estão boas. Ela insistiu antes de desligar: nem pense em comprar as ervas de que falei. Ou seja, ele não devia se aproximar da loja Lluquet i Rovellò. Foi para a Vila Olímpica disposto a bater perna na rua até que expirasse o prazo para o encontro. Seu passeio despertava uma curiosidade anormal, como se quatro ou cinco pessoas o confundissem com Julio Iglesias ou com Sharon

Stone. Perseguido por seus descarados seguranças, Carvalho desceu até o cais do Port Nou e observou os navios que estavam em oferta, de segunda mão. Foi diante de um velho veleiro com bandeira indecifrável que sentiu uma pressão nos rins e uma voz perto de sua orelha, que insistiu:

"Suba para o barco sem fazer nenhum gesto estranho."

Pode haver coisa mais estranha do que subir num barco de recreio num mês de novembro?

O chefe era o gordo sentado na poltrona giratória do suposto comandante do barco, e ele deduziu que era iugoslavo ou algo parecido, pois falava como todos os treinadores de futebol pré-iugoslavos, iugoslavos ou pós-iugoslavos que tinham treinado ou treinavam os clubes espanhóis. O homem não escondeu que se chamava Dalmatius, e Carvalho ficou supreso ao ver que aquele Dalmatius não era o mesmo que tinha sido torturado em Can Borau. Pareciam-se, é verdade, o atual estava disposto a impressionar seu visitante, e os quatro ajudantes pareciam sair do chuveiro de qualquer estádio de futebol. Por que será que todos os jovens eslavos têm jeito de jogador de futebol ou de basquete? Carvalho não conseguiu descobrir a resposta, pois os olhinhos pretos de Dalmatius estavam fixos nele, afundados numa bola branca que seus melhores amigos estavam decididos a chamar de rosto. Ele era o único que não tinha jeito de jogador de futebol iugoslavo e muito menos de jogador de basquete, mas tampouco era o Dalmatius que Pérez i Ruidoms havia lhe mostrado em sua câmara privada de tortura. Mais um *trompe-l'oeil*.

"Vou lhe dar um presente, amigo. Uma advertência, e em troca você vai me dizer para quem trabalha."

"Primeiro a advertência."

"Você pode sair daqui direto para as águas do porto com as tripas à mostra e o corpo cheio de pedras ou pode queimar dentro de sua casa em Vallvidrera junto com uma das moças que costumam acompanhá-lo. Escolha a que preferir. A putinha de Rigalt i Mataplana ou Jessica Stuart-Pedrell. Ou podemos ficar numa simples advertência se nos ajudar a compor o quadro. Para quem você trabalha?"

"Para mim mesmo. Sou detetive particular."

"Detetive particular!"

O tom de Dalmatius convidava ao riso e todos riram.

"Detetive particular! De que filme você saiu?"

Continuavam rindo e Carvalho deduziu que estavam mal informados.

"Os senhores são estrangeiros e talvez não me conheçam, mas sou um detetive particular de bastante prestígio, o mais conhecido de Barcelona, sem dúvida. Na verdade, os personagens mais emblemáticos da cidade são um macaco albino que se chama Copinho de Neve e eu, Pepe Carvalho."

Alguém lhe deu um soco na nuca e ele caiu de joelhos. Quis demonstrar que ainda tinha elasticidade e quase conseguiu, levantando-se com presteza e arremetendo com a cabeça contra o primeiro corpo humano que seus olhos distinguiram. Foi como se seu cérebro se chocasse no queixo do outro, e Carvalho sentiu uma dor intelectual intensíssima, algo parecido com o anúncio de uma perda dos sentidos. Teve de se virar para agarrar o primeiro que se jogava em cima dele, mas não conseguiu. Seu soco ficou no ar, mas em compensação os dois socos que lhe mandaram acertaram um no fígado e outro na orelha. Repetiu a façanha de girar sobre um pé e deu um chute no que quer que fosse, mas a perna que daria apoio à proeza recebeu um pontapé no joelho e deixou o detetive de novo de joelhos, atordoado com a evidência de que ia receber uma surra irrespondível. Deixou-se cair de vez e rolou, mas topou com as pernas de um de seus sitiadores, a quem conseguiu derrubar e, na confusão da superposição de corpos, Carvalho conseguiu se levantar e correr até os degraus que subiam para a escotilha. Estava com um olho afogado em sangue e com o que lhe restava não quis checar se o seguiam ou não, mas o vão da porta que lhe devolveria a liberdade estava agora ocupado por um jogador de basquete pós-iugoslavo. Era altíssimo e tinha na mão algo parecido com um estilete. Carvalho ficou paralisado, levantou os braços e desceu até Dalmatius e seus rapazes, que permaneciam tensos mas quietos.

"Detetive particular!", resmungou o homem gordo.

"Um idiota particular e morto, um idiota morto. Vou fazer outra advertência. Deixe as coisas como estão e dê por encerrado o caso Mata i Delapeu. Você me pegou num bom dia, mas lembre-se de que toda infidelidade tem seu preço e às vezes esse preço é a morte. Sempre existe alguém disposto a matar, e mais ainda agora, nessa nossa época de ignomínias."

Já não havia obstáculo na escotilha, por isso Carvalho saiu, tentando sorrir com a metade do rosto não inundada pelo sangue que escorria das sobrancelhas. O pistoleiro mais alto deu-lhe uma toalha para que chegasse ao cais de cara limpa e a toalha serviu para tapar o corte até que chegasse à loja de Charo. Havia algumas freguesas e ela fez um sinal para que Carvalho fosse para os fundos da loja. Conteve um grito de susto e saiu correndo, voltando com compressas, esparadrapo e água oxigenada.

"Limpe e tape o ferimento logo, mas preciso ir a um ambulatório. Vão ter de me dar uns pontos no corte."

Charo chamou um táxi e chorou calada enquanto iam para o ambulatório de Peracamps. Que mal fizemos, Pepe? A história de Quimet hoje de manhã. Mal abri os olhos, fiquei sabendo. O que vai ser de você?

"E de você."

"A loja está no meu nome."

Charo tinha recobrado uma serenidade profunda para dizer a frase tranqüilizadora, e agora voltava ao desânimo. Quimet poderia fazer tanto por você.

"Preciso vê-lo. Urgentemente. Seja onde for."

Charo abriu a bolsa e tirou um papel dobrado. Enfiou-o na mão de Carvalho quando desceram do táxi. Carvalho o leu de soslaio enquanto se metia na fila do pronto-socorro do dispensário de Peracamps, como ele continuava a chamar o ambulatório situado nos fundos de seu bairro. Quando saiu com as sobrancelhas costuradas despediu-se de Charo e ela o reteve, abraçando-o.

"Deveríamos passar o Natal juntos."

"Meu corpo não está pedindo nenhuma festa de Natal."

"Pelo menos a noite do dia 24. Vamos passar cada um em sua casa? Em Andorra eu passei sozinha todas as festas, todas, durante sete anos, Pepe, porque Quimet tinha de ficar com a família."

"A noite de Natal, talvez. Os outros dois dias quero dormir enquanto uma parte considerável da humanidade se dedica a palhaçadas."

Deixou Charo esperançosa, consultou de novo o bilhete com o endereço e andou pela avenida aberta pelas escavadeiras, em direção às entranhas do Barrio Chino, em direção às entranhas da terra da sua infância, da qual já começava a não restar pedra sobre pedra. Seus lábios recitaram uns versos que vieram do fundo de uma velha lembrança carcerária. La Modelo. Alto-falantes com as músicas dos discos pedidos. Yves Montand. *Loin très loin de Brest, dont il ne reste rien.*

Quimet tinha se refugiado num escritório da assistência social de El Raval, e isso demonstrava que o bairro, apesar de todas as reformas, continuava a superar a cidade tradicional. Ali o anjo caído sentia-se seguro, extramuros de seu mundo, extramuros do reino, do poder e da glória. E a guardiã de seu refúgio era uma moça que poderia ser irmã gêmea de Margalida, o mesmo jeito de voluntária à prova de vicissitudes e pronta para o que der e vier... *de bon matí quan els estels es ponen, hem de sortir per guanyar el pic gegant*...* Uma bandeirante patriótica que protegia Rigalt, como o resto dos jovens funcionários, apressados e conscientes de estarem diante de algo mais do que um posto de trabalho. Rigalt estava no fundo de um corredor, numa sala sem janelas, ventilada por uma ventoinha que puxava o ar e se comunicava com o exterior. Quimet não era um anjo caído, pelo contrário, parecia exultante, liberado de uma opressão intolerável, e abraçou Carvalho como se reencontrasse um náufrago do mesmo navio. Onde ele tinha se metido? Deixara todos muito preocupados. Nem sequer passou para apanhar o diploma do curso.

(*) ... de manhãzinha quando as estrelas se põem, temos de sair para chegar ao pico gigante...

Carvalho limitava-se a responder com gestos resignados, como se dissesse assim é a vida, um dia nos vemos e no outro não. E, como o detetive permanecesse calado, à espera de que o ilustre prócer, como o chamavam alguns diários, se explicasse, Quimet concentrou-se no esboço do discurso que ia fazer. O senhor merece saber tudo. O que aconteceu na frente de batalha? Dalmatius? As coisas saíram de controle. Se Dalmatius é capaz de tomar iniciativas, é porque as coisas saíram de controle, e temo que Madri tenha começado a pilhagem. Como Carvalho parecia não saber quem era Madri, ou pelo menos qual Madri tinha começado a pilhagem, Quimet esclareceu:

"O governo, por intermédio do CESID. Boa parte das missões do CESID são para investigar o que os estrategistas chamam de 'guerras civis potenciais', ou seja, os focos de conflito que podem nascer do ímpeto independentista do Euzkadi e da Catalunha. Eu avisei que estávamos indo rápido demais e que, caso extrapolássemos um *timing* bem estudado, nos destruiriam logo de início. Mas ao meu redor irromperam forças fora de controle e, o que é pior, dedos-duros além de qualquer suspeita. Estamos cercados de dedos-duros que agiram como provocadores. O assassinato de Mata i Delapeu pôs a engrenagem para funcionar. Há uma dupla operação organizada pelo governo espanhol, que conta com a aprovação de outros governos europeus. Tem dois objetivos claros: a desestabilização da manobra político-econômica do governo autônomo da Catalunha e a do projeto da Região Plus. Para atrair setores do capital catalão interessados no projeto, exigiram que desmantelássemos efetivos nacionalistas mais radicais, sobretudo a pequena rede de serviços de informações que tínhamos criado. Um encontro de representantes dos serviços de informações do Nações sem Estado estava marcado, e começaram a acontecer misteriosas coincidências. Prenderam alguns dos supostos funcionários acusados de atividades contra supostos Estados e me envolveram nesse negócio sujo. Não posso sair do país."

"Qual é o meu papel nessa história?"

"A questão é pessoal. Charo tinha falado do senhor."

"O que mais?"

"O senhor se encaixava no que chamávamos de 'estratégia do fracasso'. Na sua condição de *outsider*, de profissional não estritamente catalão, nem nacionalista, se nós o envolvêssemos na rede que estava sendo criada, e se desse tudo errado, o senhor ia agüentar as conseqüências. Não se preocupe, Carvalho. Eu já estava com um colchão preparado. Se caísse, cairia no macio. Mas a execução sumária dos pistoleiros que supostamente assassinaram Mata i Delapeu foi um sinal de alerta. Os acontecimentos estavam se precipitando. Pérez i Ruidoms estava forçando os acontecimentos."

"Refere-se ao pai?"

"É o mais interessado e o mais cotado para o projeto da Região Plus."

"Assassina o amante do filho para comprometer o filho?"

"Todos se surpreendem tanto quanto o senhor. Quem ia pensar isso?"

"Então, Pérez i Ruidoms é o dedo-duro."

"Não. É um empresário sem escrúpulos e um apátrida. Joga suas fichas para ganhar e está bem respaldado politicamente em Madri. Formaram uma sociedade de ajuda mútua. O dedo-duro não é Pérez i Ruidoms. Não teria sentido."

"Quem, então?"

Quimet esperou três minutos para que Carvalho chegasse por conta própria a suas conclusões e quando Carvalho insistiu em se calar e encará-lo, Quimet soltou o nome ao mesmo tempo que suspirava:

"Anfrúns. Jordi Anfrúns, talvez. Ele é usado por Pérez i Ruidoms, mas Anfrúns usa todos nós."

Carvalho virou-se de costas e ouviu a voz de Quimet:

"Apesar do que aconteceu comigo, todos continuam contando com o senhor."

"Lamento que não tenha podido viajar para a Itália. Em Grinzane Cavour há um castelo muito interessante e os vinhos são bons."

Não se virou para não roubar de Quimet sua expressão de perplexidade.

Estamos numa democracia. Alguém bate à porta da sua casa às quatro da manhã. Por conseguinte, segundo dizem os cientistas políticos, só pode ser o leiteiro. Mas Carvalho lembra que não toma leite, que há muitos anos só usa leite para fazer o bechamel ou um chocolate. Portanto, não pode ser o leiteiro. O revólver está esquecido em algum lugar da casa do qual não quer se lembrar, e ele sai para o terraço apesar do vento duro e frio do mês de dezembro em Vallvidrera e encontra diante de sua porta Margalida, junto com alguém que parece ser um homem alto escondido por camadas de abrigo e capuz. Quando abre a porta comprova que sua intuição não o enganou e que o homem alto é o jovem príncipe Pérez no exílio, a não ser que tenha reunido os dois sobrenomes do pai e ascenda à condição de Pérez i Ruidoms.

"Podemos ficar aqui até de manhã?"

"Faltam apenas três ou quatro horas."

"Talvez umas horas mais."

Passam por ele e adentram o calor da casa, e param diante das brasas da lareira, para onde esticam as mãos abertas como se invocassem o espírito das cinzas. Sentam-se enquanto Carvalho prepara na cozinha um rápido café e pergunta se estão com fome, e como não respondem ele tira da geladeira uma torta preparada com o queijo *feta* que sobrara de saladas nunca feitas e passas. Quando o vêem aparecer com o café e a torta, os olhos de Margalida o veneram, mas os do jovem conservam a prevenção, dirigida especialmente à torta.

"Você é satânico ou macrobiótico?"

"Por que a pergunta?"

"Porque está olhando para a torta como se fosse lhe dar um chute macrobiótico. Eu me atrapalho com o Yin e o Yang, mas é uma inocente torta de queijo grego fresco e passas."

"Não sou macrobiótico, mas tenho minha própria ideologia sobre os alimentos."

"Se você é satânico deve gostar sobretudo de alimentos bem passados, na brasa ou no forno."

"Nem o papa acredita nesse inferno de fogo e caldeirões."

"Este papa é um desconfiado. Não confia nem nos preservativos."

Beberam e comeram, o hindu apenas beliscou, e Carvalho explicou o que estava acontecendo. Não tinham onde se meter, pois do contrário não teriam recorrido a ele. O que o deixava muito preocupado, pois sua casa não era um lugar seguro e a qualquer momento podia ser invadida por assassinos pós-iugoslavos enviados pela OTAN ou por excursionistas *skinheads*. Margalida havia tirado a jaqueta de couro, deixando à mostra seus seios debaixo de um suéter justo e a culatra de um revólver que levava na cintura. Era um convite para que Carvalho se acalmasse.

"Você continua pensando que preciso andar armado?"

"Continuo."

Carvalho foi até o banheiro, tirou todas as velharias que havia em seu armário de remédios e afastou a tábua do fundo. Um nicho surgiu na parede e, nele, um embrulho de pano do qual tirou uma pistola Lüger. Voltou à sala e mostrou-a a Margalida, que fez cara de deboche.

"Eu não sabia que você tinha um museu em casa. Essa pistola é coisa de antiquário."

"Dispara bem. Que planos vocês têm?"

Albert tinha conseguido escapar e queriam ir para o exterior. Tinham um contato e passariam por Port Bou, era a fronteira menos vigiada e, se percebessem a menor possibilidade de que era controlada pelos homens de Pérez i Ruidoms, alguém os levaria de Port Bou a algum lugar da costa francesa, de barco. Margalida não podia recorrer à rede, primeiro porque era um assunto pessoal e segundo porque Pérez i Ruidoms tinha espiões em todos os níveis.

"Ele trabalha em colaboração com o CESID e com as principais polícias da Europa envolvidas neste caso. As coisas de que Albert ficou sabendo são de arrepiar, Carvalho. Por um lado, eles dão apoio a essa história da Região Plus, e por outro têm estratégias alternativas alucinantes, por exemplo, focos guerrilheiros desestabilizadores."

"Na Espanha?"

Albert tomou a palavra:

"Um dos grupos que trabalha para meu pai é o Templários 2000. Eles têm condições de iniciar ações guerrilheiras na fronteira entre a Catalunha e Aragão, a pretexto de um conflito sobre as águas do Ebro. Acham que esse foco pode gerar confusão suficiente para que o Exército espanhol intervenha e com isso dê início a uma balcanização. As redes do tráfico de armas já estão prontas, e foi assim que nasceu aquele arranca-rabo lá na Iugoslávia, não se esqueça."

"Seu pai está metido com essa gente? Tem certeza de que ele não montou uma encenação para você com a turma de La Cubana?"

"Não, atualmente não está metido. Limitou-se a escutá-los e de vez em quando pode pedir um servicinho a eles. E também ninguém sabe quem são esses Templários. Não parecem ser daqui e eu não estranharia nada que fosse um grupo de desestabilização sabe-se lá de que serviço secreto."

"Se eu não soubesse que você não sabe quem foi Fu-Manchu, acharia que se inspira em Fu-Manchu para construir o imaginário de seu pai."

"Não diga bobagens."

Margalida foi tão peremptória que Carvalho começou a levar a sério a nova batalha do Ebro.

"E pode ser o Ebro ou qualquer outro lugar. Os conflitos estão latentes. À nossa espera. O mundo é tão injusto..."

Satanás se lançou num discurso em que xingava Paul Claudel por ter garantido que só o mal exige esforço, isso vai contra a realidade. Não. Não. A realidade é o mal e em toda essa baboseira contra o satanismo a burguesia tem como aliados os satanistas que se fazem de idiotas, degolando galinhas e cordeiros.

"O satanismo é uma força espiritual que pode ser física, é como a homeopatia, pois na sexualidade, por exemplo, ele nos leva, a nós, homens, à virilidade absoluta com o homossexualismo, e as mulheres à feminilidade absoluta, do mesmo modo. Isso, Jean Genet, são Genet, já tinha visto, mas me nego a aceitar, como André Gide, que sirvo ao "senhor das trevas", não, Satanás não é das trevas, é a luz da negação, e a palavra hebraica original quer dizer 'acusador perante um tribunal', o senhor deste mundo seria Deus, e Satanás, o negador da bondade de sua criação, Satanás é a inteligência crítica, a cultura da resistência."

O tom elegíaco do príncipe Pérez i Ruidoms exaltou-se.

"Para o satanismo moderno Satanás representa a indulgência diante da abstinência, a existência diante das falsificações espiritualistas, a sabedoria diante do auto-engano hipócrita, a gentileza com o fraco e a prepotência com os fortes, a vingança justa diante da palhaçada de dar a outra face, a responsabilidade dos responsáveis diante dos vampiros do nosso psiquismo, representa a verdade do homem em sua condição animal, mais perigosa que a dos animais de quatro patas, porque o desenvolvimento chamado 'divino-intelectual' transformou o homem no animal mais feroz. Satanás representa a dúvida gratificante e só se pode criticá-lo por ter sido o principal sócio da Igreja, pois ajudou a manter o seu negócio durante séculos. Nós, satanistas, estamos unidos pela necessidade de negar tudo o que as religiões institucionalizadas defendem."

Margalida só pareceu discordar quando Albert exaltou o homossexualismo, mas em tudo o mais ela ia além da concordância e atingia a condição de êxtase.

"Por que fugir? Transforme-se no príncipe herdeiro de seu pai, o possível primeiro rei da Região Plus ou de qualquer outra nova pátria planejada."

"E minha alma?"

Época infeliz esta, em que Satanás não quer perder a alma e os socialistas querem perpetuar o capitalismo, mas eles eram jovens e tinham toda uma vida para se tornarem calejados no aprendizado da morte. Enfiou-os num quarto com duas camas, sob a proteção de são Genet, padroeiro laico do homossexualismo, a menos que os abundantes atributos de Margalida conseguissem reverter a amnésia heterossexual de Albert. Era problema deles, e o de Carvalho era se reconciliar com o sono, pois não conseguia tirar da cabeça o plano de fuga dos jovens. É problema deles, repetia para si mesmo, brincam de fugir porque já não têm idade para brincar de médico e porque Albert não vê a menor graça em brincar de papai e mamãe. Mas, definitivamente, não conseguia dormir, e viu-se diante de um guia rodoviário estudando as rotas de fuga propostas por Margalida e depois viu a si mesmo na cozinha, na frente da geladeira aberta, com um plano abstrato de fazer algo mais, além de se angustiar. Por exemplo, cozinhar, e àquela hora da madrugada precisava de alguma coisa fresca, como um *tartar* de peixe que ele não tirava da cabeça desde a manhã da véspera, adaptação aproximada do *tartar* de ostras de Jean-Louis Neichel, mas sem ostras. Não tinha ostras mas tinha mexilhões frescos, ouriços-do-mar, camarões, uma latinha de caviar russo, não do melhor, e robalo macerado em azeite de oliva virgem, sal, pimenta-verde. Abriu os ouriços com uma tesoura e separou as ovas, que depois picou junto com os mexilhões, os camarões, e acrescentou uma mistura de alcaparras, erva-doce, *échalottes*, pepinilhos, e não tinha algas nem funcho-do-mar, por isso a receita não deixava de ser uma paráfrase. Completou a mistura com azeite e limão, temperou com ela os peixes cortados, jogou tudo no fundo das carapaças vazias dos ouriços e pôs uma colher de caviar sobre cada recheio. Abriu uma garrafa de vinho branco Preludi e arrumou sobre uma bandeja as três carapaças, o vinho, os copos, pão torrado e manteiga. Albert e Margalida acordaram com o seu chamado, e quando contemplou a bandeja cheia de seres tão estranhos, ela teve de reprimir o gesto instintivo de procurar com uma das mãos o revólver que guardara debaixo do travesseiro.

Margalida e Albert ficaram surpresos por terem gostado tanto daquele ouriço recheado com outras partes de si mesmo, e passaram a primeira metade da viagem refletindo sobre o erro de terem vivido quase toda uma vida, embora curta, limitada ao horizonte gastronômico do *pan con tomate* e da *butifarra amb seques*,* ela, e de comida higienicamente correta, ele. Às vezes os fatores de desalienação são os mais inesperados e Carvalho, na direção do automóvel, saboreou o silêncio que segue as revelações mais transcendentais e, a partir de Llançà, desfrutou da paisagem do extremo da Costa Brava, intimista e bela, de um verde escuro que se tornava cinza e azul profundo à medida que se aproximava da França.

"O encontro é no Memorial Walter Benjamin, fica ao lado do cemitério de Port Bou, no alto de uma escarpa muito bonita, que dá para o mar."

Carvalho se lembrava de como se emocionava, em sua fase de jovem comunista sensível, com o suicídio de Benjamin, judeu fugitivo a quem o franquismo havia negado a entrada na Espanha e que se suicidou num banheiro em Port Bou, com os nazistas em seus calca-

(*) Lingüiça *butifarra* com favas.

nhares. "A missão do materialista histórico é recuperar o passado para o presente", Benjamin tinha dito ou escrito, não sabia onde, uma frase que pairava no vazio numa época em que o passado é tão proscrito como o futuro. Uma história sem culpados e um futuro cujo único interesse é ser um presente consumido dia a dia. Estou filosófico, apesar de ultimamente comer e fazer amor como não fazia há quase cinco anos.

"Posso ver o encontro ou devo manter uma prudente distância?"

"Você deve ficar. Terá uma surpresa."

"O que vocês sabem de Benjamin?"

"Um marxista insuficiente ou insatisfeito. Ainda não decidi", opinou Satanás, com desdém. Margalida tinha uma vaga idéia do suicídio e alguém havia dito que Benjamin entendia muito de fotografia ou que também fazia fotografias ou que escrevera sobre fotografia. Talvez numa conferência dada por um fotógrafo chamado Fontcuberta.

"E você sabe quem foi Benjamin?"

"Sabia."

"Esqueceu?"

"Provavelmente não, mas não preciso me lembrar. Não preciso me lembrar das vidas que vivi e que não iluminam a que vivo agora. Benjamin fazia parte de meu ecossistema de quarenta anos atrás. Agora não serviria nem mesmo como um seixo rolado em que poderia pisar para subir uma encosta. Mas às vezes voltam à minha cabeça frases que significaram alguma coisa, como a que diz 'o suicídio é uma paixão heróica', e que quando li fiquei preocupado porque pensava que o suicídio era pouco revolucionário — como pode um combatente social pensar que o suicídio é uma paixão heróica? Hoje sei que ele tinha razão. O suicídio é uma paixão heróica. A única paixão heróica individual que só pode fazer mal a nós mesmos. Todas as outras paixões heróicas são perigosas e as que são sentidas em grupo, essas são as piores."

Na entrada de um túnel quadrado, inclinado para o mar, um homem os esperava e, fora do seu meio, Carvalho levou alguns segundos para identificá-lo no álbum fotográfico de sua memória. Era Guifré González, Manelic, o falso tio de Margalida, o anjo-profeta do catarismo. Margalida foi a primeira a sair do carro para ir ao encontro dele e dar-lhe explicações que ele escutava gravemente e digeria, olhando ora para Carvalho, ora para Albert. Margalida explicava alguma coisa com muita veemência e Albert meneou a cabeça, contrariado.

"Já tinha dito a ela que não daria certo."

"O quê?"

"Manelic não sabia que era eu. Margalida não disse nada porque presumia que ele não me aceitaria. Por que tem de ajudar o filho de Pérez i Ruidoms?"

Carvalho andou em direção ao casal e encarou Margalida. Disse com dureza:

"Combinamos que tudo se resolveria em minutos. Não posso esperar."

Ela estava surpresa com a reação, mantinha nos olhos as lágrimas que não tivera tempo de enxugar.

"O que está acontecendo? Os cátaros não querem ajudá-la?"

Guifré o olhava com curiosidade e manteve certa firmeza quando Carvalho começou a espetar seu peito com um dedo.

"A solidariedade tem regras que estão acima dos sobrenomes, meu amigo. Há o direito ao trabalho e o direito à fuga. Os pistoleiros do pai do garoto estão rondando e todos nós vamos perder mais ainda se nos pegarem."

Carvalho tirou a pistola e a carregou.

"Um tiroteio em Port Bou vai dar o que falar."

"Não disse que não quero ajudá-los, mas um negócio desses não pode se basear numa informação falsa e ela não tinha dito quem era. Além do mais, minha rede não tem por que se ocupar de problemas pessoais."

"Não se engane. Vocês têm pela frente o pai deste rapaz, e ele é um tubarão. O melhor que pode acontecer é terem ao seu lado o filho, não só porque se trata de Satanás em pessoa, mas porque ele sabe tudo sobre o pai e pode ser útil a vocês. Além disso, um dia herdará a fortuna do pai, deixará o satanismo e poderá muito bem abraçar o nacional-catarismo. E cobrir vocês de milhões."

Nos olhos de Guifré González lia-se a pergunta: E o que você tem a ver com isso?, mas Manelic, por sua vez, assentiu com a cabeça e resmungou um "tudo bem" que fez Margalida pular e correr para o carro a fim de contar a Albert.

"Desçam ao porto e perguntem por Eugeni de la Marqueta. É melhor fugir por mar."

Ele ficou ao lado do Memorial, como se fosse parte da encenação artística, e Carvalho levou o casal até o cais. Margalida encontrou Eugeni, um homem à deriva de seus muitos quilos, que os enfiou numa casinha onde deviam esperar até escurecer. Carvalho despediu-se de Satanás com um olhar, deliberadamente, pois deduziu que não se deve dar a mão ao diabo e muito menos um abraço. Em compensação, deixou que Margalida o abraçasse e beijasse nas duas faces, mas logo desviou o rosto, para dissuadi-la da idéia de enfiar em sua boca aquela língua larga e carnuda, comestível.

"Você sabe com quem está se metendo?"

"É um garoto muito inteligente mas muito bobo. Precisa de mim."

"Hoje sim. Amanhã voltará a precisar do pai. Eu conheço essa raça de rebeldes. No meu tempo eram maoístas ricos e depois voltaram para a casa do pai. Agora são satânicos, mas também voltarão para a casa do pai."

Deixou Margalida sem palavras ou sem argumentos e caminhou até onde tinha largado o carro. Ali Manelic o esperava.

"Tudo certo?"

"Tudo."

"Vai voltar para Barcelona? Não se importa de me levar?"

"Como você veio?"

"Eugeni me trouxe."

Entraram no carro e mantiveram-se calados até o fim das curvas que dão no cruzamento de Llançà e pegaram o caminho para Figueres e, dali, a auto-estrada. Parece uma história dos velhos tempos, como na época da clandestinidade, não é mesmo? Carvalho concordou. Manelic olhava o relógio com freqüência. A que horas calcula que poderemos chegar? Contando a partir da auto-estrada, cerca de uma hora. Muito bem. Seria muito, mas muitíssimo conveniente se eu pudesse chegar ao hotel Princesa Sofía antes das oito e meia.

Contemplava a paisagem como se, em certo sentido, ela lhe pertencesse.

"Carvalho, sabia que a Catalunha é uma jazida de religiões e de ocultismo desde tempos imemoriais? Da mesma maneira que pelo subsolo circulam rios secretos, em qualquer lugar onde hoje se detecta um povoado religioso cristão houve antes um pagão, e antes um mágico, como se a terra, a própria terra indicasse o lugar onde os deuses devem ser adorados. Você pode reparar nisso aqui mesmo, por onde passamos, terra de templários e, portanto, de ocultismo. Sabia que no monastério de Sant Pere de Roda houve antes um templo provavelmente dedicado a Vênus Urânia ou a Afrodite? É um lugar tradicionalmente sagrado."

Guifré se queixava da vulgaridade do presente, tínhamos perdido o elo entre o mágico e o real. É preciso aceitar as coisas como elas são. Realmente são tempos de clandestinidade para tudo o que é diferente, Carvalho, porque só se aceita o que se considera politicamente correto e tudo o que é excepcional deve se dar em condições quase de clandestinidade.

"Você falava sério sobre essa história de ressuscitar a religião cátara?"

"Não se trata de ressuscitar como se fôssemos ressuscitar uma múmia, mas de adaptar uma fórmula do cristianismo primitivo à nossa situação. A Teologia da Libertação é internacionalista demais, no sentido marxista do termo, e há indícios de núcleos cátaros na Catalunha Norte e na Catalunha Sul, os cátaros estiveram no Empordà até o século XIV e até mesmo uma nobre da casa de Montcada, Guillermina de Montcada, foi cátara. Na superestrutura a Europa está organizada, mas os povos estão mais desorganizados do que nunca e as brechas vão se alargando dia a dia. Você acompanhou a mudança nas fronteiras nos últimos dez anos? E consegue prever como vão continuar mudando? Seria muito incômodo me deixar na Diagonal, em frente ao Princesa Sofía?"

"Uma concentração cátara o espera?"

"Se chegarmos a tempo, ainda poderei ver o jogo do Barça. Começa às nove da noite. Talvez isso lhe pareça uma frivolidade neste contexto."

"Frivolidade, o Barça? Quando eu era comunista havia quem levasse para as reuniões mais clandestinas um radinho de pilha para acompanhar os jogos do Barça. Lembro de uma reunião especialmente memorável para discutir a hipótese de abandonar ou não a luta armada. De repente percebi que o Barça tinha feito um gol, pois o rosto do dono do radinho secreto havia se iluminado."

"Era outra época, claro. Pois é, já sei que não deveria assistir, pois esse time me *destempra*.* Ele foi o braço desarmado que simbolizava a Catalunha e agora ninguém sabe o que é, e vou lhe dizer o que é: uma imobiliária! O presidente Nuñez chegou a esse clube vinte anos atrás com os mesmos propósitos de Franco, que deixasse de ser mais que um clube, que deixasse de ser um símbolo político, e conseguiu, com a ajuda desse holandês sinistro que contratou como treinador, enchendo o time de estrangeiros e sacrificando aquela fantástica turminha de jovens formados no próprio clube pelo Cruyff. Não é direito, Carvalho, mas talvez a

(*) Desatina.

gente deva se desalienar dessa dependência emocional do Barça. Muita gente acha que basta ser do Barça para pensar que já pagou sua cota de catalanismo. Que depois não venham encher o meu saco! Tudo é simples demais, Carvalho, simples demais. Não há história sem dor, nem seremos soberanos sem dor. Não falo de independência. Falo de soberania. Acho que esse cara, o Van Gaal, o holandês que é treinador do Barça, vai deixar o Guardiola no banco de reserva. Está entendendo? O jogador que é símbolo da Catalunha no banco de reserva e os holandeses no campo."

"A verdade, Manelic, é que não entendo como vocês se metem a construir o nacional-catarismo quando já têm o nacional-barcelonismo. Que cultos sagrados eram celebrados onde hoje é o novo estádio do Barcelona?"

Guifré o observou desconcertado mas interessado.

"Vou investigar, porque ele foi construído ao lado do cemitério de Les Corts e, onde há um cemitério, batata, há na origem um ponto de magnetismo mágico."

Tinha decidido continuar com a pistola, mas não lhe ocorreu usá-la quando encontrou sua própria casa ocupada pelos jogadores de basquete pós-iugoslavos. Não há nada mais incômodo do que matar em sua própria casa e aqueles caras eram tão altos que seria muito difícil livrar-se dos cadáveres. Além do mais, não o haviam insultado. Nem surrado. Nem mesmo o empurraram ou soltaram um bafo no seu rosto. Tinham entregado um bilhete que o convidava para um encontro em Can Borau, a pouquíssimos quilômetros de distância. Só quando teve a idéia de dar um telefonema é que o pós-iugoslavo mais ousado arrancou o fio do telefone sem mexer um músculo do rosto e Carvalho foi convidado a descer até o carro que os esperava na porta da casa. Era um carro japonês caríssimo, com esse desejo de opulência com que os grandes sedãs japoneses tentam se fazer perdoar por terem chegado ao mercado automobilístico depois do Rolls-Royce. O carro era, podia-se dizer, revestido de couro por dentro e por fora. Do assento traseiro ele notou um bar e pediu um *dry martini,* mas seu pedido não foi atendido. Quando as curvas de Vallvidrera a Sant Cugat chegaram ao fim, o carro tomou a estrada para Can Borau e parou em frente à casa, tão escondida como da vez anterior, mas menos iluminada. Poderia muito bem se tratar de uma sede do SOS-Racismo, pois a empregada que veio abrir parecia uma rosa do deserto, uma das metáforas que mais bem definia as esplêndidas belezas do Magreb, e os pós-iugoslavos ficaram a uma distância prudente enquanto um garçom chinês servia o *dry martini* que pedira dentro do automóvel.

"Usaram Martini seco ou Noilly Prat?"

O chinês só falava chinês e imitava a gesticulação reverencial japonesa, dois códigos que permitiram que chegasse aonde chegara. Evidentemente o *dry martini* havia sido feito com Martini seco, e com muito Martini seco. Tentou explicar a um dos pós-iugoslavos que o vermute só deve umedecer o gelo para que seja o gelo que perfume o gim e mude qualitativamente o seu aroma. Estavam em outro mundo. Talvez pensassem nos Bálcãs, na possibilidade cada vez mais distante de se matarem entre si sob o olhar de comiseração das grandes potências. O mordomo do dia da falsa festa do fim de verão chegou e lhe propôs que o acompanhasse até o porão onde ele havia assistido à representação do encontro de Monte Peregrino. Pérez i Ruidoms ocupava o mesmo lugar, a mesma poltrona, mas estava em companhia só de Anfrúns, um Anfrúns nervoso que dava voltas pela cripta como se estivesse enjaulado. Sua fuga em círculos parou quando Carvalho ocupou o centro do espaço, diante da poltrona onde o anfitrião o esperava numa pose a meio caminho entre o Pensador de Rodin e a gravura que reproduz Goethe pensando. Pérez i Ruidoms tirou do bolso uma caixinha de prata com seus remédios, abriu-a, escolheu dois comprimidos e tomou-os com a água de um copo que estava sobre um dos braços da poltrona. Olhava fixamente para Carvalho enquanto falava sem elevar o tom:

"O que o senhor fez ao ajudar meu filho a fugir com essa garota foi mais uma burrice do que uma provocação. O senhor foi avisado. Tinha tudo sob controle e agora tem tudo fora de controle. Conversamos com o seu amigo, o senhor Anfrúns, creio que vocês se conhecem há algum tempo. Seria muito conveniente que nos ajudasse a encontrar esses jovens. Mais cedo ou mais tarde vamos descobrir, mas até lá a fuga pode ser fatal para eles. Muita gente quer me prejudicar. Pense no assassinato de Alexandre Mata i Delapeu. Quem queriam prejudicar? Meu filho? Em primeiro lugar, sim, mas o alvo final era eu."

Anfrúns tinha se encostado na parede e escutava, concentrado.

"Sabe até onde os acompanhei?"

"Até a fronteira de Port Bou. Estava tudo preparado para interceptá-los, mas não passaram pela fronteira. Não passaram montanha acima, montanha abaixo. Diga como foi."

"Não serei de muita ajuda. Limitei-me a deixá-los num lugar chamado Memorial Walter Benjamin, um monumento a um judeu que se suicidou ali em 1940, creio. Cometeu suicídio como paixão, dizem."

"Há muitas maneiras de se suicidar, Carvalho. O senhor sabe que posso transformá-lo numa poeira cósmica invisível, à espera da ressurreição da carne."

Carvalho suspirou, contrariado.

"Não me diga que entrou para alguma seita religiosa."

"Todas as seitas são religiosas. Bem, Carvalho. Tenho de pegar meu jatinho e ir para a ilha de Lanzarote, onde quero receber o próximo milênio, em companhia da cúpula de Monte Peregrino, em minha casa escavada nas rochas e diante do melhor dos oceanos. Sabe qual é o melhor dos oceanos?"

"Pela localização de Lanzarote deduzo que deva ser o Atlântico."

"Dez em geografia! Tenho certeza de que sabe onde está meu filho. Pela infra-estrutura de quem o ajudou a fugir ele deve estar em algum lugar do Sul da França, num desses guetos neocátaros que estão sendo reconstituídos. Não posso esperar mais."

Pérez i Ruidoms levantou-se e apontou para Anfrúns.

"Deixo-o em suas mãos."

Ao passar por Carvalho resolveu estender-lhe a mão e, quando Carvalho ofereceu a sua, ele a apertou e prendeu, e as palavras se aproximaram de seu rosto:

"Não banque o espertinho, seu filho da puta. Eu me criei na rua e no início me chamava Pérez e mais nada até que tive dinheiro suficiente para me chamar Pérez i Ruidoms. Já me fodi com os Mata i Delapeu, uma porrada de filhinhos de papai vagabundos que nasceram filhinhos de papai vagabundos. Devo tudo a mim mesmo e ninguém vai tirar nada do que me pertence. Não sou um filhinho de papai vagabundo como Mata i Delapeu. Até os trinta anos eu não sabia o que era trocar a roupa de baixo todo dia. Na minha casa não tinha chuveiro." A frase pareceu-lhe a melhor para soltar a mão de Carvalho e sair de cena. Anfrúns ria baixinho, uma das mãos no queixo e a outra dobrada atrás da cabeça, acariciando o rabo-de-cavalo.

"Seu chefe me deixou comovido. Eu também não tinha chuveiro em casa e só muito tarde passei a trocar de roupa de baixo todos os dias, e às vezes, confesso, não é sempre que troco de cueca. Já as meias são outra coisa. Seria incapaz de usar as mesmas meias mais de dois dias."

Não conseguia que Anfrúns entrasse na conversa e resolveu se calar. O outro o observava e esperava que o tempo agisse como uma mola sobre a língua de Carvalho. Mas o detetive estava tão cansado de ficar calado como de falar, e pegou o caminho da rua. "Sem a minha autorização, você não sai daqui. Lembra-se do que disse o senhor Pérez i Ruidoms? Você tocou no bem mais sagrado dele, o seu filho amado, em quem ele se compraz."

"Esqueça a Bíblia pelo menos uma vez na vida, Anfrúns."

"Na Bíblia ou no Novo Testamento há frases que não podem ser melhoradas. Aliás, já pensou que esta casa bucólica não é inocente e que ela poderia ser vista como um castelo no céu ou um castelo no inferno? Conhece a Matéria de Bretanha, a lenda do rei Artur, o mito do Santo Graal? Não acha que esta casa poderia ser aquela ilha branca onde vive o senhor dos senhores, o dono do mundo, o rei Artur, o Preste João, Fu-Manchu, o Doctor No, Pérez e Ruidoms? Se quiser posso mostrar a lança ensangüentada que Persival, ou Parsifal, vê quando chega ao castelo no céu ou no inferno. Eu poderia ficar irritado com você. Digamos que poderia até me tornar grosseiro, acho que você está entendendo. Mas quero dar vinte e quatro horas para você pensar e ter alguma prova de que pode perder muito se não atender ao nosso pedido. Amanhã na capela da Colonia

Güell às dez horas. Amanhã lhe mostrarei a lança ensangüentada. Agora vá."

"Você não espera que eu volte a pé."

"Alguém vai acompanhá-lo."

O carro estava no mesmo lugar e durante todo o percurso Carvalho ficou tenso, com a mão no peito, o mais perto possível da pistola, mas os gigantes o deixaram em frente à sua casa e um deles até abriu a porta do carro para ele. Mal havia chegado ao seu esconderijo, Carvalho procurou a nota que tinha começado a escrever semanas antes com um balanço final para a viúva Mata i Delapeu. Dessa vez escreveu até o fim:

Dou por encerrado o meu trabalho, tendo em vista que nada me conduz a novas evidências. Primeiro acreditei que o desejo de envolver o empresário Pérez i Ruidoms num escândalo tivesse feito com que X contratasse pistoleiros para assassinar o seu filho, levando em consideração as relações de todo tipo que o uniam ao filho de Pérez i Ruidoms. O assassinato estava envolto num clima de crime passional, fruto do despeito, até que alguém, vamos chamá-lo Z, revela o motivo real e dá a pista de um crime de mercenários, tramado por um grupo de pressão adversário de Pérez i Ruidoms, sem que seja possível atribuí-lo ao grupo Mata i Delapeu, pois este é liderado pelo pai do assassinado, e nada indica que se trate de uma confusa tragédia grega ou judaica, o sacrifício de Isaac, por exemplo. A forma como a polícia foi levada aos pistoleiros, supostos autores materiais do crime, é suspeita, assim como a execução dos assassinos na hora da detenção, se bem que, como testemunha ocular da investida policial, eu desconfie de que nem mesmo o inspetor Lifante controlasse os elementos que promoveram a execução dos pistoleiros. Levado por suas indicações, predispus-me a esclarecer as duas incógnitas: X e Z. X seria o mandante da execução e Z teria revelado os verdadeiros motivos. Os meios de que disponho para esclarecer essas duas incógnitas hoje são muitos. Posso dizer que o assassinato de Alexandre foi tramado pelo próprio Pérez i Ruidoms, embora para isso, num primeiro momento, seu próprio filho, Albert, tenha sido o indigitado. Por quê? Tudo era parte de uma estratégia para dissuadir o seu marido. Há muito dinheiro, muito poder em jogo. Faço um resumo rápido de minhas conjecturas, que antecede um relatório mais longamente elaborado, caso aconteça alguma coisa comigo nas próximas horas e a senhora queira tomar o meu lugar como investigadora disposta a descobrir o responsável por minha possível desgraça. De qualquer maneira, use como quiser este balanço e, ao mesmo tempo, confidência.

Demorou a chegar à Colonia Güell, onde Anfrúns o esperava em meio às colunas tortas da capela de Gaudí, como se a igreja estivesse prestes a desabar, metáfora de uma fé vacilante, ou talvez o monstro da arquitetura tivesse desejado expressar o contrário, que as colunas tortas também são capazes de sustentar um templo. Anfrúns estava de costas para o altar, o olhar sorridente e fixo na entrada, o corpo relaxado e os braços apoiados num dos genuflexórios, e se manteve assim enquanto Carvalho se aproximava com a cautela de quem, se não teme pisar em ovos, pelo menos não quer pisar no pó de tanta hóstia consagrada e deglutida. Num canto da nave curta ressoavam as vozes do pároco e de um jovem casal em pleno acerto sobre o ritual do dia de seu casamento. Ao sair da igreja Anfrúns convidou Carvalho a segui-lo e subir por uma escada torturada até um mirante, e foi ali, a sós com o detetive, que cruzou os braços e se entregou à curiosidade de Carvalho.

"Não diga que sabe de tudo. Pergunte."

"Não é preciso. Tudo me leva a você: o assassinato de Mata i Delapeu, Monte Peregrino, Região Plus, Dalmatius, a defenestração de Quimet. Você se importaria de montar o quebra-cabeça? Só por um momento. Um só. Depois voltamos a desmontá-lo."

Anfrúns levantou mais ainda os braços cruzados sobre o peito, o que o ajudou a erguer a cabeça e os olhos. Mantinha-os muito abertos e cravados em Carvalho. Logo desfez o gesto e passou a mão no rabo-de-cavalo grisalho, preso por um grampo torcido que Carvalho não via desde a infância, quando sua mãe às vezes se penteava com a ajuda desses arames e de travessas.

"Por que eu teria de colaborar?"

"Por soberba. Se um diabo não é soberbo não é nada."

"Você já parte do pressuposto de que eu sou o Diabo e não Deus. Que diferença existe entre um e outro? Se sou o diabo, levei embora a luz e deixei a criação no escuro. Quem é mais Deus, aquele que governa no escuro ou aquele que possui a luz? Aquele que não pode praticar o bem ou aquele que ao menos pode iluminar o mal?"

"Você dizia coisas mais inteligíveis quando era marxista. Agora que é papa de uma religião inventada, você acredita em Deus, em algum deus?"

"Papa? E por que não Deus? Insisto. Só os que, como nós, não acreditam em Deus podem assumir certo grau de divindade, um grau funcional, é óbvio. Não crer em Deus é uma conquista humana suprema e, no entanto, essa grande conquista é vendida como uma limitação. Se você não acredita em Deus é porque não acredita em si mesmo. Percebe a cilada? Como esperar que alguém seja cristão, se essa pessoa não é humana, não sabe como viver? A agonia do não-crente pode ser interpretada como a negação de si mesmo e não como a entrega heróica a um abismo em que não é capaz de responder sobre a causa última. Há quem prefira viver à beira desse abismo a responder idiotices. Outros, como Ernesto Cardenal e esses místicos de esquerda, procuram Deus na própria identidade pessoal e na caridade, como são Boaventura: a caridade nos torna divinos. São Boaventura diz que a consciência é o arauto de Deus e essa consciência é a prova de que Deus existe. Eu diria que a educação religiosa construiu em nós uma consciência à medida da demonstração de que Deus existe, e só quando você se libera dessa consciência religiosamente instrumental tem acesso à lucidez. Como sou lúcido, Carvalho, posso ser Deus, maior ou menor. Por ora, um deus menor à frente de uma seita perfeitamente localizada no ecossistema do poder. Sou o líder das Testemunhas de Luzbel e Manelic constrói o neocatarismo pancatalão, e nós dois fazemos parte de uma mesma burocracia, poderíamos até usar a mesma secretária, a encantadora Neus ou Margalida. Como sou Deus, posso perceber que a religião, assim como o nacionalismo, é um placebo, e vão acabar vendendo religiões nas farmácias e nacionalismos em El Corte Inglés."

"Mas você é parte de uma operação nacionalista."

"Pós-nacionalista, embora aceitemos como companheiros de viagem os nacionalistas como Manelic. Com a globalização os nacionalismos obsoletos são o ponto de partida de sua própria autodestruição. É preciso ter a audácia de construir neonacionalismos alternativos que possam ser metabolizados pela globalização, e é aí que entra a Região Plus. As nações originadas em vínculos emocionais serão um estorvo, Carvalho, e por isso é preciso construí-las e ao mesmo tempo desconstruí-las."

"Mas os nacionalistas catalães ou os da Padania ou os occitânicos sabem que a Região Plus é uma manobra interestatal dos departamentos de segurança da União

Européia para destruir, justamente, o separatismo basco, catalão ou padâneo."

"De fato, e foi bom você ter lembrado isso. Você não está entendendo a jogada, Carvalho? Eu sou Luzbel e Manelic é o arcanjo são Miguel, mas nós dois trabalhamos em um mesmo escritório, embora o tonto do Manelic não tenha consciência disso. Uma nova modernidade está surgindo e portanto uma nova síntese entre Deus e Satanás. Pense nos objetivos da Teologia da Segurança: controlar o tráfico de drogas, controlar as seitas religiosas, controlar a extrema direita e a nova extrema esquerda de tendência anarquista."

"E as guerras artificiais? E o tráfico de armas?"

"Não seja idiota, Carvalho. Você quer desmantelar a indústria armamentista? É como querer abrir mão do petróleo. O desmantelamento da economia seria tão catastrófico que viveríamos, aí sim, uma nova Idade Média de guerreiros pós-industriais e de canibalismo. Está com dor de cabeça?"

"Por enquanto a cabeça ainda não fundiu. Tudo começou quando quis saber quem havia matado um jovem de boa família que queria ser um diabo, um diabinho, melhor dizendo. Foi uma vítima da nova modernidade criada pelas máfias."

"Quando o Estado vai a pique, o que faríamos sem as máfias? Todo e qualquer poder teve uma origem espúria, na guerra ou nas máfias. Não perca o seu tempo. Pense em você mesmo. Quimet o meteu num cipoal, em seu próprio cipoal, e você não sabe muito bem qual o seu papel, mas imagina. Quimet é um homem fiel ao governo autônomo, e se ele permite lances ousados, serviços de informações, conexões internacionais é porque acha que assim controla tudo, e quando despacha com o presidente diz: Eles são muito indóceis, mas sossegue, Jordi, sossegue, está tudo sob controle. E em certo sentido está, enquanto o poder atual se mantiver, mas quando ele se desmantelar estará tudo pronto para conflitos de fundo, nos quais terão um papel importante elementos de fora, que escapam à capacidade de controle de Quimet. Como é possível chegar ao século XXI com um nome como Quimet? Ainda assim, foi preciso acabar com Quimet. Ele não voltará à política durante todo o próximo milênio. Então ficaremos, Manelic e eu, frente a frente. Ele chefiará a frente patriótica, e essa não é a minha. Eu jogo pesado, quero o poder, o poder de tramar e de decidir. Quero ganhar pelo menos uma vez na vida. Pelo menos desta vez estou do lado dos vencedores, isso eu garanto. Preciso que nesse momento você esteja do meu lado e daqueles que represento."

"Quem você representa?"

"O poder econômico internacional. Pérez i Ruidoms, que é meu senhor e meu escravo e vice-versa. Esse é o poder subversivo contra o qual os políticos nada poderão fazer. Satanás. O dono do castelo no inferno."

Caiu na gargalhada e esperou que Carvalho questionasse seu satanismo para que pudesse demonstrá-lo, mas Carvalho o observava como se ele recitasse o monólogo de *Hamlet* ou a ária do barítono na zarzuela *Los gavilanes*.

"Está duvidando? Acha que me resignei para sempre ao papel de sociólogo obsessivo e inofensivo? Quer que eu mostre a lança ensangüentada?"

Levou a mão ao bolso do abrigo e tirou um envelope, entregando a Carvalho. O detetive tomou-o nas mãos como se calculasse o seu peso e finalmente percebeu que não estava fechado e de dentro tirou um punhado de fotografias. Havia luz suficiente para que logo se visse nu, visse Yes nua, na cama, no bosque, durante o piquenique do pecado.

"Há piores", avisou a voz de Anfrúns. Carvalho devolveu-as e deu de ombros.

"Sou órfão. Portanto, não posso dar um desgosto a meus pais. Não estou casado, ou seja, não posso dar um desgosto a minha mulher. Tenho péssima reputação, você não pode piorá-la."

"E ela? Jessica Stuart-Pedrell é órfã? O marido vai gostar das fotos? Os filhos? Sabe desde quando acompanhamos essa sua relação? Yes, você a chama de Yes, não falou das cartas anônimas?"

Carvalho deu um soco no olho de Anfrúns que estava mais próximo e tentou agarrar sua cabeça com um braço para acabar com ela, ou tirá-la de sua vista. Foi um ato pueril e fadado ao fracasso, pois só conseguiu agarrá-lo pelo rabo-de-cavalo escorregadio. Anfrúns deu meia-volta e tascou um chute no quadril de Carvalho, depois pegou um revólver e o aproximou de Carvalho, até que o cano bateu no nariz dele.

"Calma. É só uma advertência. É impossível ser um *outsider*. Neste mundo não há lugar para *outsiders*."

Ainda que eu esteja chorando,
Ainda que eu esteja morrendo.
Sabe por quê, meu amor?

Tenho o desejo de acariciá-lo, de acariciá-lo muito, dar um monte de beijos, beijos suaves, leves, outros apertados, úmidos, intensos, longos... mas sobretudo: muitos. Sabe de uma coisa? Estou entregue a você. Nada do que escrevi tem o objetivo de questioná-lo sobre coisa alguma, você sempre disse, e muito claramente, que tem sua vida e quer continuar a tê-la; suas explicações, isso é o de menos, não o julgo bem nem mal, com certeza você tem suas razões, entre elas com certeza um carinho muito especial, imenso e... conveniente (o que não o torna, necessariamente, desprezível, garanto que, neste momento, digo isso sem hipocrisia) por si mesmo e pela imagem que tem de si mesmo, porque duvido que seja Charo, a sua Charo, que se coloque entre mim e você.

Sim, cada dia que passa vejo mais claramente que ficarei sozinha.

Biscuter tinha dito que faria o primeiro prato seguindo uma receita da revista *Sobremesa*: terrina de *foie-gras* de pato com legumes e verduras da estação e iogurte ao mosto. Sugestão de um cozinheiro jovem, basco evidentemente, pois se chamava Bixente Arrieta.

"Que idade tem esse cozinheiro?"

"Vinte e seis anos e cozinha no restaurante do Museu Guggenheim de Bilbao."

"Nessa idade não se sabe comer, menos ainda cozinhar."

"Não seja preconceituoso, chefe, o senhor é um preconceituoso biológico."

Mostrou a revista de onde copiava a receita e onde uma penca de jovens cozinheiros era apresentada como a nova geração, e ao lado de Arrieta apareciam outros que Carvalho qualificou de imberbes. Charo tinha ficado de levar os torrones e Carvalho se responsabilizaria pelo segundo prato, um *carré* de cordeiro desossado, recheado de presunto ibérico e assado na brasa, acompanhado de batatas fritas em lâminas aromatizadas com lasquinhas de trufa branca. Biscuter fez uma dissertação diante dos ingredientes, apontando-os com um de seus mais felizes dedinhos:

"Primeiro cozinha-se lentamente o *foie* na gordura de pato, em fogo brando, uns dez minutos e deixa-se esfriar. Improvisei os legumes porque não tinha à mão os da receita, mas vou cozinhar aspargos, alho-poró, couve-flor e shitake, esses cogumelos chineses. À parte preparamos as ervas aromáticas, *ciboulette*, salsa, tomilho e hortelã. Fazemos uma marinada com cebola, azeite, coentro, pimenta-do-reino, vinho branco, suco de limão, cogumelo, uva-passa, tomate picado. Coloca-se tudo junto para cozinhar, menos a uva-passa, que é acrescentada depois de coado o líquido. E aí só falta preparar o iogurte ao mosto, o que se faz reduzindo o mosto até que fique em ponto de bala e, depois, desglaçando-o com o iogurte batido. Junta-se creme de leite também batido e, como há partes da receita que não entendo, porque está mais mal explicada do que a guerra de Kosovo, resolvi fazer do meu jeito. Coloco os legumes cozidos *al dente*, jogo em cima as ervas aromáticas e depois o *foie* salgado com sal grosso, e com o iogurte ao mosto farei um cordão para enfeitar o *foie*."

Biscuter chegou a Vallvidrera com todos os ingredientes e tomou conta da cozinha com a desculpa de que o prato de Carvalho era muito fácil e muito rápido e que o seu, em compensação, precisava da calma e concentração de um grande *chef*. Carvalho deixou-o trabalhando, enquanto se dedicava a preparar a lareira pondo fogo em *O homem e a morte*, de Edgar Morin, livro que o havia angustiado quase trinta anos antes, quando de repente calculou a idade que teria no ano 2000 e teve a impressão de cair eternamente num poço sem fundo, uma queda sem fim. Lembrava-se das mortes anunciadas pelo envelhecimento e especialmente da degradação do cérebro, o princípio do fim mais profundo, diante do qual é inútil até mesmo escrever quatrocentas páginas e chegar à conclusão de que a única forma de derrotar a morte é integrando-a à própria vida, à espera de certo grau de imortalidade baseado em um longo envelhecimento, até fazer cem, cento e cinqüenta anos, com muita obstinação e com o auxílio das estatísticas. E se parassem de lutar contra a morte e, em troca, se voltassem para a qualidade do envelhecimento? Mas quando Carvalho chegou a esse ponto o livro já estava queimando e Biscuter expressava sua perplexidade diante da receita.

"O que eu faço com a marinada, chefe? Onde é que eu boto? No *foie* ou nas ervas?"

"Desconfio de que deve ir em cima dos legumes, pois, do contrário, para que o sal grosso em cima do *foie*?"

"Vou tentar, chefe."

"Por que não telefona para o autor?"

Nunca imaginou que Biscuter fosse dar ouvidos, mas na mesma hora ele descobriu o telefone do restaurante do Museu Guggenheim, usando sua bíblia gastronômica mais recente, o *Guia de gastronomia 2000*, de um tal de Rafael García Santos, e não muito depois discutia, ao vivo, com o cozinheiro. Quer dizer que a marinada é para os legumes, é claro, don Bixente, é claro, desculpe um *amateur* tê-lo incomodado em noite tão especial. Biscuter esfregou as mãos.

"A juventude enche a gente de coragem, chefe. Este prato não teria passado pela sua cabeça."

Charo chegou carregada de torrones, barquilhos e biscoitos amanteigados, e também com duas garrafas de moscatel de Rivesaltes, que disse ter se tornado seu vício durante sua temporada em Andorra, e uma garrafa magnum de champanhe Milenario, pois o final do milênio merecia um champanhe preparado especialmente para nos deixar em outra dimensão.

"Entrar em outro milênio é como entrar em outro mundo. É como chegar a Marte."

Vinha disposta a fazer reinar a alegria onde estivesse, e abriu a garrafa de Milenario sem notar que Carvalho tinha enchido a geladeira de garrafas de Gramona, o champanhe de sua infância. No final das contas, a festa era de Biscuter e Charo e foram eles que deram presentes para Carvalho, Biscuter, cubos inflamáveis para iniciar o fogo na lareira, e Charo, uma maleta estranha, que entregou com um sorriso de cumplicidade.

"Os cubos, chefe, são para que o senhor não tenha desculpas para queimar livros. Queimam melhor do que os livros."

"Você quer frustrar o lado fascista da minha alma, Biscuter?"

Carvalho abriu a maleta e viu-se diante do enigma de seu conteúdo, algo parecido com um teclado e a tela de um minicomputador. Quando se virou para Charo à cata de informação, ela disse apenas:

"MGV 25."

E deu-lhe um catálogo cheio de informações sobre maletas semelhantes destinadas a conter equipamentos de vigilância eletrônica, vídeo e áudio. O MGV 25 tinha uma microcâmera colorida completamente oculta, gravador de vídeo portátil e um poderoso microfone estéreo escondido.

"Funciona com baterias recarregáveis e você também pode usá-la como uma mochila ou uma bolsa de mulher, se bem que eu duvide que você tenha de espionar na montanha ou se preste a usar uma bolsa de mulher."

"No ano que vem você me dá de presente um kit de contra-espionagem."

Charo sentia-se à prova de sarcasmos.

"Já tinha pensado. Tinha em vista um APC 99, que detecta câmeras escondidas, transmissores à distância, telefônicos, por feixes de luz, por ondas subportadoras. Mas minhas economias não davam para tanto."

Carvalho não tinha comprado nada para eles e, talvez para compensar seu silêncio, os dois começaram a entoar cantigas de Natal. Biscuter em catalão:

A Betlem m'en vull anar.
Vols venir tu rabadà?
*Vull esmorzar!**

E Charo, velhas cantigas de sua infância camponesa no Sul:

Pues mi Dios ha nacido a penar
dejarle velar
Pues está desvelado por mí
déjenle dormir
que quien duerme en el sueño
se ensaya a morir.

* A Belém eu quero ir./ Queres vir, rabadão?/ Quero almoçar!

Veio à memória de Carvalho uma cantiga mourisca que ele aprendera nas aulas de um professor chamado Blecua: *Bailar moresquillo, con el panderillo, que el bello chequillo es hijo de Alá*... Mas só a cantou mentalmente e deu um sorriso de cumplicidade com a farra de Charo e Biscuter, enquanto ele ia ao encontro de Yes, a um território comum, um espaço flutuante e medido pelas dimensões dos dois, como se existissem no nada, como se incorporassem o nada. Carvalho conversava com Yes e explicava a estrutura da cantiga com que algum mouro convertido à força tentava fazer com que Alá fosse respeitado como o Deus Pai de Jesus Cristo. Tinha esperado um fim de milênio sem superstições e sem irracionalismo e estava cercado de antigas e futuras religiões que o rondavam como premonições. Ele ia com Yes para uma cozinha interminável onde era assado o cordeiro amarrado com barbante, e ela fazia uma cara de aprovação.

"Rosado. Gosto do cordeiro rosado."

Yes estava totalmente de acordo. Assim como estava de acordo com o Sauternes que ele escolheu para acompanhar o *foie* de Biscuter, e surpreendeu-se quando ele propôs um tinto Soneto de la Rioja para regar o cordeiro com presunto. Mas quando Biscuter saiu da cozinha com seu *foie* ao mosto de iogurte, os aplausos e as exclamações de Charo o trouxeram de volta à realidade, na qual mergulhou em meio aos sabores e à frágil alegria de seus entes queridos, tão frágil que na quarta taça de champanhe milenarista Charo começou a chorar e se fez de rogada até confessar a causa de seus males.

"Cada vez que penso no pobre Quimet. A tristeza em que ele passa o Natal, enquanto nós, na alegria!"

"Poderíamos convidar Quimet para um café e um drinque, chefe?"

Os olhos de Carvalho fulminaram Biscuter, mas os olhos de Charo mostraram-se risonhos apesar das lágrimas.

"Você tem um bom coração, Biscuter! Mas Quimet foi com a família para as ilhas Havaí, esperar o novo milênio. De qualquer maneira, obrigada, Biscuter! Que coração de ouro!"

"Se Deus tivesse me dado um cérebro como o meu coração!"

"De que Deus você está falando? Você não era ateu?"

"Sou um ateu cristão."

"Se é ateu não pode acreditar em Deus."

"Alguma vantagem deve haver em ser ateu."

E Biscuter ficou perplexo, perplexo consigo mesmo.

"Eu acho, chefe, que existem dois deuses. O que fez este mundo, que é um deus malvado, mas em algum lugar está à espera o deus bom que vai refazer a criação, e tudo o que sabemos sobre o mal servirá para ele construir o bem."

"Que bonito, Biscuter!", Charo o animava. Carvalho sentia-se constrangido sem saber por que e deixou-os destroçando o torrone, enquanto ia ao jardim refrescar seus devaneios. A cidade impunha seus luminosos à concretude das trevas e desenhava a rota da luz como uma rede em torno do melhor de si mesma. A cidade encolhida. Logo os dias seriam mais longos, tirando espaço da noite até a chegada do verão, e ele poderia ir à praia em outro século, em outro milênio. Mas, até quando? Charo e Biscuter tinham iniciado um dueto ideológico em voz alta, e chegava até Carvalho uma representação da imaginação teórica dos dois a respeito da morte, do milênio que terminava e da vida, do milênio que começaria dali a sete dias. Afastou-se até chegar ao extremo do jardim e voltou o olhar para o ponto em que Yes estaria cumprindo seus deveres de esposa e mãe amantíssima, ou quem sabe ela também tivesse se desviado, abandonando por um instante sua fidelidade, e tivesse procurado a presença de Carvalho no espaço, no território no meio do nada que os definia e os tornava reais, um em função do outro. Uma carícia no rosto fez com que, iludido, se virasse, vai ver que Yes tinha encarnado ao lado dele e o convocava para a viagem total. Mas era Charo que acariciava seu rosto, avançava suavemente a cabeça para que deixasse um lugar para ela em seu peito.

"Por que estamos tão tristes, Pepe?"

Depois continuaram a beber até caírem de sono nas camas ou nos sofás e, durante o dia de Natal, Carvalho perpetuou seu entorpecimento até que Charo e Biscuter foram se aborrecer em sua própria solidão, não sem antes arrancarem dele a promessa de que comemorariam juntos a noite de Ano-Novo e, em troca, ele pôde aguardar o dia seguinte ao Natal, 26 de dezembro, como o último obstáculo que se interpunha entre ele e a verdade dos dias de trabalho.

Amanhecia e, aos pés da serra de Collserola, em meio aos galhos das árvores, Barcelona, como uma maquete de si mesma, lhe confirmava onde ele estava e quem era. Como sempre, ligou o rádio. Na COM alguém relembrava a guerra da Iugoslávia e como certos intelectuais e políticos tinham sido injustos com o ex-secretário-geral da OTAN, o espanhol universal, Javier Solana. Sem dúvida os críticos de Solana faziam parte da raça dos pós-comunistas, pois só um pós-comunista tem a idéia de chamar de criminoso de guerra o secretário-geral das forças armadas do Império do Bem. Quem estava falando era um profissional da solidariedade internacional oficial e eurodeputado, recentemente eleito chefe mundial do Greenpeace talvez porque nele restasse algo daquele diplomata atípico capaz de dizer coisas não só inteligentes, mas também estimulantes e surpreendentes, mais surpreendentes do que acusar de pós-comunistas os que não pensam igual a ele. Do discurso globalizador ele passou para as notícias do dia e, depois de tomar um comprimido para o estômago que era o prelúdio dos outros comprimidos do dia, Carvalho escutou, primeiro sem entendê-la, a notícia de que o cadáver de Jessica Stuart-Pedrell, da SP Associados, tinha aparecido numa trilha da serra de Collserola, em circunstâncias estranhas, mais estranhas ainda, podia-se intuir, do que as circunstâncias normais em que um cadáver com um tiro na têmpora costuma aparecer. Quando entendeu a notícia viu diante de si a cabeça de Yes com um tiro na têmpora e disse a ela: Como é possível? O que aconteceu? Quer dizer que não voltaremos a nos ver?, enquanto uma música tristíssima, a que cantarolava quando acreditou despedir-se de Yes para sempre, inundava todo o seu corpo, especialmente intensa no cérebro, e ele sentia seus ouvidos tapados e uma dor, algo lhe doía sobretudo no trajeto que liga o coração ao estômago. Carvalho se debruçou na pia para vomitar não o que tinha comido, mas o que restava do primeiro comprimido que acabara de tomar, e quando se livrou da angústia física enfiou-se na cama, cobriu todo o corpo, mais ainda a cabeça, para esconder os olhos e esquecer que pertenciam a ele. Agora o rádio informava que as grandes potências tinham instado a Rússia a interromper o massacre da Tchetchênia, embora, segundo o comentário do especialista convidado, as operações da Rússia na Tchetchênia conviessem aos interesses europeus porque a Turquia e o Irã poderiam estar por trás de qualquer tentativa de desestabilização, usando as repúblicas islâmicas do Cáucaso como camicases. Quando Yes esteve pela primeira vez em sua casa, vinte anos antes, tinha exclamado várias vezes: que bonita!, como se ela não vivesse numa das casas mais lindas que Carvalho viu. Talvez essa inveja fosse apenas uma gentileza que lhe oferecia, se bem que, na época, tivesse preferido interpretar a frase como uma tentativa dela de camuflar sua própria classe. O continente de alguém que fugia de sua classe e o conteúdo dessa classe, pensou Carvalho enquanto arrumava o roupão que ocultaria sua nudez.

"Você já tinha se recolhido? Estava deitado?"

"Não. Acabava de jantar. Quer comer alguma coisa?"

"Estou com o estômago embrulhado."

Vinte anos antes, Yes tinha esparramado sobre o sofá seus quadris perfeitos, e na penumbra sua cabeleira parecia um leito de mel atrás de seu rosto.

"Hoje de manhã eu agi como uma boba e não fui de nenhuma utilidade para você. Queria me desculpar e ajudá-lo no que for possível."

"A essa hora costumo descansar. Não trabalho como um condenado."

"Desculpe."

"Quer um drinque?"

"Não bebo. Sou macrobiótica."

Levantou-se da cama, desligou o rádio, foi procurar o sofá onde Yes se sentou na primeira e na última vez, onde na última vez tinha lhe pedido compreensão.

"Você não diz nada? Não gostou do meu sonho?"

Ainda bem que dissera um "Eu te amo" como que arrancado pelas circunstâncias, que para ele mesmo parecia ter sido dito por outra pessoa. Não dizia "Eu te amo" desde seu primeiro amor, aquela mulher insuportável, com quem chegou a ser casado, de quem não queria se lembrar, porque lembrar-se dela significava reencontrar seus piores tempos de animal doméstico. Vestiu-se depressa, com todo o pessimismo de que foi capaz, pegou o carro, foi à praça principal de Vallvidrera para comprar jornal. Comprou todos e, entre a banca e o carro, já tinha encontrado a notícia da descoberta do cadáver de Jessica Stuart-Pedrell i Lloberola, senhora

Mauricio Martí González, fartamente lembrada no rosário de necrológios que povoavam *La Vanguardia*, familiares, empresariais, de associações beneficentes e culturais. As necrologias, como lápides, garantiam a Yes, postumamente, um lugar entre a aristocracia mais bem estabelecida, como se aquelas lápides quisessem tapar o fato horroroso que tentava levantá-las:

Um guarda-florestal encontrou o cadáver à beira de uma trilha na serra de Collserola, vestido, sem sinais aparentes de violência, a não ser o tiro na têmpora. Não se descarta nenhuma hipótese, ainda que tudo indique tratar-se de uma tentativa de seqüestro abortada no próprio carro da vítima, encontrado no meio do bosque, a pouca distância do lugar onde foi achado o corpo sem vida da senhora Stuart-Pedrell de Martí.

Entrou no primeiro lugar de onde vinha um cheiro de café, em Can Trampa, leu todos os jornais, examinando os diferentes tratamentos dados à notícia, e ficou sem ação, incapaz até de tomar o café antes que esfriasse de vez. Ao fundo, o barulho dos que comiam suas *flautas** de salame e salsicha ou suas *tortillas* de batata, o cheiro da cebola que acompanhava as *tortillas*, do café, algum café com aguardente que denunciava a necessidade, no inverno, de calores artificiais, especialmente entre ciclistas disfarçados de Miguel Induráin em suas horas de desânimo, empenhados numa luta ferrenha contra o motorista que traziam dentro de si. A dialética entre doutor Jeckyll e mister Hyde podia se manifestar de muitos modos! Sem dúvida o primeiro

(*) Sanduíches em pães finos e compridos.

frio do inverno tinha invadido seu corpo e nada o convidava a sair para a praça de Vallvidrera. Nunca mais receberia uma mensagem de Yes, a náufraga que mandava suas mensagens de faxes como os náufragos mandam garrafas. Quando saiu, seus pés o conduziram à agência da Caixa Econômica mais próxima e, lá dentro, ele se perguntou por quê. Mas seus lábios já estavam falando com o gerente, pediam o extrato de sua conta e se orientavam sobre o que fazer com o dinheiro guardado. Ele já sabia, mas queria que o fizessem se sentir deprimido para sempre, por toda a eternidade.

"Exatamente dez milhões e cento e trinta e sete mil pesetas."

"E em euros? Quero ficar deprimido."

"Uns sessenta mil."

"Que posso fazer com esse dinheiro?"

"A prazo fixo vai render menos de duzentas mil pesetas por ano, ou seja, umas dezesseis mil pesetas por mês. Não sei como estão suas contas em outros bancos."

"Não existem."

"Algum fundo de pensão?"

"Não."

"Alguma aposentadoria?"

"Não."

"O senhor contribuiu como autônomo?"

"Não. Na época eu trabalhava para a CIA. Mas me expulsaram. Acha que posso pedir uma aposentadoria?"

O senhor gerente nem piscou. Estava ocupado em avaliar Carvalho, não mais como cliente mas como suicida.

"Podemos aplicar uma parte do seu capital. Na bolsa, por exemplo."

"Não acredito na especulação capitalista."

Os olhos do senhor gerente lhe diziam: Então só resta o suicídio, meu irmão.

"A casa de Vallvidrera é sua. Pode hipotecá-la ou vendê-la."

"Casa própria não se vende. Prefiro incendiá-la. Que se pode fazer com dez milhões de pesetas?"

"Pode usá-los com prudência quando já não puder trabalhar. Digamos que necessite de umas cem mil pesetas por mês para sobreviver. Economizando um pouco pode durar uns dez anos."

"Outra opção."

"Compre alguma coisa ou dê uma volta ao mundo."

O homem tinha tirado o senso de humor do cofre de segurança com abertura programada.

"É uma grande idéia. Comprarei da máfia russa uma remessa de caviar meio estragado ou queimarei meus livros até tarde da noite e no inverno viajarei para o sul."

Voltou para casa. Fechou-a com todos os trincos possíveis. Meteu-se em seu quarto. Apagou a luz. Esticou-se na cama e voltou a se cobrir, fechou os olhos, sentindo-se como um corpo flutuante na escuridão, um corpo navegando no vazio mais absoluto, tão absoluto que não admitia o menor movimento. Mover-se significava afirmar-se, afirmar, acreditar. Yes tinha virado a cabeça em sua direção, sem se importar com o buraco do tiro na têmpora, nem com o filete de sangue, que a tatuava com uma linha escura vindo de trás da orelha até o queixo. Carvalho esfregava com a unha, tentando tirar o sangue coagulado, mas Yes afastava a cabeça, como só Yes era capaz, e os lábios de Yes, de repente Yes, jovem novamente, pedia um canudinho ou o tubo de uma esferográfica para poder cheirar a fileira de coca que tinha batido no espelho que dominava a geografia branca da pia. Agora Yes o censurava:

"Por que você sempre tem de falar como um detetive particular? Não pode dar uma desculpa normal?"

"É pegar ou largar, sinto muito. Por outro lado, acho que estamos nos vendo demais. Agora vou comer tranqüilamente e não penso em convidá-la."

"Estou só."

"Eu também, Jessica, por favor. Não me gaste logo. Use-me só quando for estritamente necessário. Tenho de trabalhar. Vá embora."

Ela não sabia como ir embora. Suas mãos divagavam, como se procurasse onde apoiá-las, mas as pernas recuavam em busca da porta.

"Vou me matar."

"Será uma pena. Não costumo impedir suicídios. Só os investigo."

O telefone tocou até perder a esperança de ser atendido. Voltou a tocar mais uma vez e mais uma vez insistiu, como se tentasse comunicar a Carvalho algo imprescindível que ele podia prever. Ou era a polícia ou era Biscuter, informando-o de que a polícia queria vê-lo.

Biscuter confirmou que a polícia andava à procura dele. Carvalho desceu para Barcelona e já no escritório traçou o seu dia pensando no encontro com seu futuro na loja Lluquet i Rovelló. Com dez milhões de pesetas esquecidas, mais que poupadas, na Caixa Econômica e com a casa própria como único patrimônio, Charo tinha razão, ele precisava se agarrar à sua última oportunidade de emprego no serviço público, negociar em posição de força para conseguir a promessa de uma pensão quando se aposentasse, e assistir de camarote à vitória do economicismo tecnocrata, como dizia Anfrúns. Dessa vez nem mesmo se interessou pela repercussão nos jornais da notícia do assassinato. Sabia que a qualquer momento a notícia é que ia procurá-lo, e uma batida na porta o colocou em alerta.

Dois enviados do inspetor Lifante pediam que ele os acompanhasse à Central de Polícia da Via Laietana. Nas centrais de polícia nada se cria, nada se perde, apenas se pintam suas fachadas. Carvalho abriu a gaveta onde estavam os faxes de Yes e selecionou os primeiros, que o criticavam por ser cúmplice de seu próprio imaginário. Guardou-os no bolso e já indicava aos inspetores que estava disposto a segui-los quando de repente o fax começou a funcionar e, embora ele tenha fingido receber a mensagem com uma indiferença um tanto constrangida, o coração começou a se revoltar contra o cérebro, pois era uma carta de Yes. Quando a máquina emudeceu, o silêncio que os envolvia já era gelo, como que paralisando os inspetores, que o olhavam com expectativa, enquanto Carvalho, alheio, arrumava as folhas, dobrava-as e guardava-as no bolso oposto da jaqueta. Enquanto o carro da polícia percorria a pequena distância entre o escritório e a Central da Via Laietana, Carvalho acariciava com a mão as páginas que pareciam mornas, como se conservassem o hálito de Yes ao escrevê-las; mas quem as tinha enviado?

Enquanto esperava que Lifante o recebesse, Carvalho sentou-se num banco de madeira e fingiu tirar as folhas com indiferença, levantando-as à altura dos olhos para protegê-las de qualquer leitura intrusa.

Já esgotei/esgotamos toda a medicina legal, inclusive as dissecções ao vivo estão esgotadas, porque não há nada a acrescentar ao estudo — necrológico — deste cadáver e também porque esse estudo só nos trouxe cansaço, desinteresse, quase tédio. É, evidentemente, um morto que ainda pode ser visto e cujo cheiro ainda se pode sentir. Por isso o melhor a fazer é levá-lo para baixo da terra, o quanto antes; não só porque se devem enterrar os mortos, mas também porque essa é a forma mais segura de evitar que fiquem se revirando. Os parcos dados biográficos que tenho a seu respeito só me informaram o ano da graça do seu nascimento; soube por acaso que foi em junho, não sei o dia. Estive elucubrando e cheguei à — indiscutível — conclusão de que seu nascimento não é produto de um só dia, por isso os dados sobre a sua vida, escassos e dissimulados, deveriam ser comunicados para facilitar o mapa astral. No fim do ano, as festas atingem o máximo esplendor. Por isso havia decidido mandar o meu presente antes do dia 1º de janeiro de 2000. Como um resumo, tinha escrito um poema num pergaminho, no qual tentava conciliar o que conheço a seu respeito com o que o senhor me sugere, ou seja, os dados certos com os verdadeiros. O senhor é uma pessoa sábia e moderna, perspicaz e esmagadora, com quem a música não desafina. Seguramente se surpreenderá ao descobrir que tem alma de toureiro. Para ser toureiro é preciso ter muita prática, conhecer a fundo — perfeitamente — todos os elementos, manejá-los com precisão, firmeza, alterná-los e até prescindir deles, de todos eles, incluindo o que lhe serve de pretexto numa exibição de arrogância, de poder, de cor; com uma dança suave e harmoniosa, encurtar a distância até o acuado, fundindo o que se sabe com o que se sente, correndo riscos numa execução extravagante.

O poema retoma o mar de terraços contíguos que o senhor via quando criança, num cenário como esse você aprendeu (importa-se que eu o chame de você?) que só se pode exercer o olhar de cima para baixo. Vivemos dentro, embaixo, e quando subimos até o terraço descobrimos os outros, nossos semelhantes, descortinamos o horizonte, respiramos melhor e vemos mais claro, compreendemos. Desde então você tem o costume de apertar os olhos para enxergar melhor, como na época em que perscrutava o horizonte e os olhos doíam ante a vista do sol; desde então a altitude o seduz, embora não seria de estranhar que se sentisse tonto.

Diga o que disser, o denominador comum é sempre uma linguagem original, própria, acertada, intimista, sábia, próxima, nova, aberta à precisão tanto quanto aos sonhos, sedutora embora solitária. Até os seus silêncios são uma linguagem. Só quando se conhece o conjunto da sua vida é que você se faz conhecer, e então se dá a conhecer totalmente; é como um jogo mágico em que você vai se formando peça por peça, todas diferentes, irregulares, multicoloridas, a surpresa final é um mosaico maravilhoso, mais exatamente um vitral. Não tem só forma, tem também cor, luz. Tive a ousadia de pensar que poderíamos fazer juntos esse poema e, passada a minha vez, você poderia brincar com ele, alterá-lo, acrescentar palavras, isso também faria parte do jogo; isso o ajudaria a anoitecer, o ensinaria a amanhecer. Seria o meu presente de fim de milênio, e por isso teria de aceitá-lo, mais ainda, teria de apreciá-lo.

Era um poema tão mestiço como você, as técnicas pouco importavam, ele suporta todas, quer todas, sempre está à espera de uma nova, ele se fez incorporando elementos afins, engolindo os que não eram. Eu tinha escrito esse poema pensando que ele só estaria terminado quando você passasse os olhos por ele, o verde imprevisto dos seus olhos desculpará a minha falta de talento.

Não se preocupe, essa angústia, esse comportamento esquizofrênico vão passar, a sua memória sabe disso e é possível que isso o deixe mais triste.

Vou lhe dar a notícia do ano, do século, do milênio.

Meu marido sabe tudo.

MEU MARIDO VIU TUDO.

MEU MARIDO VIU TUDO.

MEU MARIDO VIU TUDO.

Ontem à noite ele me disse que queria mostrar um vídeo muito interessante. Conseguiu que os dois garotos fossem ao cinema e era óbvio que queria aproveitar a ausência deles para passar o vídeo. Pensei que fosse alguma coisa inadequada para eles.

OS ATORES DO VÍDEO ÉRAMOS VOCÊ E EU, NA SUA CASA, NA SUA CAMA, NO SEU BANHEIRO. NO PARQUE DE SANT LLORENÇ.

Quem nos espionou desse jeito? Por quê? Para quê?

Aquele rapaz que levei para Katmandu cresceu e teve de se conter para não me bater. Sei que ele me odeia. Sei que ele o odeia. Sei que pode me matar, mas nunca poderá matar a nossa história, o que nos une após vinte anos e um dia e nos mostra o erro do desencontro, um erro que envolve a ele, quando me lembro daquele rapazinho de óculos, amante da literatura, tímido, incapaz de me beijar se eu não oferecesse meus lábios, incapaz de me amar se eu não pedisse, incapaz de me odiar até, agora, eu lhe dar motivos. Além disso, ele rasgou o meu poema!

Você vai ficar sem presente.

Carvalho releu a frase temerosa de Yes e o vídeo passou por sua cabeça como numa tela, e por trás da câmera ele via Anfrúns. A projeção foi interrompida no momento em que o inspetor lhe pedia para entrar em sua sala. Ainda restavam alguns parágrafos não lidos, mas dobrou os papéis e enfiou-os no bolso de onde tinham saído.

"Cartas anônimas?"

"Faturas."

No fundo do corredor viu um homem taciturno e curvado sobre si mesmo, olhando para eles de perfil, especialmente para Carvalho. Depois colocou o cachecol e saiu da delegacia.

"Você o conhece?"

"Não."

"É Mauricio Martí, marido de Jessica Stuart-Pedrell. É um dos suspeitos, mas não há provas. Pior ainda, tem um álibi. O que você sabe dele?"

"Quase nada. Sei que viajou para Katmandu com Jessica por volta de 1979. Quando reencontrei Yes mal falamos dele. Estava obcecada com o que tinha acontecido vinte anos antes, queria recuperar o pai, recuperar a memória da infância."

"Alguma vez disse temer alguma coisa?"

"Não. Estava muito mudada. Tanto que parecia outra pessoa, embora o problema fosse eu, não ela, provavelmente."

"Nunca mencionou algum detalhe que pudesse nos esclarecer algum ponto? Uma mulher sem problemas, de vida transparente. Ninguém jamais a viu com alguém que não fosse da família. Não dormiu nem uma noite fora de casa. Nem um único deslize em sua vida."

Carvalho tinha conservado a expressão de perplexidade e visitava a geografia solitária dos encontros com Yes. Primeiro, por que teve de contar tudo ao marido quando tudo pertencia ao passado? Que sentido tem a lealdade quando acaba por destruir dois seres humanos, ela mesma e aquele rapaz cuja vida ela mudou ao arrastá-lo para Katmandu? Mas Yes não tinha sido vítima da própria sinceridade, e sim de um complô que ela jamais teria entendido, de uma maldade estrutural que era capaz de registrar sua entrega amorosa e depois colocá-la à mercê de um marido assustado com a própria cólera. Mas Carvalho também tinha sido imprudente, tinha desrespeitado um código elementar: por que não a avisara sobre as fotografias que Anfrúns havia lhe mostrado? Ele enfiara a cabeça na areia. Como se as fotos não existissem ou ele tivesse condições de impedir que circulassem, havia um preço, e ele dissera a Anfrúns que não iria pagá-lo. Mas havia algo mais. Um vídeo. E esse vídeo caíra no paraíso agônico de Yes, de seus filhos, de seu marido, tão perfeitos, tão vulneráveis. De repente, Carvalho compreendeu como se encaixavam no quebra-cabeça as peças de Dalmatius, do Dalmatius real e de Anfrúns, as palavras enigmáticas de Dalmatius sobre fidelidade e crime. O inspetor referia-se a Yes e Mauricio como um casal exemplar, um estranho caso bem-sucedido de união entre uma moça de família riquíssima e um rapaz que não tinha onde cair morto.

"Um estudante, um bolsista que de repente encontra uma moça deslumbrante."

"Dourada."

Dourada neste caso vem de ouro?

"Não. Dourada como a luz. Uma aura. Nem tem a ver com a cor dos cabelos dela. Mas, se um dia existiu uma moça dourada, foi aquela Yes que conheci em 79."

"Fez dele um homem. Quando o romantismo chegou ao fim, voltaram de Katmandu e ele teve de lutar para merecê-la, mas já era o marido de uma Stuart-Pedrell. O caso é muito interessante, Carvalho. Esse homem havia sido tão subjugado por ela desde a adolescência que pode ter chegado a odiá-la."

"Isso parece literatura."

"Ou de repente descobre que ela pode deixá-lo, isto é, que vai perdê-la e portanto que vai perder a própria identidade, e a mata."

"Continua parecendo literatura, e além disso não há provas. Você intelectualiza tudo, Lifante. É um teólogo da segurança, e talvez as coisas sejam mais simples. Talvez um forasteiro a tenha matado, entendendo a palavra *forasteiro* como uma metáfora. Você não era semiólogo?"

"Ainda gosto de semiologia. Mas não entendo esse negócio de forasteiro. Você é inocente a ponto de pensar que Jessica Stuart-Pedrell foi assassinada por um vagabundo, como nos piores romances policiais?"

"Num mundo em que nós, as pessoas ordeiras, já fomos recenseadas, podemos esperar a agressão de um forasteiro ou de um selvagem, de alguém que não é um dos nossos ou que ainda não experimentou as vantagens da civilização. Um bárbaro. Com certeza o assassino é um bárbaro. Um estrangeiro. Um estranho. Um eslavo ou um tútsi ou um magrebino. Dá no mesmo. Não vejo por que deve ser o marido. Em certo sentido me sinto responsável por esse homem. Aconselhei Yes, faz vinte anos, a ir com ele para Katmandu e transformá-lo num homem."

"Por quê?"

"Alguns jovens olham para você como se pedissem um conselho, e Yes era assim. Parecia sempre esperar um conselho."

Lifante suspirou. Não confiava em Carvalho, mas tinha dito isso tantas vezes que não quis repetir, por vaidade intelectual.

"Não tem nada a ver com este assunto, mas já lhe avisei para não bancar o espião, Carvalho."

Atirou sobre a mesa várias fotos em que Carvalho entrava ou saía da Lluquet i Rovelló ou tomava banho de mar com Margalida ou se encontrava com Anfrúns. Mas nenhuma com Yes.

"Essas fotos, foram vocês que tiraram ou também chegaram até você por obra e graça do Espírito Santo?"

"O Estado está atento. Nenhum movimento dessa gente nos escapa e o CESID começou a levar a sério a possibilidade de uma rede européia de serviços de informações sem vínculos com governos ou instituições."

Com a cabeça, Lifante indicou a Carvalho que ele podia ir embora e, quando metade do corpo do detetive já estava do outro lado da porta, disse:

"Um colega de trabalho disse que volta e meia Jessica mandava alguns faxes para você."

Carvalho deu um tapa na testa, como que se criticando por seu descuido, e teve medo de se enganar e pegar o monte de papel errado quando colocou a mão no bolso direito do casaco. Não. Não tinha se enganado, era o monte certo, e voltou atrás para oferecer os papéis a Lifante.

"Aqui estão, Lifante, caso lhe interessem. Yes era uma crítica dos comportamentos e gostava muito de analisar e criticar os casos em que me viu metido. Nossa relação por fax foi estritamente conceitual, muito literária. Se você tivesse de escolher entre a Literatura e a vida, o que escolheria?"

"A Literatura."

Com os olhos, Carvalho repreendeu o inspetor e pôs as folhas em cima da mesa. Depois saiu, enquanto apalpava no outro bolso os faxes que separara e, dando sentido à sua secreta eucaristia com Yes, ali estava Mauricio, o marido, na calçada em frente, observando-o com rancor, como um criminoso complexado que deseja ser descoberto. Carvalho não devolveu o olhar e saiu andando, enquanto sua mente lhe enviava uma mensagem:

Por que você me mandou o fax em que se denuncia? Espere tudo isso passar, rapaz, e volte a peregrinar por Katmandu para resgatar suas melhores memórias e saiba que você não foi o único responsável pela morte de Yes, que sempre poderá con-

tar comigo como cúmplice porque mais uma vez eu a abandonei e a deixei nua em cima da mesa, sob a faca dos piores assassinos. Mas é óbvio que foi você que aceitou os pistoleiros, pagou-os e mandou o último fax. No entanto, talvez você nem saiba quem são os verdadeiros assassinos. Você adoraria que eu o denunciasse. É a única possibilidade que tem de vingar-se de mim. De me matar.

Nua em cima da mesa do despeito. Mãe nua. Diante das mães vestidas algumas mulheres excepcionais se oferecem a nós como mães nuas e de uma forma ou outra nós as matamos. Mas o marido ensangüentado já tinha parado de segui-lo e entrado no primeiro bar que encontrara, esperando que o álcool lhe desse coragem para se delatar. Carvalho separou os faxes de Yes que queria guardar e terminou a leitura do último, interrompida por Lifante.

Adeus, caso deva lhe dizer isso, como nos melhores boleros, adeus amor de meia tarde ou de meia vida, talvez amor dos dias úteis. Talvez os dias úteis é que tenham razão. Nossa festa deixou de ser secreta. Nestas cartas os tempos se justapõem e se alternam, desordenadamente, de forma consciente, ou seja, intencionalmente: o seu e o meu. Assim, à poesia se soma a música de um tango, dançado como se devem dançar os tangos — passo, contrapasso —, num ir-e-vir sincopado, cadenciado também, um tango como o que está tocando agora.

Pero el viajero que huye
tarde o temprano detiene su andar...

A meio caminho entre o bolero e o tango, pensou Carvalho, e a nuvem que entrara em seus olhos se desfez, como se o aperto que sentia no peito se sublimasse. Por duas vezes indicara a Yes a direção errada, não só a ela mas também a si mesmo, e agora só lhe restava dar voltas em torno da velhice e da morte. Se na primeira vez o mal tinha levado à morte de uma pobre cadelinha, na segunda se colocara diante da própria Yes. Não. Não iria ao encontro marcado na Lluquet i Rovelló. Não ter futuro permite que ele seja adiado. Nem queria pôr a cabeça no ombro de Charo e explicar-lhe a segunda morte de Jessica. Descera a Via Laietana, buscando a praça de la Catedral para chegar às Rambles e ao estacionamento onde seu carro descansava. Faltavam vinte e quatro horas para o primeiro final de milênio, pois podia voltar a celebrar o 31 de dezembro em 2000, e a cidade havia se limitado a exagerar a farsa natalina de todos os anos. Talvez um pouco mais de luz e de compras. Na praça de la Catedral, as barracas com figuras de presépio, enfrentando cada vez mais a concorrência de Papais Noéis de pano ou de gesso, e a maravilha dos cenários de cortiça e musgo, palmeiras metálicas, um Menino Jesus prodigiosamente nu no inverno de uma Belém imaginada como paisagem napolitana ou de El Empordà. Um céu cinza-chumbo tinha se formado e chovia sobre a Barcelona pasteurizada, como se sua pátina de cidade esquizofrênica e tantas vezes melancólica ainda não tivesse sido suficientemente destruída. Já nas Rambles ele desceu até o porto em busca da terapia do mar. Só o mar parecia melancólico, sua cor era de vidro opaco, como se tivesse se tornado um mar do Norte, um mar estrangeiro. Os dias úteis é que têm razão, nunca os dias de festa. Os invernos é que têm razão, nunca a primavera. Entrou numa cabine telefônica e ligou para Biscuter.

"Foi bom telefonar, chefe. Estamos bem pra caramba. Charo anda à sua procura e o seu telefone só dava ocupado. Confirmado o encontro para a noite de 31? Tenho outra receita *muy ferma* e muito barroca, chefe, como o senhor diria, que peguei de uma cozinheira chamada Ruscalleda. *Migas** com chouriço, presunto e romã!"

"Biscuter. Comecemos bem este milênio de merda. Vamos dar a volta ao mundo."

"Tome um Bloody Mary, chefe, faz bem para a ressaca."

Depois telefonou para Anfrúns e marcou um encontro com ele no quebra-mar, diante do primeiro navio atracado fora das águas do porto. Era um encontro decisivo, para tratar da fuga de Margalida e Albert. Mas Anfrúns riu.

"Só tem isso para me contar, Carvalho? Nada mais aconteceu?"

Carvalho tomou um ônibus até a Barceloneta e andou até depois dos antigos banhos de San Sebastián, procurando a fachada do Club Natación Barcelona, depois subiu até a altura do quebra-mar e avançou em direção ao farol, sem outra companhia além dos corredores de fundo em luta contra o colesterol e o açúcar no sangue. Reconheceu um dos que estavam correndo. Era o homem de roupa de jogging, Xibert, que passou ao seu lado e manteve a corrida em marcha lenta para

(*) Espécie de rabanadas salgadas, prato típico da Estremadura. (N. T.)

ser reconhecido, como se dissesse "Estou aqui". Por um instante Carvalho reprimiu a intenção de cumprir o compromisso que tinha consigo mesmo, mas, à medida que o homem de jogging se afastava em sua corrida, ele confirmou a idéia de que a sorte estava lançada, tanto se o movimento partisse dele como dos outros. Ao chegar à altura do primeiro petroleiro atracado em mar aberto, Carvalho desceu pelas pedras até ficar a igual distância do quebra-mar e do nível da água e sentou-se de frente para a calçada, disposto a presenciar a chegada de Anfrúns. Viu-o chegando com a gola do abrigo barato levantada pela brisa salgada, o rosto à frente como uma proa e o rabicho grisalho como uma esteira sobre o mar. Carvalho fez um sinal e Anfrúns saltou entre as pedras com uma agilidade estritamente sobrenatural. Não entendeu por que Carvalho lhe disse:

"Finalmente descobri o papel que deram a nós, a você e a mim, em tudo isso."

Tampouco pareceu entender por que Carvalho tirara um revólver do bolso da jaqueta, nem entendeu sua própria morte quando o tiro abriu um olho divino no meio de sua testa. Por que em geral as pessoas demoram a reagir diante da evidência de que vão ser mortas? Carvalho pensava que provavelmente estava certo quem dissera um dia: "Seja relativista com tudo o que não lhe importa". Quem havia dito isso? Carvalho desmontou o silenciador enquanto verificava à direita e à esquerda se algum pescador tinha ouvido o disparo e, quando passou por cima do corpo de Anfrúns, destroçado, semi-escondido, entre as pedras, murmurou:

"Porque teus são o reino, o poder e a glória."

Ao chegar à calçada, o homem do jogging estava voltando de sua corrida, rumo ao farol, e passou ao lado de Carvalho sem olhar para ele. Carvalho levou a mão ao revólver escondido, mas Xibert desviou a cabeça e deu com a careta de Anfrúns entre as pedras. Depois prosseguiu sua marcha, sem perder o ritmo.

ESTA OBRA FOI COMPOSTA EM BASKERVILLE PELA SPRESS
E IMPRESSA PELA GEOGRÁFICA EM OFSETE SOBRE PAPEL
PRINT-MAX DA VOTORANTIM PARA A EDITORA SCHWARCZ
EM OUTUBRO DE 2003